LINDA LAEL MILLER

Wenn das Glück dich erwählt

Roman

Ins Deutsche übertragen
von Katharina Braun

BASTEI LÜBBE

BASTEI LÜBBE TASCHENBUCH
Band 18 239

Erste Auflage: November 1999

Originaltitel: Springwater

Lektorat: Martina Sahler / Katharina Woicke
Titelbild: Elaine Duillo / Agentur Thomas Schlück GmbH
Umschlaggestaltung: QuadroGrafik, Bensberg
Satz: KCS GmbH, Buchholz/Hamburg
Druck und Verarbeitung:
Brodard & Taupin, La Flèche, Frankreich
Printed in France
ISBN 3-404-18239-1

Der Preis dieses Bandes versteht sich einschließlich der gesetzlichen Mehrwertsteuer

1

Montana, 1870

Niemals in ihrem Leben würde Evangeline jenen ersten Blick auf ihn vergessen, als er durch den frischgefallenen hohen Schnee geritten kam. Jenen wundervollen, goldenen Moment, in dem sie ihn für jemanden gehalten hatte, der er gar nicht war.

Abigail, ihre sechsjährige Tochter, stand neben ihr am Fenster auf einer umgedrehten Obstkiste und spähte durch die von ihrem Atem beschlagene Fensterscheibe. »Siehst du, Mama, er ist gekommen, um uns abzuholen! Ich habe dir ja gesagt, daß er uns holen würde ... Ist er nicht ein schöner Mann?«

Evangeline Keating biß sich auf die Unterlippe und versuchte, die unbändige Freude und Angst zugleich, die in ihr aufstiegen, zu ignorieren. Der Reiter war in der Tat ›ein schöner Mann‹, – zumindest, was seinen Körperbau betraf; seine Schultern wirkten breit und muskulös unter der dicken Schaffelljacke, und seine Beine waren lang und schlank. Er führte mit einer Leichtigkeit die Zügel, die bewies, daß er sich mit Pferden auskannte. Sie konnte weder seine Gesichtszüge erkennen noch die Farbe seines Haars, denn er trug einen alten Hut, den er zum Schutz gegen die Kälte dieses Morgens, der mit unerwartet starkem Schneetreiben begonnen hatte, tief in die Stirn gezogen hatte.

Sie brauchte ihn aber auch gar nicht richtig zu sehen,

weil sie ein Bild von ihm besaß und es immer wieder angesehen hatte auf der Reise. »Ein Bild von einem Mann«, bestätigte Evangeline schließlich ihrer Tochter. Sie dachte an das, was nach der Trauung von ihr erwartet werden würde, und bereute fast ein bißchen ihren Entschluß, nach Westen gekommen zu sein, um Mr. John Keating, den wohlhabenden Cousin ihres verstorbenen Mannes, zu heiraten. Obwohl ihr eigentlich gar keine andere Wahl geblieben war. Charles hatte sie mittellos zurückgelassen und sowohl die Farm wie auch alle anderen Vermögenswerte Mott hinterlassen, seinem Sohn aus der Ehe mit seiner ersten Frau, Clara, die er vergöttert hatte.

Mott hatte offenbar damit gerechnet, neben dem Landbesitz und Geld seines Vater auch Evangeline zu erben, eine Vorstellung, die sie nach wie vor erschaudern ließ, wann immer ihr dieser Gedanke kam. Heiratsfähige Männer waren Mangelware in ihrer kleinen Stadt in Pennsylvania, genau wie in der näheren Umgebung, was auf die verheerenden Verluste während des erst kürzlich beendeten tragischen Kriegs zurückzuführen war. Evangeline, für die es keine Möglichkeit gab, sich mit Anstand ihren Lebensunterhalt zu verdienen, blieb nichts anderes übrig, als zu heiraten.

Als sie schon begonnen hatte zu befürchten, sie müsse schließlich doch nachgeben und Mott Keating als Ehepartner akzeptieren – sein Vater war wenigstens ein ruhiger, beherrschter Mann gewesen, wenn auch nicht gerade gütig –, war der Brief gekommen. Mr. John Keating, ein einsamer, aber wohlhabender Rancher, schrieb, um seine Anteilnahme zu bezeigen. Er hatte ein etwas unscharfes Bild von sich dazugelegt und eine nicht unbeträchtliche Bankanweisung, die auf Evangelines Namen ausgestellt war.

Falls sie die beschwerliche Reise nach Westen auf sich nehmen wolle, schrieb er, würde er sie heiraten und ihre Tochter als seine eigene aufziehen. Er sei ein umgänglicher, gottesfürchtiger Mann mit bescheidenen Wünschen und Erwartungen, beschrieb er sich. Er sei unter den ersten gewesen, die Vieh von Texas nach Montana getrieben hatten, und besitze ein schönes, solides Haus auf seinem Land, ein Haus, das jedem Wetter standhielt. Er habe einen netten, zuverlässigen Partner, der sich die meiste Zeit im Haus nicht blicken ließe. Die Arbeit sei hart, gestand er, die Ranch liege sehr einsam, und es arbeiteten nicht viele Menschen dort. Es gebe sozusagen keine Frauen dort, auch keine Schulen oder Kirchen, obwohl Mr. Jacob McCaffrey, der mit seiner Frau die etwa zehn Kilometer entfernte Postkutschenstation ›Springwater‹ leitete, sich hin und wieder überreden ließe, für die anderen zu predigen.

Evangeline hatte ihren und Abigails geringen persönlichen Besitz in eine einzige Reisetruhe gepackt und war mit der Eisenbahn von Philadelphia nach St. Paul gefahren, wo sie die erste von zahlreichen Postkutschen bestiegen hatten, um Nebraska und Montana zu durchqueren. Die Reise hatte Wochen gedauert und eine Menge Willenskraft, Durchhaltevermögen und Beharrlichkeit von Evangeline erfordert. Wenige Stunden nach dem Schneesturm, der in der Nacht getobt hatte, hatten Mutter und Tochter erschöpft, hungrig und bis auf die Knochen durchgefroren, endlich die Springwater-Station erreicht, wo die McCaffreys sie sehr freundlich aufgenommen hatten.

Der Reiter war inzwischen vor der Scheune angelangt, wo er absaß, die Türen öffnete und sein schnaufendes Pferd ins Warme führte. Wenige Minuten später kam er wieder heraus, und sein Atem bildete große weiße Wolken in der kalten Luft, als er langsam zur Station herüberkam. Als er den Kopf hob und Evangeline und Abigail am Fenster sah, huschte ein Lächeln über sein Gesicht, das auf seine Weise genauso strahlend wie der frisch gefallene Schnee war, der in der Sonne glitzerte.

Evangeline trat rasch zurück und hob ganz unbewußt die Hand, um über ihr Haar zu streichen, das, ihrer eigenen Einschätzung nach, von einem langweiligen Blondton, aber tadellos frisiert war. Sie hielt sich weder für unscheinbar noch hübsch mit ihrer hohen, kräftigen Gestalt und ihren starken Händen. Sie hatte braune Augen, gute Zähne, eine gesunde Haut und ein scheues, zurückhaltendes Lächeln. Sie konnte arbeiten, war ehrlich und verstand mit Zahlen und Wörtern umzugehen. Sie wußte, wie man Gemüse zog, Hühner züchtete, Kühe melkte, ein Haus sauberhielt, und sie kochte gut und nähte gern. Alles in allem war sie nahezu die ideale Heiratskandidatin.

Sie strich den Rock ihres blauen Kattunkleids glatt, das zerknittert von so vielen Wochen in der Reisetruhe war, und als sie aufschaute, begegnete ihr Blick June-bug McCaffreys, einer kleinen, grazilen Frau mit mütterlichem Wesen.

Mrs. McCaffrey schaute ihren Mann an, Jacob, der vor dem riesigen Natursteinkamin saß und ein Pferdehalfter flickte. Er war ein gutmütiger Mann von beeindruckender Größe, der meist sehr ernst und still war und dichtes dunkles Haar besaß.

»June-bug«, sagte er jetzt ruhig, »du wirst dich da nicht einmischen.«

Evangeline hatte schon fast genügend Mut gesammelt, um zu fragen, was er meinte – es war nicht die erste Bemerkung dieser Art zwischen den beiden, seit sie eingetroffen war und ihnen gesagt hatte, sie sei gekommen, um John Keating zu heiraten –, als es an der schweren Tür klopfte, Sekunden nur, bevor sie sich öffnete, ein Schwall eiskalter Luft hereindrang und den Mann mitbrachte, den Evangeline zu heiraten erwartete. Hinter ihr war Abigail, die sich ein eigenes Pony wünschte und erst recht natürlich einen Vater, so aufgeregt, daß sie sich kaum noch bezähmen konnte und ungeduldig von einem Fuß auf den anderen trat.

Evangeline hätte sich jetzt vielleicht vorgestellt, und tatsächlich trat sie schon vor, um es zu tun, als der Neuankömmling seinen Hut abnahm und blondes, von der Sonne gebleichtes Haar darunter zum Vorschein kam. Sein feingeschnittenes Gesicht war rot vor Kälte, und der Blick in seinen blaugrünen Augen verriet Neugier und Belustigung zugleich, Bedauern und Interesse.

Evangeline spürte einen Kloß im Hals. »Sie sind nicht Mr. Keating«, gelang es ihr gerade noch zu sagen.

Er betrachtete sie für einen endlosen Moment, wie ihr erschien, und sein Gesichtsausdruck verriet nicht die geringste Emotion. Dann, endlich, antwortete er. »Nein, Ma'am«, bestätigte er schlicht, »das bin ich nicht.«

Während Evangeline betroffen schwieg – Abigail, bemerkte sie aus dem Augenwinkel, war endlich still –, hielt der Mann den Hut in beiden Händen und nickte den McCaffreys zu. »Jacob«, sagte er statt eines Grußes. »June-bug.«

»Du wirst heißen Kaffee wollen nach einem solchen Ritt«, erklärte June-bug und ging an den drei großen Tischen, die der Bewirtung ihrer Gäste dienten, vorbei zum Herd. Sie war sehr schlank und hatte braunes, nur leicht angegrautes Haar, gesunde, straffe Haut und Augen von einem auffallenden Blau. »Und Hunger hast du sicher auch. Setz dich doch, Scully.«

Evangeline blieb stocksteif stehen, aus Angst, jetzt

irgend etwas falsch zu machen. Der Mann konnte durchaus ein Bote ihres zukünftigen Ehemannes sein, aber ihr Gespür – in Verbindung mit den merkwürdigen Blicken, die die McCaffreys wechselten –, sagte ihr, daß hier irgend etwas ganz und gar nicht stimmte.

Mr. McCaffrey, stets der perfekte Gentleman, legte seine Pferdegeschirre beiseite, erhob sich und wischte sich die großen, von der Arbeit rauhen Hände an den schwarzen Hosen ab. »Mrs. Keating«, sagte er, nachdem er sich kurz geräuspert hatte, »das ist Scully Wainwright. Er ist Big Johns Partner auf der Circle JW. Scully, das ist Mrs. Keating.«

Hölzern reichte Evangeline ihm ihre Hand. Wainwright zögerte zunächst, streifte dann seine dicken Lederhandschuhe ab und erwiderte die Geste. »Mrs. Keating«, sagte er. Er verfügte über eine unerschütterliche Selbstbeherrschung, das spürte sie sofort, denn obwohl es ganz leicht um sein Kinn zuckte, wich er ihrem Blick nicht einmal aus.

»Ich hatte meinen zukünftigen Mann erwartet«, sagte Evangeline. Es wäre sinnlos, lange um den heißen Brei herumzureden, dachte sie.

Er seufzte und strich sich mit einer Hand durch sein wirres Haar. Wer immer er auch sein mochte, er brauchte jemanden, der sich um ihm kümmerte: sein Kinn und seine Wangen waren von einem dunklen Stoppelbart bedeckt, sein Haar war struppig, und sein Hemdkragen war verschlissen. Bestimmt hatte er auch Löcher in den Schuhsohlen und in den Socken.

»Du solltest es ihr jetzt besser sagen«, riet Jacob, als er Wainwrights Jacke nahm und sich dann rasch zum Gehen wandte. Irgendwie erinnerte er Evangeline an einen Mann, der gerade eine Handvoll Schießpulver in ein Feuer geworfen hatte.

»Ich hatte gehofft, das hättet ihr bereits getan«, erwiderte Scully seufzend. Er wandte nicht den Blick von Evangeline ab, als er sprach, aber ihm war anzusehen, daß er es gern getan hätte.

Abigail war nun vorgetreten, stand dicht hinter Evangeline und umklammerte die Röcke ihrer Mutter.

Jacob trat neben June-bug, die am anderen Ende des großen Raums am Herd stand. Sie sprachen leise miteinander, während sie Arbeiten verrichteten und so taten, als bemerkten sie das Drama nicht, das sich ganz in ihrer Nähe abspielte.

Wainwright stieß einen weiteren tiefen Seufzer aus. »Big John ist nicht da. Im Moment gibt es nur mich, die Ranch und ein paar Rinder«, erklärte er.

Evangeline überlegte, was es für sie bedeuten würde, nach Pennsylvania zurückzukehren, den gekränkten Mott zu überreden, sie nun doch zu heiraten, und spürte, wie der Mut sie derart schnell verließ, daß sie sich rasch auf eine der Bänke an den Tischen setzen mußte. Abigail, die ihr jetzt nicht mehr von der Seite wich, schaute mit großen, erschrockenen Augen zu Scully auf.

Er mußte dem kleinen Mädchen wie ein Gigant vorkommen; selbst für Evangeline war er wie Goliath. Die Tatsache, daß er nur ein unfreiwilliger Bote war, änderte nicht viel daran. Evangeline begann allmählich einzusehen, daß sie und Abigail die lange, beschwerliche Reise für nichts und wieder nichts auf sich genommen hatten.

»Was soll das heißen, Mr. Keating ist nicht hier?« zwang sie sich zu fragen. »Er schrieb mir und bot mir die Ehe an. Er schickte mir sogar eine Bankanweisung ...«

Wainwright hockte sich rittlings auf das Ende der langen Bank und stützte einen Ellbogen auf die Tischplatte. June-bug kam mit einer dampfend heißen Tasse Kaffee, die sie schweigend vor ihm absetzte, bevor sie rasch wieder ging. »Ja, Ma'am, das weiß ich«, fuhr er fort. »Aber er mußte geschäftlich in den Süden, und es wird länger dauern, als wir dachten. Er wird vermutlich bis zum Frühjahr nicht zurückkehren, so unpassierbar, wie die Wege sind.«

Evangeline kannte den Zustand der Verkehrswege. Die Kutsche, die sie nach Springwater gebracht hatte, war kaum durchgekommen, und obwohl der Fahrer darauf bestanden hatte, nach einer warmen Mahlzeit und einem Pferdewechsel unverzüglich zur nächsten Station weiterzufahren, war nicht zu sagen, wann die nächste Kutsche Springwater erreichen würde. Laut Aussage der McCaffreys konnte es Wochen dauern, falls das Wetter sich nicht änderte.

Trotzig schob Evangeline das Kinn vor und weigerte sich, ihre Empfindungen zu zeigen. Bis auf Abigail und ihren Stolz war ihr nichts mehr geblieben. »Und was bitte, wenn ich fragen darf, sollen *wir* bis dahin tun?«

Seine breiten Schultern zuckten, und jetzt wandte Mr. Wainwright seinen Blick für einen Moment lang ab. »Das beste wäre wohl, wenn Sie mit mir auf die Ranch hinauskommen würden, Ma'am. Sie können sich dort einrichten und heiraten, wenn Big John im Frühjahr wieder heimkehrt.«

Evangeline war erleichtert und entsetzt zugleich, da sie den Eindruck hatte, daß Mr. Wainwright seit der Abreise seines Partners ganz allein auf der Circle JW arbeitete und lebte. Es war eine Sache, eine Unterkunft zu haben, und eine andere, sie mit einem Fremden zu teilen, der zu allem Überfluß auch noch ein Mann war.

Abigail, die bis dahin ganz ungewöhnlich still gewesen war, riskierte einen Blick um Evangeline herum und fragte: »Darf ich ein Pony haben? Ich hätte gern ein geflecktes, aber eine andere Farbe wäre mir natürlich auch recht.«

Da lächelte Wainwright, und als er es tat, berührte das Evangeline tief in ihrem Innern. Die daraus entstandenen Emotionen, die in ihr widerhallten wie perfekt gestimmte Harfensaiten, blieben besser unerforscht. »Der Schnee ist zur Zeit zu tief«, erwiderte er. »Aber es könnte sein, daß wir einen Einjährigen haben, den du reiten kannst.«

»Danke«, sagte Abigail feierlich, trat vor und streckte ihre Hand aus, als wolle sie die Abmachung besiegeln. Sie wirkte ungemein zerbrechlich mit ihrem zarten Knochenbau, den riesigen blauen Augen und der blassen Haut, die einen auffallenden Kontrast zu ihren pechschwarzen Korkenzieherlocken bildete, aber in diesem Fall traf es zu, daß der äußere Anschein täuschen konnte. Abigail war auf dem Land aufgewachsen und trotz ihres adretten Kleidchens und puppenhaften Äußeren zäh und beweglich wie ein Junge und mindestens genauso spitzbübisch. In der kleinen Brust ihrer Tochter, erkannte Evangeline mit einer Mischung aus Stolz und Schrecken, schlug das Herz eines Strolchs und Straßenjungen.

Evangeline ergriff die Hand ihrer Tochter und zog sie sanft zurück, obwohl die Abmachung eindeutig längst besiegelt war. Abigail würde ihr Pony bekommen. Und das war immerhin ein kleiner Trost für ihre Mutter.

»Ich weiß nicht, ob das schicklich wäre«, sagte sie mit einem strengen Blick auf Mr. Wainwright. Sein Gesicht war von der Sonne tief gebräunt, was nur den türkisfarbenen Ton seiner Augen und seine ebenmäßigen weißen Zähne betonte. »Es sei denn, Sie wären verheiratet. Wenn Ihre Frau ...«

»Ich habe keine Frau«, unterbrach er sie und trank einen Schluck von dem Kaffee, den June-bug ihm gebracht hatte. Von den McCaffreys war nichts mehr zu sehen, obwohl ihre Stimmen aus dem kleinen Vorratsraum neben der Küche drangen, wo sie eine Art freundschaftliches Streitgespräch zu führen schienen. »Aber ich kann im Geräteraum draußen in der Scheune schlafen, und Jacob und Miss June-bug werden bestätigen, daß ich kein Mann bin, der sich einer Frau aufzwingen ...« Hier brach er ab, warf einen Blick auf Abigail und war anständig genug, um zu erröten. »Ich bin ein Gentleman, Mrs. Keating, in jeder Hinsicht. Sie brauchen meinetwegen nicht beunruhigt zu sein.«

Evangeline glaubte ihm, sogar nach all ihren üblen Erfahrungen mit Mott, die sie gegen Männer mißtrauisch gestimmt hatten. In den acht Jahren ihrer Ehe mit Charles hatte sie jedoch eine untrügliche Intuition entwickelt, und die sagte ihr nun, daß Wainwright keine physische Bedrohung für sie oder für Abigail darstellte. Das hieß nicht, daß er zahm war; alles an ihm und seinem Verhalten schien darauf hinzuweisen, daß er wild war wie die Wölfe und die Pumas, die die Berge dieses gefährlichen, unzivilisierten und unfaßbar schönen Lands bevölkerten.

Evangeline wußte, daß sie keine andere Wahl hatte. Selbst wenn in nächster Zeit eine Kutsche durchkam, war ihr nicht einmal annähernd genug Geld für die Rückreise nach Pennsylvania geblieben. Mott würde ihr Geld schicken, wenn sie ihm schrieb und reumütig darum bat, aber das würde Monate dauern, und außerdem würde er im Ausgleich dafür nicht nur ihren Körper, sondern sogar ihre Seele fordern. Und die Gastfreundschaft der McCaffreys konnte sie auch nicht länger in Anspruch nehmen. Sie waren nett, sogar sehr großzügig zu ihr gewesen, aber es war nicht ihre Aufgabe, sich um eine aus der Bahn geworfene Frau und ihr Kind zu kümmern.

Es blieb ihr also gar nichts anderes übrig, als sich auf der Circle JW einzurichten und dort auszuharren, bis Mr. Keating von seiner Reise zurückkehrte. Zumindest, dachte sie in einer Art Galgenhumor, brauche ich meinen

Namen nicht zu ändern, wenn ich wieder heirate. Abigail würde ein warmes, sicheres Zuhause haben und genug zu essen. Und die Vorstellung, einen ganzen Winter Zeit zu haben, um sich auf die Pflichten einer Ehefrau vorzubereiten, war nicht ohne einen gewissen Reiz für sie.

Falls sie Mr. Wainwright wirklich trauen konnte – ein Eindruck, den sie sich auf jeden Fall von den McCaffreys bestätigen lassen würde, bevor sie die Station verließ –, mochte dieses Arrangement vielleicht sogar ein Segen, ein Geschenk des Himmels sein.

»Wie würden wir zur Ranch gelangen?« fragte sie. »Mir ist aufgefallen, daß Sie nur ein Pferd mitbrachten.«

Wainwright lächelte, als hätte sie etwas Komisches gesagt. »Jacob hat einen Schlitten. Den könnten wir uns ausleihen, zusammen mit vier Maultieren. Es wird allerdings eine lange, kalte Fahrt sein, so daß Sie sich und die Kleine warm einpacken sollten.«

»Werden wir Wölfe sehen unterwegs?« wollte Abigail wissen. Ihre Augen wurden rund wie Suppenteller. Evangeline fragte sich, ob ihre Tochter irgendwie ihre eigenen stummen Vergleiche zwischen Wainwright und jenen wilden Bestien, die die Berge und das flache Land bevölkerten, erraten hatte.

»Sie werden uns nichts tun«, erwiderte Mr. Wainwright zuversichtlich und legte eine Hand an den 45er, der in einem Halfter an seinem rechten Schenkel steckte. Evangeline bemerkte jetzt zum ersten Mal, daß er bewaffnet war, und wußte nicht, ob sie froh oder beunruhigt darüber sein sollte. Sie mochte keine Waffen, aber sie wußte auch, daß sie eine Notwendigkeit hier draußen waren, wo wilde Tiere, Banditen und feindselige Indianer nichts Ungewöhnliches darstellten.

»Sie würden sie *erschießen*?« fragte Abigail.

»Ich würde es bestimmt nicht gern tun«, gab Wainwright zu. »Doch falls die Lage es erfordern sollte, wäre es mir lieber, wenn die Tiere sterben und nicht ich.«

Diese Antwort schien Abigail zu befriedigen. Sie setzte sich auf die Bank neben dem Tisch und ließ ihre Füße baumeln, während sie sich die Abenteuer ausmalte, die sie bestimmt erwarteten. Andere Kinder hätten vielleicht Alpträume nach einem derartigen Gespräch, aber Abigail besaß die Seele eines Abenteurers und wäre schwer enttäuscht gewesen, wenn sie im Laufe ihre Kindheit nicht wenigstens eine lebensbedrohende Situation erlebt hätte.

Evangeline unterdrückte ein Erschaudern. Wenn es nach ihr gegangen wäre, hätte sie es vorgezogen, in Pennsylvania zu bleiben, so verwüstet es auch war nach diesem letzten schlimmen Krieg, um in Frieden zu leben, an der Seite eines braven Mannes zu arbeiten, Abigail aufzuziehen und noch mehr Kinder auf die Welt zu bringen. Es verblüffte sie noch immer, daß sie einen Neuanfang gewagt hatte, an diesem weit entfernten und ihr fremden Ort, wo alles so fremd für sie war. Sie vermißte plötzlich die sanft ansteigenden Hügel und unendlich weiten Felder ihres Heimatstaats.

Mr. Wainwright deutete ihren Gesichtsausdruck mit verblüffender Genauigkeit. »Dies ist ein hartes Land, Ma'am«, sagte er, »aber ein schöner Ort zum Leben. Es erfordert nichts weiter als Unternehmungsgeist und harte Arbeit.«

Evangeline dachte, daß sie ebenso viel ›Unternehmungsgeist‹ wie jeder andere besaß, und Gott wußte, daß harte Arbeit nichts Fremdes für sie war, aber ihr war auch klar, daß der Westen einer Frau nicht die gleichen Chancen bot wie einem Mann. Sie versuchte nur, das Beste aus einer schwierigen Situation zu machen. Als sie Mrs. McCaffrey mit Töpfen und Pfannen klappern hörte, entschuldigte sie sich und ging zu ihr hinüber.

June-bug summte ein Liedchen vor sich hin, als sie Schmalz in eine Pfanne gab, in der sie offenbar ein Hühnchen braten wollte. Ein Topf mit Wasser und geschälten Kartoffeln, der auf dem hinteren Teil des Herds stand, fing gerade an zu köcheln.

Evangeline blickte rasch noch einmal zu Wainwright, sah, daß er sie grinsend beobachtete, und kehrte ihm den Rücken zu.

»Ist es ungefährlich, mit diesem Mann zu reisen?« fragte sie Mrs. McCaffrey flüsternd.

June-bug lächelte. »Scully? Er ist ein anständiger Mann. Er wird sich gut um Sie und das kleine Mädchen kümmern. Sie haben nichts von ihm zu befürchten.«

Evangeline verschränkte ihre Arme. »Warum haben Sie mir nicht gleich gesagt, daß Mr. Keating nach Denver gefahren ist? Das mußten Sie doch wissen.«

Mrs. McCaffrey begann, gut gewürzte und panierte Hühnerteile in die Pfanne zu legen. »Ich und Jacob hatten schon daran gedacht«, gab sie zu. »Aber Sie waren so durchgefroren und erschöpft von Ihrer langen Fahrt, als Sie gestern abend hier ankamen, daß wir nicht das Herz hatten, etwas davon zu sagen. Außerdem wußten wir ja, daß Scully kommen würde, um sie abzuholen.«

»Er ist also ein Freund von Ihnen? Scully, meine ich?«

June-bug lächelte warmherzig. »Er ist wie ein Sohn für uns«, bestätigte sie, während sie nach einer Dose mit grünen Bohnen griff, die bereits geöffnet war, und sie in eine etwas kleinere Kasserolle ausleerte. »Wir kennen Scully schon, seit wir herkamen, um die Station zu führen.« Ihr Lächeln verblaßte ein wenig, und sie sprach noch leiser. »Unsere eigenen beiden Söhne sind in Chattanooga gefallen.«

Evangeline schwieg, während sie über den schrecklichen Verlust nachdachte, den die McCaffreys erlitten hatten. So viele Söhne, Väter, Brüder und Ehemänner waren in diesem Krieg gefallen, bei der Union wie bei den Konföderierten. Um sich abzulenken von diesem schrecklichen, unfaßbaren Leid, schaute sie sich noch einmal unauffällig nach Scully Wainwright um, der mit Jacob plauderte, der jetzt bei ihm am Tisch saß. Abigail hockte auf der Bank neben Scully und lauschte und betrachtete ihn fasziniert.

»Und Mr. Keating? Wie ist er?« Sie hatte bis dahin nicht gewagt zu fragen, weil sie die Antwort zu sehr gefürchtet hatte. Und wenn er nun ein Trinker, ein Wüstling und ein Grobian war? Wenn er sie schlug oder – *dafür würde ich ihn umbringen* – Abigail?

Mrs. McCaffrey lächelte wieder, obwohl die Trauer um ihre toten Söhne nach wie vor in ihren Augen zu erkennen war. »Er ist ein anständiger Mann. Älter als Scully, zwanzig Jahre oder so. Sie haben ein gutes Stück Land dort draußen und ein solides Blockhaus. Im letzten Herbst haben sie eine große Herde Rinder an die Armee verkauft und einen Haufen Geld damit verdient. Ich glaube, Big John wollte Vieh mitbringen, wenn er aus Mexiko zurückkommt, um eine neue Herde aufzubauen.«

Da das Hühnchen briet und die Kartoffeln kochten, nahm June-bug die blaue Emaillekanne und trug sie zu dem Tisch, an dem die Männer saßen. Evangeline folgte ihr. Sie würde den Rest ihres Lebens damit zubringen, am Herd zu stehen, und es wäre sinnlos gewesen, ihre Zeit damit zu verschwenden, bevor es nötig war.

»Ihr solltet hier übernachten, Scully«, riet June-bug, während sie ihrem Gast und ihrem Mann Kaffee nachschenkte. »Zehn Meilen sind ein weiter Weg bei diesem Wetter. Außerdem sind Mrs. Keating und die Kleine noch immer sehr erschöpft von ihrer anstrengenden Reise aus Pennsylvania.«

Scully warf einen prüfenden Blick durchs Fenster. »Mit dem Wetter hast du recht«, gab er zu, ohne allerdings auf Evangelines oder Abigails Erschöpfung einzugehen, »aber ich möchte das Vieh nicht so lange alleinlassen. Es ist viel gestohlen worden in letzter Zeit.«

Jacob zog eine schwarze Augenbraue hoch. »Indianer?«

Abigail beugte sich noch interessierter vor. »Richtige Indianer?« wisperte sie begeistert. »Solche, die einen skalpieren?«

»Abigail!« schalt Evangeline. So jung die Kleine war, kannte sie doch schon eine Menge schrecklicher Geschichten. Wahrscheinlich hatte sie sie von ihrem sehr viel älteren Halbbruder gelernt, von Mott, der wohl gehofft hatte, Mutter und Tochter damit so einzuschüchtern, daß sie bei ihm blieben.

Scully, der natürlich nichts von all dem wußte, nickte. »Das kommt ab und zu mal vor«, bestätigte er. »Aber trotzdem«, fuhr er fort und wandte sich dabei an Jacob, »tun mir die armen Kerle leid. Wild wird schwer zu finden sein, wo der Winter in diesem Jahr so früh gekommen ist, und sie müssen es sich teilen mit den Wölfen und den Berglöwen, die hinter jedem Hasen und Opossum her sind. Das Rotwild bringt auch nicht viel Fleisch, so dünn und knochig, wie es dieses Jahr ist.«

Trotz ihrer geheimen Angst, von Wilden skalpiert oder entführt zu werden, war Evangeline gerührt von dem Mitgefühl, das Mr. Wainwright den Indianern entgegenbrachte; auf der Zugfahrt nach Westen und später in den Postkutschen hatte sie andere Männer sagen hören, man solle die Rothäute ein für allemal vernichten und die Wege für anständige Leute wieder sichermachen.

»Wenn ich heimkomme, kann ich mich glücklich schätzen, wenn mir noch ein einziges Huhn geblieben ist«, fügte er hinzu.

Auf das Stichwort ›Huhn‹ hin kehrte June-bug an den Herd zurück, um das Mittagessen im Auge zu behalten. Eine halbe Stunde später hatte sie Brot aufgebacken und eine Sauce zubereitet, die sie zu den anderen Gerichten essen würden, und es duftete so verlockend aus der Küchenecke, daß Evangelines Magen knurrte. Auf der Reise hatte sie oft nichts gegessen, um Geld zu sparen und ihrer Tochter nichts versagen zu müssen, so daß sie Mrs. McCaffreys gute Küche jetzt sehr zu schätzen wußte.

Evangeline deckte den Tisch, der dem Kamin am nächsten stand, während Jacob und Mr. Wainwright in die Scheune gingen, um sich zu vergewissern, daß der Schlitten in Ordnung war für diese Reise. Als sie zurückkehrten und sich auf der kalten Veranda vor dem Haus die Hände wuschen, war es zwei Uhr nachmittags, und das Licht wurde bereits schwächer. Evangeline war dankbar für eine weitere Nacht in der warmen, sicheren Postkutschenstation, weil ihr bewußt war, wie anstrengend und gefährlich die Reise am nächsten Tag sein würde.

Nach dem Essen half Evangeline Mrs. McCaffrey beim Geschirrspülen, während Jacob und Mr. Wainwright wieder hinausgingen, um zu rauchen und die Wetterlage einzuschätzen. Abigail, die nach dem guten Essen und den aufregenden Gesprächen müde war, schlief in einem Sessel am Kamin.

»Fühlen Sie sich nie einsam hier draußen?« fragte Evangeline, während sie einen Teller trocknete.

Mrs. McCaffrey lächelte und schüttelte den Kopf. »Ich habe meinen Jacob und den Herrgott, wenn ich Gesellschaft brauche, und es ist immer sehr viel los hier, wenn die Kutschen kommen. Ich sehe ständig neue Leute, und sie alle haben ihre eigenen Geschichten zu erzählen.«

Evangeline wollte nach Mrs. McCaffreys Söhnen fragen, aber die Frage erschien ihr zu persönlich. Die Leute im Westen waren ziemlich wortkarg, fand sie, und schienen es vorzuziehen, ihre Geheimnisse für sich zu bewahren. »Es jagt mir ein bißchen Angst ein«, gestand sie. »Die Vorstellung, so allein zu sein, meine ich.«

June-bug schenkte ihr ein weiteres Lächeln. »Alleinsein muß nicht schlimm sein, wissen Sie. Ein Mensch kann lernen, sich selbst besser zu verstehen. Manche Leute finden in ihrem gesamten Leben nichts über ihre eigenen Gedanken und Gefühle heraus, aber hier draußen braucht man nichts anderes zu tun, als aufzupassen.«

»Aufzupassen«, wiederholte Evangeline zerstreut. Hinter den dicken Wänden der Station war das erste nächtliche Heulen der Wölfe zu vernehmen. Jacob und Scully, die wieder an einem der drei Tische saßen, waren in eine Partie Schach vertieft und schauten bei dem schaurigen Geräusch nicht einmal auf.

June-bug berührte plötzlich ihren Arm. »Sie brauchen keine Angst zu haben, Mrs. Keating. Sie werden sicher sein bei Scully, Sie und Ihre Kleine. Ich habe noch keinen Bär, keinen Wolf oder Yankee gesehen, mit dem er nicht fertiggeworden wäre.«

Evangeline begann, sich besser zu fühlen – bis ihr langsam dämmerte, was Mrs. McCaffrey ihr da gerade mitgeteilt hatte. »Er hat auf der Seite der Konföderierten gekämpft?«

June-bug strahlte vor Stolz. »Das hat er allerdings«, erklärte sie. »Scully war Kurier für General Robert Lee *persönlich.*«

Die Schatten innerhalb des Hauses schienen sich in

jenem Augenblick noch zu vertiefen, obwohl Evangeline sich ziemlich sicher war, daß es nur eine Sinnestäuschung war. Sie betrachtete Mr. Wainwrights Profil, als er die Hand ausstreckte, um eine Petroleumlampe näher an das Brett heranzuziehen, den gläsernen Schirm entfernte und ein brennendes Streichholz an den Docht hielt. Als er Feuer fing, setzte er den Glasschirm wieder auf, und er und Jacob fuhren fort mit ihrer Schachpartie.

Evangeline räusperte sich. »Da ich aus Pennsylvania komme, bin ich … politisch gesehen …«

»Das macht nichts«, fiel June-bug ihr ins Wort und drückte ihre Hand. »Sie können nichts dafür, daß Sie ein Yankee sind. Scully weiß das, und er wird es ihnen ganz bestimmt nicht vorhalten.« Sie runzelte die Stirn. »Was Big John Keating angeht, so habe ich keine Ahnung, wie er in dieser Frage denkt. Wahrscheinlich hält er es mit keiner Seite.« Sie senkte die Stimme zu einem verschwörerischen Flüstern, als teilte sie Evangeline ein wohlbehütetes Geheimnis mit. »Er ist in Texas aufgewachsen. Seiner Meinung nach macht ihn das weder zu einem Yankee noch zu einem Konföderierten. Er ist *Texaner,* sagt er.«

Erst später, als sie im Bett lag mit Abigail, die den Schlaf der Unschuldigen schlief, fielen Evangeline Mrs. McCaffreys Bemerkungen wieder ein. Sie hatte den ganzen Abend über Scully Wainwright nachgedacht und sich gefragt, ob er die Nordstaatler hassen mochte für all das, was der Süden während des langen, grimmigen Bruderkriegs erlitten hatte. Sie fragte sich, wo und wie er aufgewachsen sein mochte und ob es in seinem Leben jemals eine Frau gegeben hatte, die ihm wichtig war.

Daß sie eigentlich über Big John Keating hätte nachdenken müssen, der in wenigen Monaten ihr Ehemann sein würde, in guten wie in schlechten Zeiten, in Reichtum und in Armut, bis daß der Tod sie scheide, war selbstverständlich. Und dennoch fand sie Scully Wainwright, den höflichen, stillen, rätselhaften Mann, der hergekommen war, um sie heimzuholen, erheblich interessanter.

2

Das kleine Mädchen, eingehüllt in dicke Bärenfelle und große, weiße Atemwolken, schien wunschlos glücklich zu sein auf seinem sicheren Platz im hinteren Teil von Jacobs selbstgebautem Schlitten. Ihre Mutter hingegen … Während Scully noch ein allerletztes Mal die vier geborgten Maultiere begutachtete, um sich zu vergewissern, daß sie fit waren für die zehn Meilen über Eis und Schnee, saß Evangeline stocksteif da und suchte mit ihren Blicken die nähere Umgebung nach Wölfen, Banditen und Indianern ab.

Scully lächelte im stillen, als er das Vorderbein eines Maultiers anhob, um sich den Huf von unten anzusehen. Das Tier war etwas schreckhaft, seit sie es aus dem Stall geholt hatten, und Scully konnte nicht riskieren, daß es zu lahmen begann, wenn sie mitten in der Wildnis waren, wo er und seine beiden Schützlinge vielleicht erfrieren würden.

Der Maulesel stieß ihn hart gegen die Schulter, als ob er protestieren wolle.

»Ruhig, mein Junge«, sagte er, obwohl ihm klar war, daß der Befehl wahrscheinlich nicht viel nützte. Ein Esel blieb ein Esel; es wäre dumm gewesen, von dem Tier ein anderes Verhalten zu erwarten.

»Alles in Ordnung, Mr. Wainwright?« rief Evangeline von irgendwo unter der Kapuze ihres dicken Wollumhangs.

Er seufzte und ermahnte sich im stillen, daß die Frau ein Greenhorn war und dazu auch noch ein Yankee. Der

Westen war für sie fremd und beängstigend, was eigentlich nur bewies, daß sie Verstand besaß. Er fragte sich, ob sie wohl auf der Stelle zur Station zurückkehren würde, falls er sie bat, ihn mit seinem Vornamen anzusprechen. Wenn die Leute ihn ›Mr. Wainwright‹ nannten, brauchte er immer ein paar Sekunden, um zu begreifen, daß sie ihn und nicht irgend jemanden in der Nähe meinten.

»Alles bestens, Ma'am«, erwiderte er.

Jacob und June-bug standen frierend in der Eingangstür der Postkutschenstation und winkten. »Paßt gut auf euch auf!« rief June-bug.

Scully hob grüßend eine Hand, bevor er neben Mrs. Keating in den Schlitten stieg und die Zügel nahm. Sie rief den McCaffreys ein unsicheres »Vielen Dank für alles« zu und richtete den Blick auf die Wildnis, die vor ihnen lag. Der Weg, soweit er überhaupt als solcher zu bezeichnen war, war vollkommen zugeschneit, aber der Schnee war über Nacht gefroren, und die Sonne tauchte die Landschaft in ihr helles Licht.

Nachdem Scully sich die Zeit genommen hatte, seinen Hut zurechtzurücken und die unendliche Weite der Landschaft, die sich vor ihnen erstreckte, zu bewundern, setzte er die Maultiere mit einem Zügelklatschen in Bewegung. Sein Hengst würde bei den McCaffreys bleiben, bis Scully in ein paar Tagen den Schlitten und die Maultiere zurückbrachte.

Eine Zeitlang kostete es ihn große Mühe, die sturen Tiere in Bewegung zu halten; die Maulesel wären lieber in ihrem warmen Stall geblieben, wo es Schutz und Futter gab, und Scully konnte es ihnen nicht verübeln. Die Fahrt würde für sie alle mühsam werden, für Mensch und Tier, aber ihnen blieb nichts anderes übrig, als sie hinter sich zu bringen. John Keating würde erwarten, daß seine aus Philadelphia angereiste, zukünftige Frau schon auf der Ranch war, wenn er im Frühling aus Mexiko zurückkehrte, und als Big Johns Freund und Partner fühlte Scully sich verpflichtet, seine Interessen wahrzunehmen. Was allerdings nicht bedeutete, daß es ihn nicht etwas verstimmt hätte, daß Big John die Frau und das kleine Mädchen hatte herkommen lassen und dann beschlossen hatte, zu verschwinden.

Klar, die Herde mußte ergänzt werden, aber es wäre sinnvoller gewesen, Scully zum Einkaufen zu schicken und für den langen Heimweg nach Montana Treiber anzuheuern, damit Big John auf der Circle JW bleiben konnte, um selbst auf seine Braut und Stieftochter zu warten. Scully schätzte Big John Keating wirklich sehr, aber manchmal fragte er sich, ob die Aussicht, nach all den Jahren, in denen er allein gelebt hatte, noch eine Frau zu nehmen, ihn nicht vielleicht dermaßen eingeschüchtert hatte, daß er die Reise nach Mexiko als Vorwand für eine Flucht genutzt hatte.

Wieder seufzte er. Evangeline war eine hübsche Frau – und klug genug, um mit den unvermeidlichen Härten des Lebens hier zurechtzukommen. An Big Johns Stelle wäre er überglücklich gewesen, eine solche Gesellschaft abends am Kamin zu haben, ganz zu schweigen von den anderen Vorzügen, die eine Ehe mit sich brachte.

»Wie weit sind zehn Meilen?« fragte das kleine Mädchen aus dem hinteren Teil des Schlittens.

Scully drehte sich zu ihr um und lächelte sie an. »Es ist weit«, antwortete er, »aber wir müßten noch vor Einbruch der Nacht zu Hause sein.«

»Wenn wir nicht von Wölfen aufgefressen werden«, erwiderte Abigail, und es klang beinahe erwartungsvoll.

»Richtig«, stimmte er schmunzelnd zu.

»Oder von Indianern angegriffen werden.«

»Das auch.« Scully nickte ernst.

»Oder von Banditen überfallen werden.«

»Abigail!« mischte Evangeline sich ein. »Das genügt jetzt. Mr. Wainwright muß sich auf das Lenken der Maultiere konzentrieren.«

»Scully«, berichtigte er sie, ohne es zu wollen. Dann wurde er heiser und räusperte sich umständlich. »Nennen Sie mich Scully.«

Ihre braunen Augen musterten ihn ernst. »Also gut. Aber ich glaube nicht, daß es korrekt wäre, wenn Sie mich mit meinem Vornamen ansprechen.«

Es versetzte ihm einen Stich, aber nicht etwa, weil Evangeline darauf bestand, Distanz zu wahren. Es war die Traurigkeit, die er aus ihren Worten heraushörte. »Was immer Sie für richtig halten, Ma'am.«

»Ich denke, Ma'am wird für den Moment genügen«, erwiderte sie steif. Er fand es interessant, daß sie ihn nicht bat, sie mit ›Mrs. Keating‹ anzusprechen, und wünschte plötzlich, mehr zu wissen über ihren ersten Mann, der Big Johns liebster Cousin gewesen war.

Aber andererseits war es wahrscheinlich besser, sich auf seine eigenen Angelegenheiten zu beschränken. Denn schließlich besaß auch er Geheimnisse, die er nicht gern mit anderen geteilt hätte.

Das Land, das sie durchquerten, war ziemlich flach, aber überall gab es Wäldchen aus Pinien, Cottonwood und Birken, und wenn Evangeline sich umschaute, war die Postkutschenstation nur noch als kleiner dunkler Fleck im Schnee zu sehen, mit zwei Kaminen, aus denen dünner Rauch emporstieg. Einerseits sehnte sie sich danach, in den Schutz dieses kleinen warmen Gebäudes zurückzukehren, wo sie und Abigail in Sicherheit sein würden, aber andererseits wußte sie auch, daß *kein* Ort wirklich sicher war. Selbst in den Maisfeldern von Pennsylvania hatten Männer einander umgebracht, sich gegenseitig erschossen und erstochen und mit Kanonenfeuer in die Luft gejagt. Die beiden großen Armeen, die in den ersten Julitagen 1863 in Gettysburg aufeinandergestoßen waren, hatten Blut und Kummer, zerstörte Ernten und gebrochene Herzen hinter sich zurückgelassen und Schäden von unvorstellbaren Ausmaßen verursacht. Und die psychologischen Folgen des Massakers waren sogar noch sehr viel unheilvoller.

Evangeline schloß die Augen vor den Bildern, die sie nie vergessen würde. Nach der Schlacht in Gettysburg waren sowohl verwundete Unionssoldaten wie auch Rebellen in die umliegenden Städte gebracht worden, um dort notdürftig versorgt zu werden, da die Feldlazarette die unzähligen Verwundeten schon lange nicht mehr fassen konnten. Sie und andere Frauen aus ihrer kleinen Gemeinde hatten getan, was sie konnten, um zu helfen, hatten Verbände gewechselt und Briefe für Angehörige geschrieben, die meiste Zeit jedoch nur hilflos herumgesessen und irgendeinem Jungen, der im Sterben lag, die Hand gehalten. Dabei hatte sie oft gedacht, wie jetzt wieder, daß es, wenn die Uniform eines Mannes blutdurchtränkt war, unmöglich war, die eine von der anderen zu unterscheiden.

Sie schwieg, bis die Station nicht mehr zu sehen war, und dann, angesichts der vielen kalten Stunden in Scullys Gesellschaft, die vor ihr lagen, ganz zu schweigen von dem langen Winter, entschloß sie sich, eine Unterhaltung zu beginnen. Mit dem Gedanken, daß dieser Moment so gut wie jeder andere war, um etwas klarzustellen, richtete Evangeline sich sehr gerade auf, faltete die Hände auf dem Schoß und begann: »June-bug erzählte mir, Sie hätten in der Armee gedient. Während des Krieges, meine ich.«

Seine blaugrünen Augen, in denen eben noch so etwas wie Mutwillen gefunkelt hatte, wurden schmaler, als er sie betrachtete, und ein harter Zug erschien um seinen Mund. Dann nahm er sich zusammen, lächelte und nickte zustimmend. »Ja, Ma'am«, sagte er.

»Unter General Lee.«

»Ja, Ma'am. Unter General Lee.«

Es war gar nicht leicht, Scully Wainwright in eine simple Unterhaltung zu verwickeln. Evangeline hätte noch nicht sagen können, ob das etwas Gutes oder etwas Schlechtes war. »Ich nehme an, Sie wissen, daß mein Mann … daß ich …«

»Daß Sie Yankees waren?« fragte Scully, und jetzt klang wieder eine leise Belustigung in seiner Stimme mit. »Keine Sorge, Ma'am. Ich kann mir nicht vorstellen, daß ich Ihnen das zum Vorwurf machen würde. Ein Mensch kann schließlich nichts dafür, wenn er nördlich der Mason-Dixon-Linie geboren ist, nicht wahr?«

Evangeline hatte das Gefühl, als wäre sie gerade höflich, aber entschieden auf ihren Platz verwiesen worden, obwohl kein Groll in Wainwrights Ton oder Verhalten zu erkennen war. Sie straffte ihre Schultern. »Und doch sind Sie hierhergekommen«, gab sie zu bedenken. Selbst ihr Atem schien in dieser klaren, kalten Luft zu Wölkchen zu gefrieren.

Eins der Maultiere im Geschirr begann zu bocken, und er beruhigte es mit einem scharfen Pfiff. »Es war nicht mehr viel übrig von meinem Zuhause, als die Yankees mit uns fertig waren«, erwiderte er ruhig. »Mein Vater starb während des Krieges, als ich nicht zu Hause war, und so weit ich weiß, ist keiner meiner Brüder je zurückgekommen. Ich habe eine Zeitlang auf sie gewartet, dann alles bis auf meinen Sattel und meine Waffe gegen diesen Hengst getauscht und mich auf den Weg gemacht nach

Westen. Eine Weile zog ich ziellos durch die Gegend, bis ich schließlich Big John in Colorado traf und beschloß, eine Partnerschaft mit ihm einzugehen und die erste Herde nach Norden zu treiben.«

»Haben Sie Indianer unterwegs gesehen?« warf Abigail neugierig ein.

Scully lachte. »Eine Menge«, sagte er.

Evangeline verdrehte die Augen.

»Haben sie jemanden skalpiert?«

»Abigail«, warnte Evangeline.

Scully zwinkerte ihr zu, und erstaunlicherweise wärmte sie das mehr als alle Bärenfelle oder Decken es gekonnt hätten. »Nein«, antwortete er. »Sie wollten nur ein bißchen Rindfleisch. Wir gaben ihnen ein paar Stiere, und sie zogen glücklich und zufrieden weiter.«

Die Antwort schien Abigail zufriedenzustellen, zumindest für den Augenblick. Sie kuschelte sich wieder in ihre Felle, aber Evangeline wußte, daß ihr Köpfchen schneller dramatische Situationen fabrizierte, als die nördlichen Munitionsfabriken Kugeln während des Konflikts gegossen hatten. Abigail war zu altklug für ein Kind in ihrem Alter, aber sie war nun einmal, was sie war. Sie las und rechnete seit ihrem vierten Lebensjahr und hatte ihren Namen sogar vorher schon geschrieben, und sie konnte mehr als zwanzig Gedichte und Bibelstellen rezitieren, die ihr Vater sie auf eigenen Wunsch gelehrt hatte.

Zum ersten Mal seit vielen Wochen gestattete sich Evangeline, an Charles zu denken. Sie hatten nie eine Bilderbuchehe geführt; Charles hatte Clara, seine erste Frau, vergöttert, und obwohl er immer gut zu Evangeline gewesen war, war sie mehr eine Kameradin als eine Ehefrau für ihn gewesen. Er neigte dazu, zum fernen Horizont hinüberzustarren, vor allem, wenn die Sonne unterging, als erwartete er, Clara dort zu sehen, und er hatte

Evangeline so oft mit ihrem Namen angesprochen, daß sie begonnen hatte, darauf zu hören.

Aber trotz allem *war* Charles ein guter, braver Mann gewesen, der keine großen Ansprüche stellte und nicht kleinlich war, und sie vermißte ihn jetzt sehr. Wenn sie die Uhr hätte zurückstellen können zu der Zeit vor seinem Tod, hätte sie es trotz des schrecklichen Krieges, der dazwischenlag, getan. Doch da diese Möglichkeit ihr versagt war, wie allen anderen Menschen, blieb ihr gar keine andere Wahl, als sich kühn in eine unsichere Zukunft zu begeben. Ohne Versprechungen und ohne Garantien.

»Es wird schon nicht so schlimm sein«, riß Scullys ruhige Stimme sie aus ihren Überlegungen. »Big John mag zwar ein bißchen ungeschliffen an den Kanten sein, aber er ist kein schlechter Kerl.«

Irgendeine namenlose Emotion erfaßte Evangeline ganz unvermittelt; ihre Augen brannten, und sie schluckte hart, während sie gleichzeitig die schmalen Schultern straffte, um Haltung zu bewahren. »Trinkt er Alkohol?« fragte sie mit einer Stimme, die zaghafter klang, als es ihre Absicht gewesen war.

»Er trinkt einen Schluck Whiskey hin und wieder«, räumte Scully ein. »Hier draußen fühlt man sich oft einsam, und ein Schluck Whiskey macht es einem leichter. Sie brauchen aber keine Angst zu haben, daß er Sie schlagen wird, falls es das ist, was Sie fürchten. Big John hält sich sehr viel darauf zugute, daß er gut mit Damen umgehen kann.«

Nun konnte Evangeline nicht anders, als zu lächeln, denn Scully sah plötzlich so aus, als ob er sich am liebsten auf die Zunge gebissen hätte.

»Nun ja«, versuchte er sich zu berichtigen, »was ich damit sagen wollte, ist ...«

Sie lachte, und das lockerte ein bißchen die plötzlich

eingetretene Spannung zwischen ihnen. »Ich weiß schon, was Sie meinten«, sagte sie. »Sie wollten mir zu verstehen geben, daß Mr. Keating ein Gentleman ist.«

Scully runzelte die Stirn. »So weit würde ich nicht gehen«, entgegnete er todernst.

Evangeline beschloß, den Einwand zu ignorieren, da es ohnehin kein Zurück mehr gab.

Scully sah jetzt noch peinlicher berührt als vorher aus. »Was ich Ihnen sagen wollte, ist, daß Big John ab und zu eine gute Prügelei durchaus zu schätzen weiß und daß er gern mit hübschen Frauen tanzt. Er kauft ihnen auch Geschenke … Firlefanz und Schnickschnack …« Er errötete unter seiner Sonnenbräune und fluchte unterdrückt. »Verdammt!«

Bevor sie wußte, was sie tat, legte Evangeline die Hand auf seinen Arm und fühlte die harten Muskeln durch den Ärmel seiner Jacke. »Schon gut«, beruhigte sie ihn. Sie blickte zu Abigail und sah, daß das Kind inzwischen eingedöst war und Scullys Fluch deshalb nicht gehört haben konnte. »Sagen Sie mir, wie Mr. Keating aussieht. Abgesehen davon, daß er groß ist, meine ich.«

Scully schwieg eine Zeitlang und suchte mit schmalen Augen die Umgebung ab, als ob er dort die Antwort finden könne. Aber wahrscheinlich hielt er bloß Ausschau nach Anzeichen von Gefahr. »Ich dachte, er hätte Ihnen sein Bild geschickt«, sagte er schließlich unbehaglich.

»Die Leute sehen nie wie ihr Photographien aus«, wandte Evangeline ein. Zumindest hoffte sie, daß es so bei Mr. Keating war. Auf dem Bild, das er ihr zugesandt hatte, zusammen mit dem Brief und derBankanweisung, die ihr Leben verändert hatten, sah er grimmig und fast ein bißchen furchterregend aus, und obwohl er breite Schultern hatte, war sein Gesicht sehr hager und erinnerte irgendwie an einen Totengräber. Sein braunes, mit grauen Strähnen durchzogenes Haar war schon sehr spärlich auf dem Oberkopf und reichte ihm an den Seiten bis über die Ohren, und sein steifer Kragen schien ihn zu ersticken.

»Big John schon«, erwiderte Scully flach. Niemand könnte ihm Beschönigung vorwerfen, dachte Evangeline und wußte nicht, ob sie ihm dafür Anerkennung zollen oder es bedauern sollte. Da ihr keine Antwort einfiel, blieb sie still. Nach einer Weile begann sie, vor Kälte jegliches Gefühl in ihren Zehen zu verlieren.

Ab und zu kniete sie sich auf den Vordersitz des Schlittens, wobei sie intensiver mit Scullys Körper in Berührung kam, als ratsam war, und griff nach hinten, um sicherzugehen, daß Abigail gut zugedeckt war. Das kleine Mädchen schlief tief und fest, einerseits, weil es noch sehr früh am Tag war, und andererseits wegen der ruhigen, gleitenden Bewegungen des Schlittens.

Scully schien das Schweigen nicht zu stören; aber natürlich war er auch daran gewöhnt, sehr viel allein zu sein. Eine angenehme Trägheit hatte Evangeline erfaßt, vermutlich aus den gleichen Gründen, aus denen ihre Tochter schlief. Sie döste einmal ein, nur um dann grob geweckt zu werden von einem Stopp, der so plötzlich kam, daß sie vielleicht über den Schlitten hinweg nach vorn zwischen die Maultiere gestürzt wäre, wenn Scully sie nicht an ihrem Umhang festgehalten hätte.

Sie riß die Augen auf und hätte sie am liebsten sofort wieder geschlossen. Eine Gruppe von sechs Indianern bildete eine menschliche Barriere quer über den Weg; vier ritten eigene Pferde, die anderen beiden teilten sich eine magere braune Stute. Sie waren mit Hirschlederfellen bekleidet, trugen alle Pfeil und Bogen, und ihre Pferde waren dürr und schmutzig. Mißtrauisch beäugten sie das Gewehr, das quer über Scullys Schenkeln lag.

»Bei Jupiter und Zeus!« rief Abigail so begeistert wie ein Sünder, der eine Erleuchtung hat, und richtete sich im hinteren Teil des Schlittens auf. »*Indianer*!«

Evangeline rührte sich nicht und drehte sich nicht zu ihr um. Tatsächlich bewegte sie sogar kaum die Lippen, als sie zischte: »Abigail! Wenn du dich nicht sofort hinsetzt und den Mund hältst, kriegst du das ganze Jahr lang keine Süßigkeiten mehr – nicht einmal zu Weihnachten!«

Scully lachte leise, obwohl seine Aufmerksamkeit noch immer den Indianern galt. »Sie sind eine strenge Mutter, Mrs. Keating.«

Es war nicht der richtige Moment, sich gekränkt zu geben, obwohl Evangeline sicher war, daß sie es *gewesen* wäre, wenn sie Gelegenheit dazu gehabt hätte. »Was wollen sie?« wisperte sie, unfähig, den Blick von den Indianern abzuwenden. Sie boten einen furchterregenden Anblick, zweifellos, aber irgendwie waren sie auch mitleiderregend.

»Essen«, antwortete Scully. Er sagte ein paar Worte in einer abgehackten, gutturalen Sprache, und der Mann auf dem besten Pferd ritt ein paar Schritte näher, um zu antworten. »Es sind Chippewa«, erklärte Scully, bevor er in den hinteren Teil des Schlittens griff und einen Jutesack herauszog, der bis dahin neben Abigail gelegen hatte. Mit einer Hand hielt er den Sack hoch, und nach kurzem Zögern kam der Indianer noch näher heran und griff nach dem Sack. Sein Gesichtsausdruck, als er ihn öffnete und einen Blick hineinwarf, wäre Evangeline vielleicht komisch vorgekommen, wenn sie nicht alle drei in unmittelbarer Lebensgefahr gewesen wären.

»Was ist das?« fragte sie. Im Grunde genommen interessierte es sie nicht, aber wenn sie nervös war, neigte sie dazu, zuviel zu reden. Der Klang einer Stimme beruhigte sie, selbst wenn es ihre eigene war.

»Der Weihnachtsschinken«, antwortete Scully mit einem Seufzer des Bedauerns.

Die Indianer formten einen kleinen Kreis, um sich miteinander zu beraten. Evangeline wartete, und ihr Herz klopfte so hart und schnell, daß sie nicht fähig war, auch nur ein Wort zu sagen.

Irgendwann ritt einer der Chippewa zu ihnen herüber, musterte Evangeline prüfend, schenkte Abigail ein schwaches Lächeln und murmelte irgend etwas. Scully beantwortete die unverständliche Bemerkung mit einer eigenen, die für Evangeline genauso unergründlich war, und dann hob der Indianer einen Arm und stieß einen schrillen Schrei aus, der das Blut in ihren Adern stocken ließ.

Evangeline rechnete schon fest damit, skalpiert zu werden – und das hielt sie noch für ziemlich optimistisch –, aber im nächsten Augenblick wendeten die Straßenräuber ihre Pferde und galoppierten unter schrillen Schreien in den nahen Wald hinein.

Aufatmend sank Evangeline an Scullys Schulter, weil ihr vor Erleichterung so schwindlig war, daß sie das Bewußtsein zu verlieren fürchtete, und es kam ihr ganz natürlich vor, daß er einen Arm um ihre Schultern legte und sie für einen Moment beruhigend an sich drückte. »Sie sind jetzt fort«, sagte er, als ob sie das nicht selbst sehen könnte. »Sie sind weg.«

Sie versteifte sich, weil ihr plötzlich einfiel, daß sie einem anderen versprochen war. Sie hatte kein Recht, sich an Scully anzulehnen und schon gar nicht, es zu *mögen.* »Es geht mir gut, Mr. Wainwright«, sagte sie ein wenig spitz, »aber trotzdem vielen Dank für ihre Sorge.«

»*Das*«, bemerkte die durch nichts zu erschütternde Abigail, »war wirklich toll!«

»Wie alt, sagtest du, bist du?« scherzte Scully, während

er sich mit erhobenen Brauen nach der Kleinen umsah. »Fünfunddreißig? Vierzig?«

Abigail war entzückt. »Ich bin sechs!« rief sie.

Die Maultiere würden sich nur mit sehr viel gutem Zureden dazu bewegen lassen, den Weg fortzusetzen, und Scully stieg vom Schlitten, um sie zu beruhigen, nachdem er Evangeline die Zügel übergeben hatte. Aber die ganze Zeit hörte er nicht auf, mit Abigail zu plaudern, die noch immer ganz begeistert war. Es war Evangeline ein kleiner Trost, daß das Kind noch viel zu jung war, um sich eine richtige Vorstellung von dem furchtbaren Schicksal machen zu können, das sie alle hier befallen konnte.

Sie selbst dagegen hätte gern geweint. Es wäre eine willkommene Erleichterung gewesen nach all dem Reisen, den Unbequemlichkeiten und dem ständigen Bemühen, tapfer zu wirken. Aber natürlich wagte sie ihrem Impuls nicht nachzugeben; wenn sie in Tränen ausbrach, würde Abigail sehr erschrocken sein, und Scully würde sie für eine dieser Frauen halten, die beim geringsten Anzeichen von Problemen jammerten und wehklagten. Seine Meinung war ihr wichtig, da sie immerhin einen ganzen Winter mit ihm in ihrer Nähe verbringen würde.

Gegen Mittag hielten sie neben einem zugefrorenen Bach, um die Maultiere ausruhen zu lassen und etwas von den Vorräten zu essen, die June-bug ihnen morgens eingepackt hatte. Scully benutzte den Kolben seines Gewehrs, um das Eis auf dem Bach zu brechen, schirrte dann die Tiere aus und führte sie die schlüpfrige Uferböschung hinunter, damit sie trinken konnten.

»Mama«, wisperte Abigail und zupfte an Evangelines wollenem Umhang. »Mama!«

Evangeline merkte, daß ihre Tochter sie dabei ertappt

hatte, wie sie Scully beobachtete, und errötete ein bißchen. »Ja?« fragte sie.

»Ich muß mal«, flüsterte Abigail.

Das war nicht erstaunlich; sie hatten schon seit Stunden nicht mehr angehalten. »Ich auch«, gestand Evangeline. »Komm mit.« Sie stieg vom Schlitten und streckte die Arme aus, um ihre Tochter von dem hohen Sitz zu heben. Der harte Schnee war ziemlich tief, und er ächzte und knirschte beim Gehen unter ihren Füßen. Sie fanden Schutz hinter einem großen Strauch, erleichterten sich und kehrten dann zurück zum Schlitten.

Scully wartete schon, und die Maultiere waren wieder angespannt, obwohl sie nicht gerade glücklich darüber schienen. Lächelnd hob Scully Abigail auf ihren Sitz zurück und wickelte sie fürsorglich in die dicken Bärenfelle. Evangeline versuchte noch immer einzusteigen, als sie plötzlich Scullys Hände um ihre Taille spürte. Mit einer raschen, unaufdringlichen Bewegung hob er sie vom Boden auf und in den Schlitten.

Nur wenige Minuten später waren sie schon wieder unterwegs, und die Sonne sank allmählich tiefer. Evangeline fror so sehr, daß sie die Kälte beinahe nicht mehr spürte, aber sie hätte eher ihre Finger und Zehen abfallen lassen, als sich zu beklagen. Scully mußte genauso frieren wie sie selbst, und er hatte kein Wort gesagt bisher.

Sie waren schon ein gutes Stück weiter vorangekommen, als er den Schlitten anhielt und sich zu ihr wandte. »Wir werden noch vor Sonnenuntergang zu Hause sein«, sagte er. »Ich zünde dann sofort ein Feuer an. Aber wollen Sie sich bis dahin nicht zu Ihrer Tochter setzen? Sie könnten sich unter die Felle kuscheln und sich gegenseitig warmhalten.«

»Und Sie?« fragte Evangeline und war gerührter über

seine schlichte Freundlichkeit, als sie bei Charles und seiner nachlässigen Fürsorge je gewesen war.

Er grinste. »Ich glaube nicht, daß Big John begeistert wäre, wenn ich mich mit Ihnen unter die Felle setzte«, antwortete er, weil ihm bewußt war, daß Abigail inzwischen wieder schlief. »Gehen Sie nur. Der Kleinen wird auch wärmer sein, wenn Sie sich zusammen unter die Felle kuscheln.«

Evangeline kletterte ungeschickt nach hinten, und mit einigen raschen Bewegungen gelang es ihr, Abigail auf ihren Schoß zu ziehen, ohne sie zu wecken. Als beide in den ein wenig streng riechenden Bärenfellen eingewickelt waren, setzte Scully die Maultiere mit einem Pfiff und einem Zügelklatschen wieder in Bewegung.

Die Abenddämmerung warf bereits ihre Schatten auf den Schnee, als das Haus in Sicht kam, und das Heulen von Wölfen und Kojoten echote aus den nahen Bergen und dem Wald. Evangeline spähte durch die zunehmende Dunkelheit auf das Holzgebäude, das von nun an ihr und Abigails Zuhause sein würde. Es konnte höchstens drei Räume haben, schätzte Evangeline, ohne den angrenzenden Schuppen mitzuzählen, aber für sie sah es wie ein Palast an diesem Abend aus. In der Nähe des Wohnhauses gab es eine Scheune mit einer leeren Koppel und noch verschiedene andere Außengebäude und Schuppen. Junge Obstbäume mit kahlen Ästen standen in Reih und Glied wie Soldaten auf dem kleinen Hügel oberhalb des Hauses. Schnee bedeckte schwer sein Dach, aus dem zwei Kamine – einer aus Blech, der andere aus Stein – in den sich rasch verdunkelnden Himmel aufragten.

»Sind wir zu Hause, Mama?« fragte Abigail blinzelnd und rieb sich die Augen. »Ist das unser Haus?«

Evangeline konnte nur nicken, weil sie viel zu müde und steif vor Kälte war, um irgend etwas anderes zu tun.

Scully erschien ihr noch genauso schwungvoll wie an diesem Morgen, als er noch vor Tagesanbruch an einem der Tische der Postkutschenstation gesessen und das Frühstück verschlungen hatte, das June-bug ihm serviert hatte, als ob er völlig ausgehungert wäre. Er lenkte die Maultiere und den Schlitten vor das Haus – das eigentlich mehr die Bezeichnung ›Hütte‹ verdiente, dachte Evangeline kritiklos und schaute zu den hohen Fenstern auf, deren Läden fest geschlossen waren.

»Wir haben richtige Glasscheiben«, sagte Scully stolz, als er ihren Blick bemerkte.

Sie und Abigail stiegen mit seiner Hilfe aus dem Schlitten, und Abigail lief zum Haus hinüber und riß die schwere Holztür auf. Evangeline wußte, daß es nicht der Wunsch nach Geborgenheit war, der ihre Tochter lenkte, sondern nichts anderes als pure Neugierde. Daheim in Pennsylvania hatte sie oft damit geprahlt, daß sie demnächst auf einer Ranch leben würde, wo sie ein Pony haben und Freundschaft mit wilden Indianern schließen würde.

Evangeline folgte ihrer Tochter, ging aber sehr viel langsamer.

Es stellte sich schon bald heraus, daß es im Haus noch kälter war als draußen, und die Luft war feucht und roch nach alter Asche, kaltem Zigarettenrauch und ungewaschener Wäsche. Es war ein Haus, das dringend die liebevolle Betreuung einer Frau benötigte, und Evangeline spürte, wie bei dem Gedanken etwas von ihrer Energie zurückkehrte. Gleich morgen früh würde sie die Ärmel aufkrempeln und dieses Haus in Ordnung bringen.

Nachdem Scully die Tür geschlossen hatte, suchte er Streichhölzer und zündete eine Petroleumlampe an, die in der Mitte eines großen, ziemlich groben Tisches stand. In den Schatten, die sich nur sehr widerstrebend in die Ecken zurückzuziehen schienen, erkannte Evangeline die Umrisse eines Herds, eines Bettgestells und eines Waschtischs, auf dem ein Krug und eine Schüssel standen.

Scully trat an den Kamin und zündete das bereits aufgeschichtete Holz mit einem weiteren Streichholz an. Sowohl Abigail wie Evangeline fühlten sich wie magisch angezogen von der Wärme, so gering sie anfangs auch noch war, weil es so unerträglich kalt und feucht in diesem Haus war.

»Ich werde auch ein Feuer im Herd anzünden«, sagte Scully. »Dann wird es Ihnen schneller wärmer werden.«

Abigail trat näher zu Evangeline und nahm ihre Hand. »Können die Wölfe hier hereinkommen, Mama?«

Bevor Evangeline etwas erwidern konnte, kam Scully zu ihnen hinüber, hockte sich vor Abigail und legte sanft seine großen Hände um ihre Schultern. »Es gibt keinen Wolf, der durch diese dicken Wände käme«, sagte er. »Ich werde dich beschützen, Abigail. Du hast mein Wort darauf.«

Evangeline spürte, wie sich bei Scullys feierlichem Versprechen ein Kloß in ihrer Kehle formte, und wieder kamen ihr die Tränen. Sie schob die Reaktion auf ihre Erschöpfung nach der langen Reise, aber selbst nachdem sie eine Rechtfertigung dafür gefunden hatte, war sie nicht fähig, zu sprechen.

»Wirst du auch meine Mama beschützen?« fragte Abigail treuherzig.

Scully, der noch immer vor ihr hockte, schaute auf und suchte Evangelines Blick. Sie war froh über das schwache Licht, das ihren Gesichtsausdruck so unergründlich für ihn machen mußte, wie seiner es für sie war. »Vor allem Unheil«, versprach er feierlich. Dann stand er auf, und seine nächsten Worte waren an Evangeline gerichtet. »In der Speisekammer sind Konserven und einige andere Vorräte, falls Sie etwas zum Abendessen wollen. Sie und Abigail können das Bett dort drüben haben – ich werde die Bärenfelle hereinbringen, damit Sie heute nacht nicht frieren.«

»D-danke«, erwiderte Evangeline unsicher.

Er zündete eine zweite Lampe an und dann noch eine dritte, so daß der ganze Raum langsam erkennbar wurde, und ging zum Herd. Bald hatte er auch dort ein Feuer brennen, und wohltuende Wärme strahlte nun auch von diesem Ende des langen Raumes aus.

»Ich muß jetzt gehen und die Maultiere versorgen«, sagte er, schon auf dem Weg zur Tür. »Richten Sie sich ein, so gut Sie können. Ich weiß, daß Big John sehr viel daran liegen würde, daß Sie sich hier wohlfühlen.«

»Werden Sie mit uns essen?« fragte Evangeline. Sie wollte ihn nicht gehen lassen, und nicht nur, weil sie Angst vor Indianern, Wölfen und Banditen hatte.

Sie hätte schwören mögen, daß er errötete. »Ich habe noch etwas Dörrfleisch draußen in der Scheune«, sagte er. »Am besten sage ich Ihnen jetzt gleich schon gute Nacht. Vergessen Sie nicht, die Tür hinter mir zu verriegeln.«

»Nein!« protestierte Abigail entschieden. »Du mußt hier drinnen schlafen. Wie willst du Mama und mich vor den Wölfen beschützen, wenn du woanders bist?«

Evangeline berührte Abigails schmale, angespannte Schultern. »Mr. Wainwright hat noch zu tun«, erklärte sie ruhig. »Und die Mauern dieses Hauses sind sehr dick.«

Abigail blieb jedoch beharrlich. »Du hast es versprochen, Scully«, erklärte sie in entschiedenem und vorwurfsvollem Ton und verschränkte die Arme vor der Brust, um ihm klarzumachen, daß sie sich nicht umstimmen lassen würde.

Scully seufzte. »Das stimmt«, gestand er. »Aber die Scheune ist ganz in der Nähe, Abigail. Niemand könnte dir etwas tun, ohne daß ich es hören oder sehen würde.«

Abigail schaute ihn nur mit vorwurfsvollem Blick an.

»Na schön«, gab Scully nach. »Du hast gewonnen. Aber jetzt habe ich noch einiges zu tun. Die Maultiere müssen in die Scheune gebracht und gefüttert werden.«

Endlich nickte Abigail. »Darf ich mein Pony sehen?«

Evangeline bedeutete ihrer Tochter, still zu sein, wechselte einen Blick mit Scully und verriegelte die Tür, nachdem er hinausgegangen war. Dann schaute sie sich nach der Speisekammer um. Zufrieden summte sie vor sich hin, als sie die Zutaten für ein bescheidenes Abendessen zusammenstellte. Es tat gut, wieder drinnen zu sein und etwas zu kochen. Das und nichts anderes, sagte sie sich, muß der Grund dafür sein, warum ich plötzlich so fröhlich bin.

3

Auf Scullys Klopfen hin öffnete Evangeline die Tür, um ihn hereinzulassen, und als er über die Schwelle trat, erfaßte ihn ein unverhofftes, überwältigendes Gefühl der Dankbarkeit für die Wärme und Behaglichkeit des Hauses. Es war nicht nur das Feuer, das im Kamin und Herd brannte, oder das sanfte, anheimelnde Licht der verschiedenen Petroleumlampen, die Evangeline im Raum verteilt hatte. Denn all diese kleinen Annehmlichkeiten hatte er auch schon in vielen andere kalten Nächten gehabt. Nein, es war die Anwesenheit einer Frau – oder vielmehr *dieser* hier –, was dem rustikalen Inneren des Hauses Glanz verlieh.

Scully zwang sich, seinen Gedanken eine andere, etwas weniger persönliche Richtung zu verleihen, aber das war eine Aufgabe, die sich als beinahe ebenso schwer erwies, wie die Maultiere auf einen Weg zu lenken, wenn sie einen anderen gehen wollten. *Evangeline ist so gut wie verheiratet mit Big John Keating,* ermahnte Scully sich, *und das solltest du nicht vergessen, wenn du deine Selbstachtung nicht verlieren willst – ganz zu schweigen von dem besten Freund, den du in deinem Leben je besessen hast.*

Das köstliche Aroma irgendeines würzigen Gerichts ließ seinen Magen knurren; er schloß und verriegelte die Tür gewissenhafter, als es nötig gewesen wäre, weil er Zeit gewinnen wollte, um sich zu überlegen, was er sagen sollte. Er nützte allerdings nicht viel, der kleine Aufschub; Scully wußte immer noch nicht, was er sagen sollte, als er sich zu Evangeline umdrehte.

Während er seine schwere Schaffelljacke ablegte, bemerkte er, daß die kleine Abigail bereits im Bett unter der dicken Daunendecke lag und wie ein müdes kleines Kätzchen schlief. Lächelnd hängte er seinen Hut an einen der Haken bei der Tür und sprach mit gesenkter Stimme, als er zum Kamin hinüberging. »Ich schätze, für heute hat die Kleine genügend Abenteuer erlebt«, bemerkte er.

Evangeline erwiderte sein Lächeln, wenn auch etwas unsicher vielleicht, und er staunte über Big John Keatings Glück, eine solche Braut gefunden zu haben, und das, ohne sie zuvor gekannt zu haben. Scully dachte, daß er in seinem Leben schon hübschere Frauen als sie gesehen hatte, obwohl er sich im Moment beim besten Willen an keine einzige erinnern konnte, aber Evangeline hatte etwas an sich, das tiefer ging als gutes Aussehen. Sie hatte sich fast zu Tode gefürchtet, als sie den Chippewas auf dem Weg begegnet waren; er hatte gespürt, wie sie gezittert hatte neben ihm auf dem Sitz des Schlittens, aber sie hätte gekämpft wie eine Berglöwin, wenn es darauf angekommen wäre, und wenn nicht für sich selbst, dann für ihr kleines Mädchen.

Sie hatte Mut, daran bestand kein Zweifel. Und Verstand besaß sie auch; das zeigte sich in ihrer Art zu sprechen und wie sie sich benahm. Vielleicht, dachte er, würde sie sich gern eins der Bücher ausleihen, die er im Laufe der Jahre angesammelt hatte, und dann konnten sie sich über die Charaktere und die zum größten Teil noch unbekannten Schauplätze der Geschichten unterhalten. Daran war doch gewiß nichts Anstößiges? Sich mit einer Frau zu unterhalten, selbst wenn sie die Braut eines anderen Mannes war?

»Setzen Sie sich, Scully«, forderte sie ihn freundlich auf. »Ich habe einen Eintopf aus Kartoffeln, Zwiebeln und etwas Dosenfleisch gekocht. Und dazu gibt es Kaffee.«

Scully verspürte ein eigenartiges Ziehen zwischen Herz und Bauch, eine völlig instinktive Reaktion, die, wie er wußte, nichts mit Hunger zu tun hatte, nur damit, daß er so lange niemanden gehabt hatte, mit dem er reden konnte. »Und Sie?« fragte er, während er einen von Big Johns groben Stühlen heranzog, um sich an den Tisch zu setzen. »Essen Sie nichts?«

»Ich habe schon mit Abigail gegessen«, sagte sie und trat an den Tisch, um ihm Kaffee einzuschenken. Diese alltägliche kleine Höflichkeitsgeste weckte ein Gefühl solch intensiv empfundener Nostalgie in ihm, daß er einen Moment lang nichts zu sagen wagte. Er nickte ihr nur höflich zu und hoffte, seiner Dankbarkeit damit genügend Ausdruck verliehen zu haben, obwohl seine Mutter ihm an ihrem Tisch zu Hause in Virginia bessere Manieren beigebracht hatte.

Der Eintopf war ungewöhnlich schmackhaft, wenn man bedachte, wie schnell sie ihn zubereitet hatte, und das vertiefte höchstens noch Scullys zunehmende Gewißheit, daß er weit entfernt und ausgeschlossen war von einer glücklicheren Welt, in der Frauen für ihre Männer kochten und versuchten, ihnen mit kleinen, alltäglichen Aufmerksamkeiten eine Freude zu bereiten. Irgendwo dort draußen in den Bergen heulte ein Kojote, was er als passendes Geräusch empfand für die Gefühle, die ihn momentan bewegten.

Sie brachte die Kaffeekanne zum Herd zurück, zog sich dann den zweiten Stuhl heran und setzte sich Scully gegenüber, die Hände auf dem Tisch gefaltet. »Ich bin Ihnen sehr dankbar, Mr. – Scully –, daß Sie mich und Abigail von der Postkutschenstation abgeholt haben. Und uns vor diesen Indianern beschützt haben. Wir hätten die Reise allein ganz sicher nicht geschafft.« Sie hielt inne und erschauderte, weil sie wahrscheinlich daran dachte, was geschehen wäre, wenn die Indianer sie und ihre Tochter gefangengenommen und verschleppt hätten.

Es stimmt schon, dachte Scully, daß eine Frau hier draußen einen Mann benötigt, aber das gleiche galt auch umgekehrt. Denn ohne eine Frau erschienen ihm das harte Leben und die Einsamkeit hier oftmals unerträglich. Er zuckte die Schultern, weil es etwas Ungewohntes für ihn war, so gründlich über Gefühle nachzudenken, die er sich sonst nicht einmal eingestand. »Big John sagte, Sie würden um diese Zeit in Springwater eintreffen. Er bat mich, Sie abzuholen und heimzubringen.«

Sie wirkte ein bißchen enttäuscht über seine Antwort, obwohl er nicht den Eindruck hatte, etwas Falsches gesagt zu haben. Aber bei Frauen konnte man nie wissen; sie konnten sehr empfindlich sein, selbst wenn ein Mann sich seine Worte sehr gut überlegte und sie entsprechend formulierte. »Ich verstehe«, erwiderte sie in einem Ton, der eindeutig bewies, daß sie es nicht verstand.

Schweigend aß er, bis sein Teller leer war, überzeugt, daß er bis zum Haaransatz errötet war. Er war früher viel mit Frauen zusammen gewesen, aber aus irgendeinem Grund machte diese hier ihn schüchtern wie einen kleinen Jungen, der noch kurze Hosen trug.

Sie wartete sehr lange, bevor sie das Schweigen endlich brach. »Wo werden Sie schlafen?«

Es war eine durchaus vernünftige Frage angesichts der Umstände, aber Scully erstickte trotzdem fast an seinem letzten Schluck Kaffee. Er mußte sich zusammennehmen und aufhören, sich wie ein grüner Junge bei seinem ersten Tanzfest aufzuführen, oder alles würde nur noch schlimmer werden. »Im Schuppen nebenan steht eine

Liege«, sagte er und deutete auf eine Tür, die in den kleinen Anbau führte. »Dort werde ich übernachten.«

Evangeline nickte, stand auf und griff nach seinem Teller. »Sind Sie noch hungrig? Es ist noch mehr von diesem Eintopf da.«

Ein vernünftiger Mann versäumte keine Gelegenheit, sich an etwas von einer Frau Gekochtem satt zu essen, zumindest nicht an einem Ort, wo so etwas eine Seltenheit war, und Scully war nach wie vor sehr hungrig. Trotz allem jedoch glaubte er nicht, daß er imstande war, auch nur einen einzigen Bissen herunterzubekommen, weil seine Kehle plötzlich merkwürdig eng geworden war, und so schüttelte er nur den Kopf, bedankte sich und reichte ihr den Teller.

Hoffentlich glaubte sie nicht, er erwartete von ihr, daß sie ihn bediente wie eine … nun ja, wie eine Ehefrau. Er merkte plötzlich, daß sie todmüde war und sich sicher gern zurückgezogen hätte, es aber nicht gut konnte, solange er am Tisch saß und sie angaffte, als wäre sie eine Winterrose, die mitten aus dem Eis erblüht war.

Er schob seinen Stuhl so rasch zurück, daß sie erschrak – er sah, wie sie fast unmerklich zusammenzuckte und eine Hand an ihre Brust legte –, und ärgerte sich über sich selbst, als er die Läden aller Fenster schloß und sich noch einmal vergewisserte, daß die Tür verriegelt war. Evangeline hatte dunkle Schatten unter den Augen, und obwohl sie sich sonst sehr aufrecht hielt, ließ sie jetzt die Schultern hängen. Sie fühlte sich bestimmt noch sehr viel unbehaglicher als er, so ganz allein in einem abgelegenen Haus mit einem Fremden.

Mit einem gemurmelten »Gute Nacht« zog Scully sich hastig in den Anbau zurück, den die Wärme der beiden Feuer nicht erreichte, so daß sein Atem dort wie kleine Wölkchen in der kalten Luft aufstieg. Das Glas hinter den

Fensterläden mußte eisbedeckt sein, so kalt war es in diesem Raum.

Er zog sich bis auf seine langen Unterhosen aus, kroch fröstelnd unter den Stapel klammer Decken und Felle auf der schmalen Liege und dachte, daß Evangeline im Nebenraum sein Zähneklappern hören mußte. Er versuchte wirklich, sich nicht vorzustellen, wie sie sich entkleidete, wie sie ihr Nachthemd anzog und ihr aufgestecktes Haar löste, aber er sah dieses wundervolle Ritual so deutlich vor sich, als hätte er sie durchs Schlüsselloch beobachtet.

Hinter der dünnen, schrägen Wand des Anbaus heulte der Wind und trug den klagenden Ruf eines Kojoten durch die stille Nacht. Der Nachhall dieses einsamen Geräuschs wollte nicht mehr aus Scullys Bewußtsein weichen, und obwohl er todmüde war, fand er lange keinen Schlaf.

Evangeline wartete eine halbe Stunde, bis sie ganz sicher war, daß Scully nicht mehr aufstehen würde, und dann erst öffnete sie ihre Reisetruhe und nahm ein schlichtes weißes Flanellnachthemd heraus. Der Stoff war kalt, obwohl Scully das Gepäck sofort nach ihrer Ankunft ins Haus gebracht hatte, und sie fröstelte schon bei der bloßen Vorstellung, diesen kalten Stoff an ihrer nackten Haut zu haben. Schließlich trat sie an den Kamin und hielt das Nachthemd vor die Flammen, in der Hoffnung, daß das Feuer den Stoff ein bißchen wärmen würde. Sie hätte vorgezogen, mit allem, was sie anhatte, ins Bett zu gehen, aber sie hatte nicht vor, ihre Maßstäbe zu senken, nur weil sie an einen solch abgelegenen Ort gekommen war. Schließlich war es ihre Pflicht, ihrer Tochter mit gutem Beispiel voranzugehen.

Aber die Nacht war bitterkalt, so daß sie sich zum guten Schluß für einen Kompromiß entschied und nur das Kleid und ihre Unterröcke ablegte und ihr Hemd und ihre langen Beinkleider unter dem Nachthemd anbehielt. Rasch kroch sie unter die dicken Decken und begann zu zittern vor Kälte, als sie zwischen die eisigen Laken glitt.

Abigail bewegte sich neben ihr und lächelte ein wenig wie in einem wunderschönen Traum, was Evangeline wieder etwas ermutigte. Sie sprach ein stummes Gebet und schloß die Augen, um auf den Schlaf zu warten, aber obwohl sie ihn herbeisehnte, konnte sie an nichts anderes als an Scully denken.

Nun ja, wahrscheinlich war es ganz natürlich, daß sie an ihn dachte; er war schließlich ein gutaussehender Mann und so völlig anders als alle anderen Männer, die sie je gekannt hatte. Nicht, daß sie etwa sehr viele gekannt hätte in ihrem Leben – sie erinnerte sich nicht einmal an ihren Vater, da er gestorben war, als sie noch ein kleines Kind war, kurz bevor auch ihre Mutter starb. Sie war in einem Waisenhaus aufgewachsen, im St. Theresa's in Philadelphia, wo Jungen und Mädchen streng getrennt gewesen waren. Dann, nach ihrem sechzehnten Geburtstag, war Clara Keating, Charles' warmherzige Frau, an einem sonnigen Frühlingstag gekommen, um sie abzuholen, hatte sie aus einer ganzen Gruppe hoffnungsvoller Kandidaten ausgesucht und mit heimgenommen, damit sie ihr im Haus und in ihrem Garten half.

Dort hatte sie Mott kennengelernt, der weder die gutmütige Natur seiner Mutter noch den ruhigen, freundlichen Charakter seines Vaters geerbt hatte. Tatsächlich hatte Evangeline damals sogar gedacht, daß sie, falls das einzige Kind der Keatings ein Beispiel dafür darstellte, wie Männer waren, besser in ein Kloster eintreten sollte.

Im nächsten Jahr, als Evangeline siebzehn wurde,

brach der Krieg aus, aber eine Zeitlang war er ihr fast unwirklich erschienen, wie eine Serie weit entfernter Vorfälle, eine schaurige Geschichte ohne Ende, etwas, worüber Charles in den Zeitungen las und weshalb Clara sonntags in der Kirche und auch während der Woche betete. Dann waren die ersten jungen Männer fortmarschiert, voller Stolz auf ihre neuen Uniformen mit den glänzenden Bronzeknöpfen, ihre festen Stiefel und die Bajonette, die die Regierung ihnen gab. Sie waren sich ihres Siegs so sicher gewesen, diese ersten jungen Freiwilligen, und überzeugt, daß sie den Krieg beenden würden, noch bevor der Sommer endete.

Es tat Evangeline noch immer weh, an sie zurückzudenken. Aber noch viel schmerzlicher war die Erinnerung an die Männer, die dann irgendwann zurückkehrten – im besten Falle gramvoll und bekümmert, im schlimmsten Fall in einem schlichten Holzsarg. Jene, auf die weder das eine noch das andere zutraf, waren blind oder taub, hatten Beine oder Arme verloren und waren all ihrer Träume und Illusionen auf den Schlachtfeldern beraubt worden. Obwohl Evangeline unter Claras Aufsicht unermüdlich die Verwundeten gepflegt hatte, hatte sie sich nie … nun ja, *Gedanken* über sie gemacht. Jedenfalls nicht solch beunruhigende, wie Scully sie jetzt in ihr weckte.

Sie war fast zwanzig gewesen, als Clara ganz plötzlich an einem Herzanfall gestorben war, einundzwanzig, als sie Charles geheiratet hatte, der nach dem Tod seiner Frau in tiefe Niedergeschlagenheit verfallen war. Evangeline hatte ihn aus Mitgefühl geheiratet, aus Dankbarkeit und Freundschaft, und weil ihre einzige andere Möglichkeit gewesen wäre, seinen Sohn zum Mann zu nehmen. Die ehelichen Pflichten zu erfüllen war beiden schwergefallen. Obwohl sie ein Kind zusammen hatten, hatte Evangeline Charles nie unbekleidet gesehen, und auch er hatte sie nie nackt erblickt. Ehelichen Verkehr hatten sie nur sehr spät nachts, wenn Evangeline plötzlich erwachte und merkte, daß er im Dunkeln auf ihr lag und stieß und tastete, bis er Zugang zu ihrem Körper fand. Es war fast immer schnell vorbei, was ein Segen war, und Charles war stets so beschämt und reumütig danach, daß er ihr morgens beim Frühstück nicht in die Augen schauen konnte.

Evangeline errötete, als sie an die Verwirrung dachte, die sie dabei empfunden hatte, das Gefühl der Leere und der unaufhörlichen Beschämung. Die ganze Sache war ihr peinlich und unangenehm gewesen, obwohl sie den zerreißenden Schmerz, den man ihr immer prophezeit hatte, nie empfunden hatte. Nein, sie hatte wenig über Männer gelernt von Charles, höchstens, daß sie die merkwürdigen Bedürfnisse ihrer Körper überaus bezwingend fanden.

Ohne es zu wollen, dachte Evangeline an Scully. Aber sie durfte und *wollte* nicht in diesem Zusammenhang an ihn denken. Er war nicht ihr Ehemann und würde es auch niemals sein. Sie würde Big John Keating heiraten, sobald der Frühling kam. Und deshalb war es besser, wenn sie ihre Spekulationen ausschließlich auf ihn beschränkte.

Trotzdem konnte sie nicht anders, als sich vorzustellen, wie es wäre, von Scully berührt zu werden. Von ihm geküßt zu werden … an seiner harten Brust zu liegen …

Die Vorstellung löste ein eigenartiges Prickeln in ihr aus, das wie das leise Flattern einer Feder war, und Evangeline schloß die Augen und bemühte sich mit aller Kraft, es zu verdrängen.

Es war erstaunlich warm im Raum, als Evangeline am nächsten Morgen bei Beginn der Morgendämmerung die Augen aufschlug. Das Klappern einer Herdplatte kam ihr fast wie Pianomusik vor, und das Wasser lief ihr im Mund zusammen, als sie das Zischen von Fett in einer Pfanne hörte und den köstlichen Duft gebratenen Specks mit Eiern wahrnahm.

Sie rekelte sich wohlig und glaubte im ersten Moment, wieder daheim in Pennsylvania zu sein, in ihrem kleinen Zimmer neben der Küche, in der Clara ihr sonntägliches Frühstück zubereitete. Als Abigail sich jedoch neben ihr bewegte, erinnerte sie sich plötzlich wieder, wo sie war. Hastig richtete sie sich auf, zog die weiche Daunendecke bis unters Kinn und erblickte Scully, der im schwachen Licht des Feuers aus dem Herd in einer Pfanne rührte.

Evangeline wartete, bis er ihr den Rücken zukehrte, griff dann nach ihrem Kleid und zog es unter die Decke, wo sie mit einiger Mühe ihr Nachthemd abstreifte und das Kleid rasch überzog. Abigail schlief bei all dem seelenruhig weiter.

»Guten Morgen«, sagte Scully leise, als sie zu ihm trat und sich mit dem Rücken vor den Herd stellte, um sich zu wärmen.

»Sie kochen?« fragte sie überrascht.

Er grinste, was ein eigenartiges Ziehen ganz tief in ihrem Innersten auslöste, wo sie das Zentrum ihrer Weiblichkeit vermutete. »Jemand muß es tun«, antwortete er. »Big John jedenfalls ganz sicher nicht …« Er hielt inne und errötete ein wenig. »Er kann nicht einmal Bohnen in kaltem Wasser einweichen, ohne sie anbrennen zu lassen.«

Evangeline lachte leise, und das linderte die Spannung zwischen ihnen etwas.

Scully brachte zwei Teller mit Spiegeleiern und dicken

Scheiben Speck zum Tisch, nachdem er einen Teller für Abigail in den Ofen über dem Herd gestellt hatte. Die Geste rührte Evangeline auf solch unverhoffte Weise, daß sie für einen Moment den Blick abwenden mußte.

»Setzen Sie sich doch«, bat Scully lächelnd. Er hatte irgendwann die Fensterläden zurückgeklappt, so daß es nun allmählich hell im Raum wurde.

Das Haus kam Evangeline jetzt viel größer vor als in der Nacht zuvor, als die Schatten so viel Platz in Anspruch genommen hatten. Die Böden waren aus gutem Holz, und es gab sogar eine richtige, mit Gips verputzte Zimmerdecke und nicht nur Balken und Schindeln, wie sie eigentlich erwartet hatte. In einer Zimmerecke stand ein Regal, das vollgepackt mit Büchern war, und ein handgeknüpfter Teppich lag sogar am Fußende des Betts. Jemand hatte mit Holzkohle Bögen auf mehrere der großen Holzwände gezeichnet, und die betrachtete sie gerade neugierig, als Scully zu ihr an den Tisch kam.

Er lachte, aber das Lachen erreichte seine Augen nicht. »Big John will im nächsten Frühjahr anbauen. Diese Bögen bezeichnen die Stellen, wo er die Türen anbringen will.«

Evangeline ging nicht auf die Bemerkung ein, weil sie nicht so recht wußte, was sie dazu sagen sollte. Sie hoffte nur, daß eins der Zimmer ein Schlafzimmer sein würde; sie wollte nicht ihr Leben lang im Wohnbereich der Hütte schlafen, vor allem dann nicht, wenn sie mit Mr. Keating verheiratet war. Auch Abigail würde eine gewisse Ungestörtheit brauchen, und es würden mit der Zeit bestimmt noch andere Kinder kommen. Evangeline hatte sich immer eine große Familie gewünscht.

»Wie schmeckt es Ihnen?« erkundigte sich Scully höflich, als sie nichts erwiderte.

Der Speck war zäh und ein bißchen zu stark durchgebraten, so daß man lange kauen mußte, und sie war noch immer damit beschäftigt und nahm sich vor, ihn zu belügen, wenn sie fertig war, als ein ohrenbetäubendes Getöse hinter dem Haus ausbrach. Evangeline erstickte fast an ihrem Speck, als Scully aufsprang und mit einem unterdrückten Fluch das Gewehr von dem Gestell über der Eingangstür riß. Er machte sich nicht einmal die Mühe, seine Jacke anzuziehen, sondern löste nur rasch den Riegel an der Tür und lief hinaus, nachdem er Evangeline noch rasch zugerufen hatte, sich nicht von der Stelle zu bewegen.

Natürlich ignorierte sie den Befehl, schnappte sich seine Jacke von dem Haken an der Wand und zog sie über, bevor sie ihm nacheilte und laut die Tür hinter sich ins Schloß fallen ließ. Sie folgte ihm auch dann noch, als sie ihn zur Scheune hinübergehen sah.

Doch dann, ganz plötzlich, verhielt sie so abrupt den Schritt, als wäre sie mit dem Fuß auf einen Glassplitter getreten. Zwei Wölfe waren auf der Koppel. Sie kauerten flach auf dem Boden und knurrten drohend. Ihre graubraunen Nackenhaare waren gesträubt wie die Stacheln eines Igels, und während Evangeline noch voller Entsetzen zusah, kroch ein dritter Wolf auf der anderen Seite der Koppel unter dem Zaun hindurch.

Eine Kuh stand in der Eingangstür der Scheune und muhte jämmerlich. Das Tier hatte allen Grund dazu, dachte Evangeline, aber im Augenblick galt ihre größte Sorge Scully.

Die Bestien richteten ihren wilden Blick auf ihn, und er stand keine zwölf Meter von ihnen entfernt und stützte den Gewehrkolben an seine Schulter, als er zielte. Sein Atem bildete weiße Wölkchen um seinen unbedeckten Kopf, aber das war auch das einzige, was auf eine Bewegung schließen ließ.

Starr vor Entsetzen beobachtete Evangeline, wie ein vierter Wolf, der schwarz wie Big Johns Kochherd war, aus einem nahe Wäldchen kam. Hechelnd und den bösartigen gelben Blick auf Scullys Rücken gerichtet, jagte er durch den tiefen Schnee zur Koppel hinüber.

Evangeline versuchte, ihre Fassung wiederzugewinnen, aber es erschien ihr wie eine kleine Ewigkeit, bis sie endlich ihre Stimme wiederfand. »Vorsicht, Scully!« schrie sie dann. »Hinter Ihnen!«

Er wirbelte herum, sah den angreifenden Wolf und feuerte die Waffe ab. Das Tier flog in die Luft und überschlug sich mehrmals, kam dann aber wieder auf die Beine und floh jaulend in den Wald zurück, ohne eine Blutspur im weißen Schnee zu hinterlassen. Es war also nur erschrocken, nicht verwundet. Scully betätigte den Abzug noch einmal, und aus dem Augenwinkel sah Evangeline die anderen drei Wölfe in wilder Panik in verschiedene Richtungen davonjagen.

Scully drehte sich langsam zu ihr um, und sie sah, wie seine Brust sich hob und senkte unter seinen schweren Atemzügen. Selbst aus der Entfernung konnte sie das wütende Funkeln seiner blauen Augen sehen.

»Ich dachte, ich hätte Ihnen gesagt, Sie sollten drinnen bleiben«, sagte er. Seine Stimme war nicht laut, aber seine Worte erreichten Evangeline dennoch, weil sie beißend waren wie der Rauch von Feuerholz an einem trockenen kalten Wintertag.

Sie warf ihm einen ärgerlichen Blick zu und schlang die Arme um den Oberkörper, um sich zu wärmen und die Übelkeit zu unterdrücken, die in ihr aufstieg, weil sie gerade fast einen weiteren Menschen hätte sterben sehen. Denn nicht einmal in ihren kühnsten Vorstellungen wäre sie je auf die Idee gekommen, daß dieser fremde Ort *so* wild und primitiv sein könnte. »Bilden Sie sich bloß nicht ein, Sie könnten mir Befehle geben«, murmelte sie, weil es ihre ganze Kraft erforderte, nicht einfach in den Schnee zu sinken und zu weinen und zu flehen, sie wolle wieder heim nach Pennsylvania.

Er kam mit großen Schritten durch den tiefen Schnee zu ihr. »Ich hatte alle Hände voll zu tun mit den verdammten Wölfen«, erwiderte er aufgebracht. »Das letzte, was ich da noch brauchen konnte, war irgendein dummes Frauenzimmer, das mir folgt und alles nur noch schlimmer macht!« Als er sie erreichte, packte er sie an einem Arm und zog sie zum Haus zurück. Evangeline stolperte und stürzte fast, versuchte, sich loszureißen, und sah dann ein, daß es vergeblich war.

Erst an der Tür ließ er sie wieder los. »Ich will die Kleine dort drinnen nicht mehr aufregen als nötig«, sagte er leise. »Sie hat die Schüsse bestimmt gehört, und vielleicht hat sie sogar aus dem Fenster geschaut und noch einen der Wölfe gesehen. Es ist nicht gut für sie, wenn sie uns jetzt auch noch streiten hört.«

Er hatte recht, und Evangeline war zutiefst beschämt darüber, daß er ihr etwas sagen mußte, woran sie eigentlich selbst hätte denken müssen.

»Ich habe nur versucht zu helfen«, erwiderte sie ein bißchen lahm.

Scully sah grimmig aus, als er sich ihr zuwandte. »Bloß das nicht«, erwiderte er barsch. »Helfen, meine ich. Wenn ich Sie brauche, Mrs. Keating, werde ich es Ihnen sagen!«

Evangelines Stolz war schwer getroffen, aber die Auseinandersetzung mußte irgendwo ein Ende finden, und deshalb entgegnete sie jetzt nichts mehr. Scully öffnete die Tür und blieb stehen, um sie vorangehen zu lassen, und sie betrat das Haus, ohne ihn noch einmal anzusehen.

Abigail stand mit großen Augen auf dem Bett, das sie mit ihrer Mutter teilte, und sie sah so ängstlich aus wie eine alte Jungfer, die vor einer Maus auf den Tisch geflüchtet war. Sie war leichenblaß und biß sich auf die Lippen.

»Es ist alles in Ordnung, Abigail«, sagte Scully ruhig, als er die Tür verriegelte und das Gewehr auf sein Gestell über der Tür zurücklegte. Er hatte richtig geraten, daß sie aus dem Fenster über dem Bett geschaut hatte. Ihr Zustand ließ keinen Zweifel daran. »Die Wölfe sind fort.«

»Sie werden zurückkommen«, sagte Abigail.

Evangeline ging zu ihrer Tochter und breitete die Arme aus. Bis dahin hatte sie vergessen, daß sie noch immer Scullys Schaffelljacke trug. »Komm zu Mami, Liebes«, sagte sie.

Tränen schimmerten in Abigails blauen Augen, und ihre Unterlippe, die rot vom Abdruck ihrer Zähne war, begann zu zittern. »Du bist hinausgegangen, Mama. Du bist nach draußen gegangen, wo die Wölfe waren. Und wenn sie dich und Scully aufgefressen hätten, wie Rotkäppchen und ihre Großmutter? Dann wäre ich ganz allein gewesen. Für immer und ewig und mein ganzes Leben lang.«

»Nein, mein Liebling«, sagte Evangeline, wagte Scully aber nicht anzusehen, weil sie wußte, was sie in seinen Augen sehen würde. Sie *war* ein gefährliches Risiko eingegangen, und dennoch konnte sie nicht behaupten, daß sie es bedauerte, weil sie noch immer sicher war, daß Scully, wenn sie ihn nicht rechtzeitig gewarnt hätte, von dem schwarzen Wolf getötet oder zumindest schwer verletzt worden wäre. »Ich lasse dich nicht mehr allein. Ich verspreche es.«

»Du könntest sterben, wie Papa gestorben ist«, beharrte Abigail. Sie hielt noch immer Abstand, aber es war offensichtlich, daß sie bereits ein bißchen nachgiebiger wurde.

Evangeline antwortete nicht; sie blieb einfach mit ausgebreiteten Armen stehen, und schließlich kam Abigail zu ihr und schmiegte sich an ihre Brust. Ihr Kind fest in den Armen haltend, drehte Evangeline sich um und sah, daß Scully sie beobachtete. Einen Moment lang tauschten sie einen Blick aus.

»Ich gehe jetzt lieber hinaus und sehe, was ich tun kann, um die Tiere zu beruhigen«, sagte er nach kurzem Schweigen.

Evangeline setzte Abigail aufs Bett und zog die schwere Jacke aus. »Hier, die werden Sie brauchen«, sagte sie.

»Und wenn die Wölfe wiederkommen?« fragte Abigail mit einem besorgten Blick auf Scully.

»Dann vertreibe ich sie wieder«, erwiderte er im ruhigen, zuversichtlichen Tonfall eines Mannes, der an derartige Gefahren gewohnt war und mit ihnen umzugehen wußte. Er ging durch den Raum zu Abigail, nahm eine ihrer dunklen Korkenzieherlocken zwischen seine Finger und zupfte sanft daran. »Warum ißt du nicht etwas – ich habe das Frühstück selbst zubereitet. Und später zeige ich dir dann vielleicht das Fohlen, von dem ich dir erzählt habe. Die kleine Stute ist dort draußen in der Scheune und wartet schon darauf, daß ich ihr einen Eimer Hafer bringe.«

Damit hatte er Abigail gewonnen. Ihr Blick hellte sich auf, ihre Wangen bekamen wieder Farbe, und mit einem strahlenden Lächeln schaute sie zu Scully auf. Evangeline war fast ein wenig eifersüchtig auf das Lächeln, weil es Scully galt, nicht ihr.

»Darf ich ihr einen Namen geben?« fragte das Kind begeistert. »Darf ich sie Bessie nennen?«

Scully lachte. »Von mir aus schon, aber es könnte ein bißchen Verwirrung stiften, weil nämlich schon die Kuh so heißt.« Er zog seine Jacke an und warf Evangeline über den Kopf ihrer Tochter einen Blick zu. »Es ist Ihnen doch recht? Daß ich Abigail später mit in die Scheune nehme, um ihr das Vieh zu zeigen?«

Evangeline war auf absurde Weise froh darüber, daß der Friede zwischen ihnen offensichtlich wiederhergestellt war. Es wäre dumm gewesen, sich den einzigen erwachsenen Menschen in einem Umkreis von zehn Meilen zum Feind zu machen, vor allem, wenn dieser Erwachsene reiten und schießen konnte. »Ich würde mir die Tiere auch gern ansehen«, sagte sie. Auf der Farm in Pennsylvania hatte sie Hühner gehalten und die Kuh gemolken. Die Arbeit war hart und oft kaum zu bewältigen gewesen, und dennoch vermißte sie das Hühnerfüttern, das Einsammeln der Eier, das Melken der Kuh und die Herstellung der Butter. Sie vermißte auch die ständige Gesellschaft dieser Tiere.

»Sie können gern mitkommen«, stimmte Scully zu. Seine Stimme war seltsam ernst, und er ließ seinen Blick einen Moment länger auf ihr ruhen, als es nötig gewesen wäre, bevor er hastig seine Jacke überzog, sich abwandte und hinausging.

Nachdem Evangeline Abigails Frühstück aus dem Ofen geholt und auf den Tisch gestellt hatte, fand sie ein altes Geschirrtuch, das ihr als Schürze dienen konnte, band es um und begann, sich gründlich in der Speisekammer umzusehen. Die Regale waren gut bestückt, was sie einerseits überraschte, da die Ranch so weit von jeglicher Zivilisation entfernt war. Andererseits war es verständlich, daß Leute, die einen solch langen, harten Winter vor sich hatten, Vorkehrungen trafen, um über alle notwendigen Vorräte verfügen zu können.

Sie fand mehrere Jutesäcke mit Kartoffeln, Rüben und Zwiebeln, und in den Regalen standen Dosen mit Fleisch und Gemüse, und die Vorräte an Weizenmehl, Maismehl, getrockneten Bohnen und anderen Hülsenfrüchten waren mehr als ausreichend. Falls die Wölfe vorhin die arme Kuh nicht so erschreckt hatten, daß sie heute vielleicht keine Milch mehr gab, konnte Evangeline aus der Sahne Butter machen und ein Weißbrot dazu backen. Das würde hervorragend zu einem einfachen Gulasch passen, dachte sie. Von dem Eintopf, den sie gestern abend noch gekocht hatte, war noch genug übrig, sie hatte ihn in einem Eisentopf auf einem Fensterbrett zwischen Glas und Fensterläden kaltgestellt; das würde reichen für das Mittagessen.

Nachdem Abigail gegessen hatte, benutzte sie den Nachttopf, wusch ihr Gesicht und ihre Hände an dem Waschtisch und zog sich an. Es gab auch ein Klosett hinter dem Haus, aber hinauszugehen ohne Scully und sein Gewehr kam nicht in Frage.

Scully blieb lange fort; so lange, daß Evangeline schon anfing, sich um ihn zu sorgen – worüber er vermutlich alles andere als glücklich gewesen wäre, wenn er es gewußt hätte. Er war ein Junggeselle und daran gewöhnt, zu tun und lassen, was er wollte, und es gab keinen Grund, warum sich das jetzt ändern sollte, nur weil sie und Abigail hier waren.

Die Wölfe – oder vielleicht waren es auch nur Kojoten – hatten in der Ferne wieder zu heulen begonnen, und die Schatten wurden immer länger auf dem glitzernden Schnee dort draußen, als Scully endlich kam. Er brachte zwei Eimer mit, von dem einer bis zum Rand mit frischer Milch gefüllt war, während in dem anderen Eier auf dem Boden lagen.

»Kann ich jetzt das Pferd sehen?« rief Abigail entzückt.

»Darf ich«, berichtigte Evangeline sie automatisch, aber ohne großen Nachdruck, weil sie in Gedanken ganz woanders war. Sie hatte ein Butterfaß in der Speisekammer gefunden und es gesäubert, und Mehl, Salz, Fett und Hefe waren bereits abgemessen für ein Brot. Sie hatte noch nicht den Separator gefunden, aber sie konnte mit einem Schöpflöffel die Sahne abnehmen und später Butter machen.

»Laß uns dich zuerst warm einpacken», sagte Scully, und Abigail holte ihren Mantel, der auf der Reisetruhe lag, und war sofort wieder an seiner Seite.

»Kommst du mit, Mama?»

Evangeline hatte bereits begonnen, den Teig zu mischen, und konnte es kaum erwarten, die Brote zu formen und sie zum Aufgehen an einen warmen Ort zu stellen. »Das nächste Mal«, sagte sie und bedachte Abigail mit einem strengen Blick. »Du bleibst immer dicht bei Scully, hörst du? Es könnte dir alles Mögliche passieren, wenn du da draußen allein herumläufst.«

Abigail verdrehte die Augen. »Er wird schon auf mich aufpassen«, erwiderte sie und legte ihre kleine Hand in dem dicken Wollhandschuh vertrauensvoll in Scullys.

Er hob das kleine Mädchen auf die Arme. »Der Schnee reicht dir bis über den Kopf, Kleines«, sagte er. Er trug einen Revolvergurt mit einer Waffe, und erst jetzt merkte Evangeline, daß er das Gewehr beim letzten Mal, als er das Haus verlassen hatte, nicht mitgenommen hatte. »Wir werden nicht lange bleiben«, sagte er.

Evangeline nickte lächelnd. Abigail strahlte; sie vermißte ihren Vater und war offensichtlich überglücklich, in Scully so etwas wie eine Art Ersatz zu finden.

Erst als die beiden draußen waren, verblaßte Evangelines Freude ein wenig. Abigail darf sich in diesem Winter nicht zu sehr an Scully klammern, dachte sie; schließlich war es Big John Keating, der ihr Stiefvater sein würde, und nicht sein Partner.

Backen beschäftigte Evangelines Herz und Seele; das war schon immer so gewesen. Im St. Theresa's hatte sie in der Küche gearbeitet, eine Erfahrung, die ihr später auf der Farm der Keatings sehr zugute kam. Bald war sie vollkommen auf ihre Arbeit konzentriert und summte glücklich vor sich hin, als sie den Teig knetete und formte und ihn dann zum Aufgehen stehen ließ.

Während das geschah, packte sie die Reisetruhe aus. Es war wirklich nicht sehr viel, was sie und ihre Tochter außer ihren Kleidern aus Pennsylvania mitgebracht hatten. Eine kleine Bibel, eine Photographie von Charles, eine weitere von Clara, die sie zusammen eingerahmt hatte, zwei abgegriffene Gedichtbände, ein paar Kämme und Haarnadeln, eine alte Puppe, die sie einmal im St. Theresa's zu Weihnachten geschenkt bekommen hatte, und noch einige andere Sachen. Sie hatte die Puppe ihrer Tochter geben wollen, aber Abigail hatte nie viel Interesse an Spielzeugen gezeigt. Sie wollte reiten, spucken und schießen lernen, und zwar genau in dieser Reihenfolge. So hübsch und zerbrechlich sie auch wirkte, besaß sie doch das Zeug zu einem wahren Teufelsbraten.

Evangeline seufzte und ging wieder in die Küche. Sie war sehr überrascht, als die Tür aufsprang und Scully mit einer kichernden Abigail unter dem Arm hereinkam.

Scully, dessen sonnengebleichtes Haar mit Schnee bedeckt und dessen Ohren gerötet waren von der Kälte, blieb mitten im Zimmer stehen. Irgend etwas in der Art, wie er Evangeline ansah, ließ ihr Herz ein bißchen schneller schlagen, und ihr Lächeln war so unsicher und zaghaft, als ob es jeden Augenblick wieder verblassen könne.

»Das Fohlen heißt Sugarplum«, verkündete Abigail. »Und im nächsten Frühjahr kriegt sie ganz neue Schuhe. Das hat Scully mir versprochen.«

Evangeline fand endlich die Sprache wieder, die sie,

wie es schien, in Scullys Nähe immer häufiger verlor. »Tatsächlich?« entgegnete sie milde.

Scully setzte Abigail ab und schaute sich um, als er seine Jacke ablegte. »Es sieht wirklich sehr gemütlich aus«, bemerkte er. »Und es riecht auch gut.«

Es waren nur schlichte Komplimente, die jeder im Vorübergehen hätte sagen können, ohne sich etwas dabei zu denken. Aber Evangeline machten sie aus Gründen, die sie überhaupt nicht verstand, sehr glücklich ...

4

Später an jenem Abend, als Abigail bereits in dem großen Bett unter dem Fenster schlief, saßen Evangeline und Scully noch lange an dem Tisch, den Scully näher an den Kamin herangezogen hatte. Eine Petroleumlampe brannte zwischen ihnen; Evangeline las still in einem ihrer Gedichtbände, während Scully Zahlenreihen durchrechnete, die er mit einem Bleistift auf einem kleinen braunen Blatt notiert hatte. Draußen ließen Wölfe und Kojoten ihren nächtlichen Chor erklingen, der tröstlich und beunruhigend zugleich war.

Endlich legte Scully den Bleistift weg und blickte Evangeline, die bei der Bewegung aufgeschaut hatte, eindringlich in die Augen. »Sie wissen, daß ich wieder fort muß, nicht? Um Jacob die Maultiere und den Schlitten zurückzubringen?«

Sie hatte dieses Wissen in den Hintergrund ihres Bewußtseins verbannt, aber es kam natürlich nicht als Überraschung. Sie und Abigail konnten hier auf ihn warten oder ihn begleiten auf der Reise. Beides waren keine angenehmen Aussichten, aber sie würde sich für die eine oder andere entscheiden müssen. »Ja«, erwiderte sie ein bißchen lahm. »Das weiß ich.«

»Haben Sie je eine Waffe abgefeuert?«

Sie sollten also bleiben, sie und Abigail. Das war wahrscheinlich auch vernünftiger, als die Fahrt noch einmal zu riskieren – und Scully zu behindern, der ohne sie gewiß viel schneller vorankam. Aber irgendwie stimmte sie der

Gedanke traurig, daß er fortgehen mußte. »Ich habe schon auf Füchse geschossen, wenn sie Hühner rauben wollten«, sagte sie. »Aber ich habe nie versucht, einen zu treffen.«

Er grinste. »Die gleiche Methode funktioniert im allgemeinen auch bei Indianern, Wildkatzen und Wölfen«, versicherte er ihr.

Sie konnte gar nicht anders, als sein Lächeln zu erwidern, obwohl sie Angst davor hatte, mit ihrer Tochter auf der Ranch alleinzubleiben, mitten in dieser rauhen Wildnis, die sie wie eine rücksichtslose Bestie von allen Seiten her belauerte. Sie hatte schon sehr oft in ihrem Leben Angst gehabt, vor allem nach Beginn des Krieges, und gelernt, sich zu beherrschen, obwohl das ihre Furcht nie hatte lindern können.

»Wie lange würden wir ... würden Sie wegbleiben?« fragte sie mit einem unsicheren Blick auf Abigail.

Einen Moment lang dachte sie, er werde ihre Hand berühren, und war verletzt, als er es nicht tat, obwohl es eine ausgesprochen unziemliche Geste gewesen wäre. Doch dann strich er sich nur seufzend mit der Hand durchs Haar. »Ich komme zurück, so schnell ich kann«, versprach er. »Es hängt ganz vom Wetter ab. Wenn es nicht plötzlich wieder zu schneien anfängt, müßte ich in ein, zwei Tagen wieder hier sein.«

Evangeline schwieg, während sie über diese neue und sehr entmutigende Aussicht nachdachte. Voller Unbehagen schaute sie zu dem Gewehr über der Tür auf und hoffte im stillen, daß sie niemals gezwungen sein würde, es abzufeuern.

Scullys Stuhl kratzte über den Boden, als er sich vorbeugte und die Hände auf dem Tisch verschränkte. »Wenn Sie jemandem zu Hause schreiben wollen, kann ich den Brief für Sie zur Station mitnehmen. Er geht dann mit der nächsten Kutsche raus.«

Sie nickte stumm. Sie hatte einige Freundinnen in Pennsylvania, obwohl der Krieg und ihr Leben mit Abigail und Charles ihr nicht viel Zeit für sie gelassen hatten. Sie würde den Kontakt zu Rachel English halten, die an Abigails kleiner Dorfschule unterrichtet hatte. »Ich möchte, daß Sie den McCaffreys Grüße von mir ausrichten«, bat sie.

Er schaute zu dem Bett hinüber, in dem Abigail schlief, unbelastet von den Sorgen der Erwachsenen, und Evangeline wußte, daß er an sein Versprechen dachte, Mutter und Tochter zu beschützen.

»Sie wird Verständnis dafür haben«, versicherte sie ihm leise und legte ihre Hände in den Schoß, um zu verhindern, daß sie ihn berührten. »Abigail ist eigensinnig, aber klug. Wahrscheinlich hat sie längst begriffen, daß Jacob und June-bug ihre Maultiere und den Schlitten brauchen. Falls das nicht klappt, erinnern Sie sie nur daran, daß Ihr Hengst noch immer bei ihnen ist. Abigail würde jedes Opfer bringen, wenn es um das Wohlergehen eines Pferdes geht.«

Darüber lachte er. »Waren Sie wie sie, als Sie noch klein waren?« fragte er. Selbst im schwachen Schein der Lampe zwischen ihnen konnte sie sein amüsiertes Augenzwinkern sehen. War es möglich, daß er sich genügend Gedanken über sie gemacht hatte, um sich zu fragen, wie sie als Kind gewesen war? Sie war verblüfft über die Idee und fühlte sich geschmeichelt.

»Nein«, antwortete sie schließlich. »Ich war überhaupt nicht abenteuerlustig. Ich habe noch immer Angst vor Pferden und hätte auch sehr gut darauf verzichten können, feindlichen Indianern oder sogar Wölfen zu begegnen.«

Er betrachtete sie sinnend. »Sie sind aber hier, nicht wahr? Eine ängstliche Frau hätte nicht das ganze Land durchquert, um am Ende der Welt zu leben und einen Mann zu heiraten, dem sie noch nie begegnet ist. Ich kenne nicht viele Menschen, die diese Art von Mut besitzen.«

Evangeline senkte den Blick und hoffte, damit die Hitze zu verbergen, die in ihre Wangen stieg. Dann, als sie sich wieder gefaßt hatte, schaute sie auf und erwiderte ruhig seinen Blick. »Es war nicht Mut, was mich hierhergebracht hat, Scully. Ich wußte nicht, was ich sonst tun sollte.«

»Das kann ich mir nicht vorstellen«, antwortete er. »Sie sind eine gutaussehende Frau. Es muß doch jemanden gegeben haben, der Sie gern geheiratet hätte.«

Sie dachte an Mott, an seine großen, schmutzigen Hände, seine lüsternen Augen und seinen boshaften Charakter. »Es gab einen«, gestand sie leise.

»Und dieser Mann war so schlecht, daß Sie lieber zweitausend Meilen weit gereist sind, um sich an einen Fremden zu binden? Dann muß er ja ein richtig übler Kerl sein.«

Mott war ein alter Griesgram, obwohl er erst Anfang Dreißig war und in der Blüte seines Lebens hätte stehen sollen. Er erinnerte Evangeline an den essiggetränkten Schwamm, den die Römer Jesus am Kreuz gereicht hatten. »Irgend etwas muß ihn sehr verbittert haben«, antwortete sie. »Aber ich weiß nicht, was.«

Scully akzeptierte das und erhob sich, um seine Jacke und sein Gewehr zu holen. Der Revolver, den er nachmittags getragen hatte, lag griffbereit auf dem Regal neben den Kleiderhaken, aber er ließ ihn liegen, wo er war. »Ich werde noch eine letzte Runde machen«, sagte er. »Falls Sie …« er hielt inne und errötete. »Falls Sie das Klosett aufsuchen wollen, könnte ich Sie dorthin begleiten.«

Evangeline schüttelte den Kopf. Sie haßte es, den Nachttopf zu benutzen, den Scully am frühen Nachmittag draußen im Freien ausgeleert hatte, aber sie verspürte kein Verlangen, in die Dunkelheit und Kälte hinauszugehen, wo so viele Gefahren lauerten.

»Ich muß mal«, verkündete Abigail verschlafen, während sie sich aufsetzte und sich die Augen rieb.

Scully räusperte sich und wartete, wobei er sehr darauf bedacht war, weder Abigail noch ihre Mutter anzusehen.

»Also gut«, sagte Evangeline seufzend. Nachdem sie ihren Umhang umgelegt hatte, wickelte sie Abigail in eine Daunendecke und folgte Scully in die stille, dunkle Nacht hinaus. Es lag eine klirrende Kälte in der Luft, die noch mehr Schnee ankündigte, obwohl der Himmel sternenklar war.

Scully wartete höflich, während seine Schützlinge ihre Bedürfnisse erledigten, und begleitete sie dann schweigend wieder zum Haus zurück. Während er sich in der Scheune um die Tiere kümmerte, tröstete Evangeline sich in ihrer erbärmlichen Verlegenheit mit der Aussicht auf die heißen Bäder, an denen sie und Abigail sich während Scullys Abwesenheit erfreuen konnten.

Sie schrieb gerade ihren Brief an Rachel, als er ins Haus zurückkam; er wusch sich kurz am Waschtisch, schüttelte das Wasser draußen aus und wünschte ihr noch leise eine gute Nacht, bevor er sich in den kleinen Anbau nebenan zurückzog. Evangeline verspürte eine absurde Neugier, was diesen Raum betraf, und beschloß, hineinzugehen und sich dort umzusehen, wenn Scully unterwegs war.

Nachdem sie Rachel ihre Reise nach Westen in allen Einzelheiten geschildert hatte, einschließlich der Tatsache, daß ein gewisser Scully Wainwright zur Springwater-Station gekommen war, um sie dort abzuholen, statt ihres zukünftigen Ehemanns, steckte sie den Brief in einen

Umschlag und schrieb Rachels Adresse darauf. Die junge Lehrerin, die einst verlobt gewesen war mit einem Mann, der auf schreckliche Weise in Vicksburg umgekommen war, lebte jetzt auf einer Farm bei einer einheimischen Familie und sehnte sich danach, mehr von der Welt zu sehen. Sie war richtig neidisch gewesen auf Evangelines ›großes Abenteuer‹, wie sie es nannte, obwohl viele andere Frauen in der Gemeinde, und vor allem die Farmersfrauen, es für ratsamer gehalten hätten, Mott Keatings Antrag anzunehmen.

Als sie nun endlich an Big Johns Tisch saß, unter seinem Dach und neben seinem Feuer, überdachte Evangeline ihre Situation noch einmal. Sie hatte praktisch keinen Penny mehr und war der Gnade eines Mannes ausgeliefert, den sie erst noch kennenlernen mußte, und es wäre eine dreiste Lüge gewesen zu behaupten, sie hätte keine Angst, aber trotz allem bereute sie es nicht, Pennsylvania verlassen zu haben.

Sie nahm ein frisches Blatt von dem kostbaren Papier, das sie von zu Hause mitgebracht hatte, und begann, einen weiteren Brief zu schreiben. Obwohl sie Jacob in die Anrede mit einschloß, war der Brief in der Hauptsache für June-bug bestimmt. Die mütterliche Frau war Evangeline sympathisch, und obwohl sie wußte, daß sie sie vielleicht höchstens ein, zweimal im Jahr sehen würde, hoffte sie, Freundschaft mit ihr zu schließen.

Als der zweite Brief beendet war, klebte Evangeline auch diesen zweiten Umschlag zu, stand auf und zog sich im Schein des Feuers, das noch immer brannte, aus. Da sie sich jetzt sicherer fühlte als in der Nacht zuvor – und auch wärmer –, zog sie auch ihre Unterwäsche aus, bevor sie das Nachthemd überstreifte. Sie hatte gerade ihr Haar gebürstet und flocht es zu einem langen Zopf, als sie ein Geräusch aus dem angrenzenden Schuppen hörte.

Es war ein Räuspern.

»Ma'am? Sind Sie angezogen?«

Evangeline hätte gelacht über die Frage, wenn sie nicht so entsetzt gewesen wäre über die Vorstellung, daß Scully vielleicht schon vorher aus irgendeinem Grund herausgekommen war und sie gesehen hatte, als sie sich am Kamin entkleidet hatte.

Sie trat einen Schritt zurück, wo die Schatten tiefer waren und sie zum Teil verbargen. »Was ist?« rief sie verlegen.

Er trat über die Schwelle, und sie konnte zu ihrer großen Erleichterung sehen, daß er noch immer vollständig bekleidet war. Seine Gesichtszüge waren im Dunkeln nicht zu erkennen. Sie hatte die Lampe gelöscht, nachdem sie Mrs. McCaffreys Brief beendet hatte. »Ich wollte Sie nicht stören«, sagte er mit rauher Stimme. Leise durchquerte er den Raum und gab sich Mühe, Distanz zu ihr zu halten, um sie nicht zu erschrecken, bevor er seine Jacke vom Kleiderhaken nahm. »Ich bin gleich wieder zurück.«

Evangeline legte eine Hand ans Herz und nickte. Was *war* es nur an diesem Mann, was sie von einer normalen, vernünftigen Person in diese seltsam scheue Frau verwandelte, die sie selbst nicht mehr erkannte?

Sie blieb stocksteif am Feuer stehen, lauschte auf jedes Geräusch, das von draußen zu ihr hereindrang, und wartete. Wartete, bis Scully schließlich fröstelnd wiederkam und die Tür verriegelte. Nachdem er seine Jacke aufgehängt hatte, ging er wieder quer durch den großen Raum zum Eingang seines Anbaus.

»Ich werde mich morgen früh schon bei Tagesanbruch auf den Weg machen«, sagte er. »Nach Springwater, meine ich. Sie werden es Abigail erklären?«

Sie nickte und deutete auf den Tisch, der im Dunkeln

nicht mehr sichtbar war. »Ich habe meine Briefe auf den Tisch gelegt.«

»Sind Sie sicher, daß Sie mit dem Gewehr umgehen können?«

»Ja«, antwortete sie, obwohl sie sich ganz und gar nicht sicher war. Aber sie würde tun, was nötig war, um sich und Abigail zu schützen. Und das war alles, was sie wissen mußte.

»Ich werde zurückkommen, sobald ich kann.«

Wieder nickte sie. Wenn sie gesprochen hätte, hätte sie ihn vielleicht angefleht zu bleiben, und das mußte unter allen Umständen verhindert werden.

»Na gut«, sagte er. »Dann wünsche ich Ihnen noch einmal eine gute Nacht.«

»Gute Nacht«, erwiderte Evangeline erstickt. Kaum war er aus ihrer Sicht verschwunden, kroch sie rasch zu Abigail unter die Decken und war sich ziemlich sicher, daß sie die ganze Nacht an die Decke starren und kein Auge zutun würde. Doch erstaunlicherweise schlief sie tief und fest, obwohl sie von heimtückischen Wölfen träumte, die das Haus umschlichen. Und ihre Gelegenheit abwarteten.

Sie erwachte noch vor dem Morgengrauen und hörte, wie Scully sich leise durch den großen Raum bewegte. Es roch nach frisch aufgebrühtem Kaffee, und der Herd strömte bereits eine anheimelnde Wärme aus, aber sie verzichtete darauf, aufzustehen. Es war besser, still liegenzubleiben unter den schweren Daunendecken und ihn in Frieden ziehen zu lassen.

Als die Tür sich hinter ihm schloß, kniff sie für einen Moment ganz fest die Augen zusammen. Etwa zwanzig Minuten später hörte sie die Maultiere und das Knarren des Geschirrs, und dann glitt der Schlitten über den gefrorenen Schnee am Haus vorbei.

Geh nicht, dachte sie, aber das war die einzige Schwäche, die sie sich gestattete. Da sie wußte, daß die Tür nach seinem Aufbruch ungesichert war, stand sie auf und schob den Riegel vor. Der Boden war so kalt, daß ihre bloßen Füße schmerzten, als sie zum Bett zurückeilte. Auf der Matratze stehend, öffnete sie die Fensterläden über dem Bett und legte sich dann wieder hin.

Sie schlief nicht mehr, sondern blieb einfach nur still liegen und versuchte, sich mit dem Gedanken anzufreunden, daß sie bald John Keatings Frau sein würde, während sie darauf wartete, daß es hell im Blockhaus wurde. Es war der Duft von Scullys Kaffee, der vom Herd zu ihr herüberdrang, der sie schließlich aus den warmen Decken lockte. Hastig und von einem Fuß auf den anderen tretend, weil der Boden so eiskalt war, streifte sie ihr Nachthemd ab und eins ihrer schlichten, praktischen Kattunkleider über, bevor sie sich setzte, um Strümpfe und Schuhe anzuziehen. Dann, nachdem sie beide Feuer geschürt hatte, schenkte sie sich eine Tasse Kaffee ein und schnitt Weißbrot auf, um es auf der Herdplatte zu rösten.

Dann öffnete sie alle Fensterläden, um das Tageslicht hereinzulassen. In der Nacht zuvor hatte sie mit Schnee gerechnet, aber der Tag war hell und klar, obwohl der Sonnenschein ein bißchen spröde wirkte in dieser Eiseskälte.

Irgendwann erwachte Abigail und zog sich an, und kaum war das geschehen, fragte sie nach Scully. Evangeline hatte eigentlich vorgehabt, es ihr schonend beizubringen, aber ihre Tochter gestattete ihr diesen Luxus nicht.

»Er mußte den Schlitten und die Maultiere nach Springwater zurückbringen. Und natürlich auch sein Pferd heimbringen.«

Abigail schien eine Weile ernsthaft über die Angelegenheit nachzudenken. »Wer wird uns in der Zwischenzeit beschützen?« erkundigte sie sich schließlich argwöhnisch.

Evangeline hatte am Feuer gesessen und den Rest ihres Kaffees getrunken. Jetzt stellte sie die Tasse ab, winkte Abigail zu sich und nahm das kleine Mädchen auf den Schoß. »Wir werden uns gegenseitig beschützen«, wisperte sie. »Ich glaube, das müßten wir doch schaffen, nicht?«

»Wir sind immerhin allein den ganzen weiten Weg von Pennsylvania gekommen«, erwiderte Abigail nachdenklich und runzelte die dunklen Brauen.

»Ja, das sind wir allerdings«, erwiderte Evangeline.

»Ist Scully heute abend wieder da?« Die Frage war so gestellt, daß sie belanglos klang, aber ein Blick auf Abigails Gesicht genügte, um zu erkennen, wie wichtig ihr die Antwort war.

Evangeline schüttelte den Kopf. »Ich rechne frühestens morgen abend mit ihm. Es ist ein weiter Weg nach Springwater, das müßtest du doch eigentlich noch wissen.«

»Ich glaube nicht, daß ich so lange warten kann, wenn ich auf die Toilette muß«, antwortete Abigail.

Evangeline unterdrückte ein Lächeln. »Dazu haben wir den Nachttopf«, erwiderte sie.

Abigail rümpfte ihre Nase.

Wenig später zogen sie ihre warmen Umhänge an, und Evangeline nahm das Gewehr von dem Gestell über der Tür. Nach einem gemurmelten Gebet, daß draußen keine Wölfe oder andere Raubtiere lauern mögen, führte sie ihre Tochter in die kalte Morgenluft hinaus. Sie hätten irgendwann ohnehin nicht mehr vermeiden können, hinauszugehen; die Tiere mußten vor dem Abend gefüttert und die Kuh gemolken werden, und sie mußte auch die Eier einsammeln.

Sie benutzten das Klosett, das auch nicht viel annehmbarer als der Nachttopf war, und kehrten dann ohne Zwischenfall zum Haus zurück. Diese Leistung, so unbedeutend sie auch sein mochte, gab Evangeline das Gefühl, den ersten wichtigen Schritt auf einem langen, anstrengenden Weg geschafft zu haben.

Nachdem sie gefrühstückt hatten, gab Evangeline ihrer Tochter eine Lektion, mit der sie sich beschäftigen sollte – sie lernte gerade ein langes Gedicht auswendig –, und begann, Staub zu wischen und zu fegen. Durch ihre Exkursion zum Klosetthäuschen ermutigt, brachte Evangeline die Bettdecken hinaus und hängte sie zum Auslüften über einen Zaun. Dann fegte sie das ganze Haus aus, einschließlich des Anbaus, und klopfte den schmalen Teppich aus, der vor dem Bett im großen Zimmer lag.

Sie hängte ihre und Abigails Kleider an Nägel, die jemand in die Wand geschlagen hatte, und benutzte die große Reisetruhe, um ihre anderen Sachen aufzubewahren, da es keinen Schrank im Haus gab. Schließlich holte sie noch Brennholz von dem Stapel, den Scully gleich neben der Vordertür aufgeschichtet hatte. Gegen Mittag erlaubte sie sich endlich den Gedanken, wie es Scully gehen mochte und ob er wohl Schwierigkeiten auf dem Weg zur Postkutschenstation begegnet war. Sie sprach ein stummes Gebet für seine sichere Heimkehr und war sich dabei durchaus bewußt, daß ihre Gründe dafür größtenteils sehr eigennützig waren. Aber ein Gebet, sagte sie sich zu ihrer eigenen Verteidigung, ist ein Gebet.

Entschlossen nahm sie Big Johns Photographie heraus und stellte sie so auf den Kaminsims, daß sie von allen Seiten gut zu sehen war.

Am späten Nachmittag zogen Evangeline und Abigail wieder warme Sachen über, um zur Scheune hinauszugehen und die Tiere zu versorgen. Abigail trug den Eimer für die Milch und ein Körbchen für die Eier, während Evangeline schußbereit das Gewehr in ihren Händen hielt. Als sie sah, daß die Schatten draußen immer länger wurden verflüchtigte sich ihr anfänglicher Mut ein wenig, aber Abigail zuliebe setzte sie ein Lächeln auf.

Die vertrauten Gerüche der Scheune vermittelten ihr jedoch ein wenig Trost, weil sie überall gleich und so wunderbar alltäglich waren; sie sah die Stute, die Abigail ›Sugarplum‹ getauft hatte, und die Kuh, die den wenig originellen Namen ›Bessie‹ trug. Es standen auch noch andere Pferde in der Scheune, ein großer schwarz-weiß gefleckter Pinto-Wallach, der wahrscheinlich Big John gehörte, und eine kräftige kleine Fuchsstute.

Evangeline überprüfte die Wassertröge, die noch voll waren, weil Scully die Tiere frühmorgens schon versorgt hatte, und verteilte Heu und Hafer. Während Abigail versuchte, eine Katze hinter einem Stapel Kisten hervorzulocken, molk Evangeline die Kuh.

Die Beschäftigung beruhigte sie, wie sie es immer tat. Sie hatten mehr als genug Milch und Sahne, aber natürlich mußte Bessie so oder so von ihrer Last erleichtert werden. Später mache ich aus der überschüssigen Milch ein bißchen Käse, nahm Evangeline sich vor. Das würde eine wundervolle Bereicherung ihrer etwas öden Winterdiät sein. Sobald der Boden auftaute, würde sie auch ein Stück Erde umgraben und einen Gemüsegarten anlegen. Später, wenn der Sommer wieder seinem Ende zuging, würden die Bäume auf dem Hügel hinter dem Haus – es waren Pfirsich-, Birnen- und Apfelbäume, hatte Scully ihr gesagt – bestimmt schon einige Früchte tragen, selbst wenn sie noch sehr jung waren. Sie hatte vor, Pfirsiche und Birnen einzumachen, Marmeladen und Gelees zu kochen und einige der Äpfel zu trocknen, um später, wenn es kein frisches Obst mehr gab, Kuchen daraus zu backen.

Sie war in Gedanken noch immer bei diesen nutzbringenden Plänen, als sich plötzlich die Härchen in ihrem Nacken aufstellten und jeder Muskel sich in ihr versteifte. Sie war nicht sicher, ob sie ein Geräusch gehört hatte oder ob irgendein bis dahin unbekannter Instinkt sie warnte, aber sie wußte, daß irgend etwas nicht in Ordnung war.

Sie hörte auf zu melken, griff langsam nach dem Gewehr, das an einem nahen Pfosten lehnte, und wandte sich zur Scheunentür um. Abigail, die das Kätzchen schließlich hinter den Kisten hervorgelockt hatte, stand wie erstarrt.

»Mama«, sagte sie, und es war kaum mehr als ein Hauch.

Fassungslos starrte Evangeline den Indianer an, der vor dem Hintergrund der zunehmenden Abenddämmerung in der offenen Scheunentür stand. Er trug Hirschlederkleidung und ein Messer in seinem Gürtel, und aus seinem langen schwarzen Haar, das er zu einem Zopf geflochten hatte, ragten struppige braune Federn auf. Sein Gesicht war hager, und ein unnatürliches Glitzern stand in seinen dunklen Augen, die sie mißtrauisch betrachteten.

»Frau«, sagte er. Es klang fast wie eine Bitte, so wie er es sagte, aber das war ihr kein Trost. Er war ein Indianer, und sie war ganz allein auf sich gestellt, um sich und ihre Tochter zu beschützen.

Evangelines Herz begann so wild zu pochen, daß es in ihren eigenen Ohren dröhnte. Sie hielt das Gewehr so fest in ihren Händen, wie es ihr möglich war. »Was wollen Sie?« fragte sie.

»Frau«, wiederholte er und machte eine Handbewegung, die sie nicht zu deuten wußte. Das Kätzchen sprang aus Abigails Armen, lief über den strohbedeckten Boden der Scheune zu dem Indianer und berührte mit seiner winzigen Pfote einen seiner Füße. Der Mann sah aus, als litte er große Schmerzen. Schließlich legte er eine Hand an seinen Bauch und begann, einen großen Kreis darauf zu beschreiben.

»Er wird uns nichts tun, Mama«, sagte Abigail. »Siehst du? Das Kätzchen mag ihn.«

Das Kätzchen mag ihn. Evangeline hätte gelächelt über die naive Logik ihrer Tochter, wenn die Lage nicht so ernst gewesen wäre. Sie ließ das Gewehr nicht sinken. »Sei still, Abigail«, befahl sie ihrer Tochter ruhig.

Der Indianer krümmte die Finger und führte sie zum Mund.

»Er versucht uns nur zu sagen, daß seine Familie Essen braucht«, beharrte Abigail.

»Das weiß ich«, erwiderte Evangeline. Aber es entsprach nicht ganz der Wahrheit. Bis vor wenigen Momenten noch hatte sie vor Angst und Entsetzen keinen vernünftigen Gedanken fassen können. Jetzt sah sie, daß der Mann eher verzweifelt als bedrohlich wirkte. Sie bewegte den Lauf ihres Gewehrs und gab ihm zu verstehen, daß er zurücktreten und die Tür freigeben solle.

»Abigail Keating«, sagte Evangeline, ohne sich noch einmal umzusehen, »du wirst hier in der Scheune bleiben, ganz gleich, was auch geschehen mag. Du wirst sie nicht verlassen, bis ich komme, um dich abzuholen. Ist das klar?«

»Ja, Mama«, antwortete das kleine Mädchen leise. »Ja.«

Das Kätzchen rieb sich am linken Knöchel des Indianers und lief dann an Evangeline vorbei zu Abigail zurück.

Evangeline nahm den Eimer, der fast bis zum Rand mit frischer Milch gefüllt war, und hob ihn hoch. »Nehmen Sie das«, sagte sie. Falls der Mann ihre Worte nicht verstand, erkannte er doch die Geste. Nach kurzem Zögern nahm er den Eimer an und trat zurück, um Evangeline vorbeizulassen.

Sie bedeutete ihm mit dem Gewehr, voranzugehen, und zusammen gingen sie zum Hühnerstall, wo Evangeline ihm die vier Eier gab, die sie dort fand, und eine ihrer Hennen. Er steckte die Eier in einen Lederbeutel und packte das gackernde Huhn an seinen Füßen.

Dann gingen sie zum Haus. Der Indianer, der wahrscheinlich ein Chippewa war, wie jene anderen, denen sie auf dem Weg hierher begegnet waren, wartete draußen vor der Tür. Als Evangeline wieder hinauskam, eine dicke Daunendecke in den Händen und natürlich das Gewehr, erwartete sie ein unheimliches Schweigen. Erschaudernd sah sie, daß er dem Huhn den Hals umgedreht hatte. Es war nichts wirklich Grausames – er mußte es sehr schnell getan haben –, aber es entnervte sie trotzdem noch sehr viel mehr.

»Sie sollten jetzt gehen«, sagte Evangeline, als sie die Daunendecke vor ihn hingelegt hatte.

Der Indianer hob alles dankbar auf, einschließlich des Eimers, der so voll war, daß die Milch darin überschwappte. Evangeline bedeutete dem Mann zu warten, ging rasch noch einmal in das Haus zurück und suchte eine alte Tonkanne mit Deckel für die Milch. Es war schon fast dunkel, als der Mann nickte, sich abwandte und auf den Wald zuging, aus dem in der Nacht zuvor der schwarze Wolf gekommen war.

Als er nicht mehr zu sehen war, ließ Evangeline sich im

Schnee auf die Knie sinken, weil die Angst und das Entsetzen, die sie angesichts der Not des Mannes vorübergehend vergessen hatte, sie jetzt wieder mit Gewalt erfaßten. Ihre Röcke waren naß, als das Zittern ihrer Glieder endlich wieder so weit nachließ, daß sie aufstehen und zur Scheune zurückgehen konnte.

Abigail saß auf einer Kiste, das Kätzchen auf dem Schoß, und wartete. Ihre Augen waren groß; selbst im Halbdunkel konnte Evangeline die Angst im Gesicht ihrer Tochter sehen. Gott wußte, was das Kind sich vorgestellt hatte, als es hier alleine saß.

»Du hattest recht, mein Schatz«, sagte Evangeline mit dem Anflug eines Lächelns. »Er wollte etwas zu essen. Das war alles.«

»Ist er fort?«

Evangeline nickte. »Komm jetzt. Es wird Zeit, daß wir die Scheune schließen und hineingehen, um unser Abendessen einzunehmen.«

Auf dem Weg zurück statteten sie dem Klosett noch einen hastigen Besuch ab, und sobald sie dann im Haus waren, verriegelte Evangeline sofort die Tür. Bevor sie jedoch das Gewehr auf sein Gestell zurücklegte, nahm sie sich Zeit, den Raum zu inspizieren, schaute in der Speisekammer nach und ging sogar so weit, unter den Betten nachzuschauen, nicht nur unter ihrem eigenen, sondern auch unter Scullys Liege in dem kleinen Anbau. Aber alles war in Ordnung.

Sie legte das Gewehr weg, nahm ihren Umhang ab und half Abigail mit ihrem. Dann zündete sie die Lampen an. Als das geschehen war, wusch sie sich die Hände mit warmen Wasser aus dem Reservoir im Herd und begann, das Abendessen zuzubereiten.

Abigail saß auf dem Boden am Kamin und beschäftigte sich mit ihrem Kätzchen, und Evangelines Herz quoll über vor Liebe und Dankbarkeit, als sie das kleine Mädchen spielen sah. Unglaublich, wie robust Kinder sein können, dachte sie.

»Ich war heute nachmittag sehr stolz auf dich«, sagte sie zu Abigail. »Du hast mir gehorcht und warst sehr tapfer.«

Abigail strahlte sie an. »Du auch, Mama. Du hast uns beschützt, genau wie du versprochen hattest.«

»Wir haben uns gegenseitig beschützt«, sagte Evangeline und ging zu ihrer Tochter und strich ihr übers Haar, bevor sie sich bückte und auch das Kätzchen streichelte. Es war ein Tiger, mit einem blauen Auge und einem gelben. »Wenn du mir nicht gehorcht hättest, hätten wir trotz allem sehr viel Ärger kriegen können.«

Abigail seufzte. »Trotzdem wäre es besser, wenn Scully hier wäre.«

Evangeline küßte sie auf die Stirn, bevor sie sich aufrichtete, um Feuer nachzulegen; es stand ihnen eine kalte Nacht bevor. »Ja«, stimmte sie zu, verfolgte das Thema aber dann nicht weiter.

Als während des Abendessens der Wind zu heulen begann, fielen Evangeline die Fensterläden ein. Sie schloß und verriegelte die inneren, wagte aber nicht, noch einmal hinauszugehen, um auch die äußeren zu schließen. Sie hatte ihren Vorrat an Mut für diesen Tag erschöpft.

Es war schon stockfinster, als sie den Waschzuber aus der Speisekammer holte und ihn vor dem Herd aufstellte. Sie bereitete Abigail ein heißes Bad, mit der vollen Absicht, selbst auch eins zu nehmen, aber als sie mit ihrer Tochter fertig war, war sie zu müde, um irgend etwas anderes zu tun, als sich zu entkleiden, ihr Nachthemd anzuziehen und sich zu ihrer Tochter in Big John Keatings Bett zu legen. Sie leerte nicht einmal den Badezuber aus.

Scully war gut vorangekommen auf dem Weg, allein und ohne Frauen, auf die er aufpassen mußte, obwohl er Jacobs Maultieren vielleicht ein bißchen zuviel zugemutet hatte. Abends saß er jedenfalls vor einem anheimelnden Kaminfeuer an einem der Tische der McCaffreys und focht ein Schachturnier mit Jacob und Trey Hargreaves aus, der eine Hütte in den Bergen hatte und früher in eheähnlicher Gemeinschaft mit einer Indianerin gelebt hatte. Falls die Gerüchte stimmten. Auf jeden Fall sah dieser Hargreaves wie ein Bandit und Einzelgänger aus; sein dunkles Haar war im Nacken mit einem Lederriemen zusammengebunden, und seine Augen waren von einem eigenartig silbrigen Grau, das fast an Blei erinnerte. Er trug ein ausgefranstes Hemd mit Rüschen vorn, und seine Hosen waren aus weichem Hirschleder. Wer immer er auch sein mag, dachte Scully mit einem stummen Seufzer, er ist jedenfalls ein guter Schachspieler. Er hatte Scully schon zweimal schachmatt gesetzt und war auch nicht mehr weit davon entfernt, Jacob zu schlagen.

June-bug brachte Teller mit frischgebackenem Apfelkuchen an den Tisch und schenkte ihnen Kaffee nach. Sie war immer fröhlich, schien es Scully, ob die Station nun leer war oder vollbesetzt mit Reisenden, die nach einem zweiten Teller Essen schrien.

»Es war sehr nett von Evangeline, mir zu schreiben«, sagte sie und klopfte auf die Schürzentasche, die den Brief an sie und ihren Mann enthielt. »Ich habe schon seit Jahren keine Post mehr bekommen.«

Jacob schaute nicht auf von seiner riskanten Position auf dem Schachbrett. »Du hattest den Katalog von dieser Firma aus Chicago«, sagte er.

June-bug winkte ab, aber ihr Lächeln schwankte nicht. »Das zählt doch nicht. Sie wollten uns nur eins von ihren

Fertighäusern verkaufen.« Ein verträumter Blick erschien in ihren Augen. »Es hatte eine Badewanne und Klosett, das Haus.«

»Sie werden in Teilen geliefert«, bemerkte Jacob den anderen zuliebe, falls sie sich für das Thema interessieren sollten. »Die Häuser, meine ich.«

June-bug kehrte zum Herd zurück, wo sie irgend etwas für das nächste Frühstück backte. Es bestand immerhin die Möglichkeit, daß eine Postkutsche es morgen schaffte, und die Passagiere würden hungrig sein.

»Dann brauchen sie aber verdammt große Frachtkarren«, bemerkte Trey. Für den Transport der Fertighäuser, meint er wahrscheinlich, dachte Scully, der in Gedanken nach wie vor bei Evangeline und Abigail war und nicht aufhörte, sich zu fragen, wie es ihnen ergangen sein mochte und ob sie sich sehr fürchteten. Am liebsten wäre er auf der Stelle wieder umgekehrt und heimgeritten, aber June-bug hatte es ihm ausgeredet und gesagt, er erweise niemandem einen Dienst damit, wenn er sich dort draußen in der Finsternis verirrte und sich »zu Tode fror«.

Jacob lachte leise über Treys Bemerkung über die Karren, aber sein Blick war ernst, als er zu Scully aufschaute. Ihm entging nicht viel, dem guten alten Jacob.

»Ich denke, daß Big John zurückkehren wird, sobald der Schnee auftaut und der Schlamm ein bißchen trocknet. Meinst du nicht, Scully?« Es war eine subtile Erinnerung daran, daß Evangeline einem anderen versprochen war und Scully besser daran täte, sie nicht allzu heftig zu vermissen. Jacob war sehr gut darin, Botschaften wie diese zu vermitteln, und seine Autorität in Fragen der Moral wagte niemand anzuzweifeln, da er so etwas wie ein Priester war.

Scully nickte unglücklich. »Ich glaube nicht, daß ein bißchen Schlamm ihn von der Rückreise abhalten könnte«, erklärte er.

5

June-bug drückte Scully am nächsten Morgen, als er sich nach dem Frühstück zum Aufbruch bereitmachte, mehrere Bogen gefaltetes Papier und eine Dose mit selbstgemachten Pralinen in die Hand. Sie hatte tief in ihren kostbaren Vorrat an Zucker und Kakao gegriffen, um das Konfekt für Evangeline herzustellen, und das war ein sicherer Beweis dafür, wie sehr sie sie und ihre Tochter schätzte.

»Bring Evangeline und ihre reizende kleine Tochter einmal zu Besuch mit, wenn das Wetter besser wird. Ich kann mir zwar nicht vorstellen, daß das vor Weihnachten der Fall sein wird, und ganz gewiß nicht später, aber wir würden uns freuen, sie bald wieder zu Besuch zu haben.«

Scully beugte sich vor, um June-bug auf die Stirn zu küssen. Von Jacob hatte er sich bereits verabschiedet, und Hargreaves war noch vor Sonnenaufgang in irgendeiner dringenden persönlichen Angelegenheit davongeritten. »Du solltest lieber wieder hineingehen, bevor du dich erkältest«, sagte er, während er den Brief in seine Jackentasche steckte und die Blechdose mit dem Konfekt in eine seiner Satteltaschen. Es war schön, sein Pferd zurückzuhaben. Er tätschelte dem Tier den starken Hals, bevor er aufsaß.

June-bug ging langsam rückwärts zur Station zurück, winkte ihm zu und lächelte. Sie hatte bisher stets behauptet, sie fühle sich nie einsam hier, sie habe genug mit ihrem Jacob und dem Herrgott, aber Scully konnte sich gut vorstellen, daß sie die Gesellschaft einer Frau erheblich mehr vermißte, als sie zugab. Denn Jacob war schließlich alles andere als gesprächig, und der Herrgott hatte noch viel weniger zu sagen.

Es kamen jedoch immer mehr Siedler in die Gegend um Springwater, und Scullys Ansicht nach war das sehr gut. Solange sie ihm nicht *zu* nahe kamen.

Er tippte sich noch einmal grüßend an den Hut und wendete den großen Hengst, um seine lange und gefährliche Reise anzutreten.

Auf halbem Weg zur Ranch hielt er am selben Bach, an dem er schon mit Evangeline und Abigail gerastet hatte. Etwas von dem Eis auf dem Wasser war geschmolzen, und er konnte fette, träge Forellen in einem natürlichen kleinen Becken schwimmen sehen. Er brach einen Birkenzweig ab, spitzte mit dem Messer das eine Ende zu und holte sich damit fünf Fische aus dem Wasser, einen nach dem anderen. Er würde sie Evangeline mitnehmen, diese schimmernden, braungetupften Fische, damit sie sie in Mehl wälzte und in Butter briet, und anläßlich dieser besonderen Gelegenheit war er sogar bereit, ihnen vorher selbst die Köpfe abzuschneiden.

Erfreut über die Aussicht auf ein solch köstliches Abendessen, spießte er die Fische auf den Stock auf, mit dem er sie gefangen hatte, und hängte ihn an das Sattelhorn, bevor er sich wieder auf den Weg zur Ranch machte. Ein wenig seiner Freude über die geplante Überraschung schwand, als er an Jacobs subtile Warnung dachte. Evangeline war Big Johns Braut, und das durfte er nicht vergessen. Er war Keatings Partner und sein Freund, und einem Mann seine zukünftige Frau zu stehlen war für ihn eine unverzeihliche Gemeinheit. Gute Ehefrauen waren überall von hohem Wert, aber hier draußen, wo Jahre vergehen konnten, ohne daß ein Mann eine Frau auch nur von weitem sah, waren sie noch kostbarer als Rubine.

Scully war, als schöbe sich eine Wolke vor die Sonne, aber als er aufschaute, war der Himmel so klar und blau wie die Lieblingszuckerdose seiner Mutter. Die Ranch gehörte ihm zu gleichen Teilen wie Big John Keating, da sie Partner waren, und er hatte eigentlich geplant, sich auf einem Stück Land, das er bereits ausgewählt hatte, ein eigenes Haus zu bauen und dann nach Denver oder San Francisco zu reisen und sich eine Braut zu suchen. Aber jetzt, wenn er daran dachte, wie gern er Evangeline Keatings Lächeln sah und wie begierig er war, sie wiederzusehen, begann er sich zu überlegen, ob es nicht besser wäre, gleich nach Big Johns Rückkehr aus Denver zu verschwinden. Und irgendwo anders noch einmal ganz von vorne zu beginnen.

Verdammt, aber diese Aussicht war wirklich alles andere als verlockend!

Abigail sah Scully zuerst, da sie auf das Kopfende des Betts geklettert war und aus dem Fenster schaute, während das Kätzchen von einer ihrer schmalen Schultern zur anderen kletterte und sich bemühte, Fuß zu fassen. Es wurde allmählich dunkel, die täglichen Arbeiten waren verrichtet, und Evangeline war am Herd beschäftigt, wo sie in einem Topf mit Bohnen rührte und ab und zu nach dem Maisbrot sah, das im Ofen garte.

»Er ist wieder da, Mama! Und er hat das gefleckte Pferd mitgebracht!«

Auf Abigails frohe Ankündigung hin wirbelte Evangeline so schnell herum, daß sie fast den Suppenlöffel fallen ließ. Sie legte ihn rasch nieder, atmete tief durch und strich ihr Haar und ihre Röcke glatt. Sie hatte ein heißes Bad genommen, nachdem sie aus der Scheune zurückgekommen war, und ihr bestes Kleid aus weichem grünen Wollstoff angezogen, obwohl sie natürlich niemals zugegeben hätte, daß sie all das nur für Scully tat. Nein, sie wollte nur gepflegt und sauber sein, wie es sich für eine anständige Frau gehörte.

Warum war ihr dann plötzlich so, als müsse ihr Herz vor lauter Aufregung zerspringen?

»Natürlich hat er das Pferd mitgebracht«, erwiderte sie ein bißchen ungeduldig. »Du liebe Güte, Abigail, komm sofort von der Kante herunter! Du wirst noch fallen und dir einen Zahn abbrechen.«

Murrend ließ Abigail sich auf die Matratze herab, aber ihre Augen glänzten, und ihr Gesicht strahlte vor Freude. Am liebsten wäre sie zur Tür gelaufen, das konnte Evangeline sehen. Aber scheinbar wußte sie, daß ihre Mutter es ihr verbieten würde. »Ich wette, Scully nimmt mich gern einmal auf diesem großen Pferd mit, wenn ich ihn darum bitte.«

Sie hatte vermutlich recht, aber die Vorstellung war Evangeline nicht angenehm. Was sie anging, so waren Pferde unberechenbare Kreaturen, zu groß, zu unruhig und mithin gefährlich.

»Darf ich hinausgehen und Scully helfen, den Hengst zu versorgen?«

»Nein«, erwiderte Evangeline, aber diesmal schon ein wenig sanfter. »Es wird schon dunkel, und es ist sehr kalt. Und sag jetzt nicht, du müßtest, junge Dame, denn du warst erst vor einer halben Stunde auf dem Klosett.«

Abigail setzte sich mit hängenden Schultern und gesenktem Kopf auf die Matratze und ließ die Beine baumeln. Sie sah so enttäuscht aus, daß Evangeline beinahe nachgegeben hätte und selbst mit ihr zur Scheune hinausgegangen wäre. Denn auf ihre Weise war sie genauso begierig, Scully wiederzusehen, wie ihre Tochter.

Das Kätzchen kletterte auf dünnen, ungeschickten Beinen auf den Schoß des Kinds und miaute kläglich, um seine Aufmerksamkeit auf sich zu lenken. Abigail streichelte es geistesabwesend und schaute immer wieder verstohlen zu Evangeline hinüber. Aber ihre Mutter blieb unnachgiebig und warf sogar einmal einen raschen Blick auf Big Johns Bild auf dem Kaminsims, um sich die Lage der Dinge in Erinnerung zu rufen.

Nach einer Weile, die ihnen wie eine kleine Ewigkeit erschien, hörten sie endlich Scully draußen auf der kleinen Veranda vor der Tür, wo er den Schnee von seinen Stiefeln klopfte. Er kam herein, eine bunte Blechdose unter einem Arm und einen Stock mit aufgespießten Fischen in der anderen, und nickte grüßend Evangeline und dann auch ihrer Tochter zu.

»Scully, Scully!« schrie das kleine Mädchen, als ob es jemand anderen erwartet hätte, jemand, der ihr längst nicht so willkommen war wie er. Aufgeregt krabbelte sie zur anderen Seite der Matratze und sprang auf, worauf das arme Kätzchen sich erschrocken unters Bett verzog. »Es war gestern ein Indianer hier, und Mama hat ihm eine Decke und ein Huhn und Eier und eine Kanne Milch geschenkt!«

Scully legte den Fisch und die Blechdose auf den Tisch, den Evangeline schon saubergeschrubbt hatte für das Abendessen, nahm Abigail auf den Arm und starrte betroffen ihre Mutter an. »Was?«

»Er war harmlos«, versicherte Evangeline, nahm mit einem mißbilligenden Blick den Fisch vom Tisch und legte ihn in eine Schüssel. »Er wollte nur etwas zu essen, das war alles.«

»Mama war sehr tapfer. Sie hat mir und Hortense

befohlen, in der Scheune zu bleiben, und das haben wir dann auch getan. Sie hatte dein Gewehr und zwang den Indianer damit, voranzugehen, den ganzen Weg zum Haus hinüber.«

»Sie haben ihn ins *Haus* gelassen?« Es klang mehr entsetzt als ärgerlich.

»Natürlich nicht«, erwiderte Evangeline. Auch ihr Ärger erwachte nun langsam. Sie wußte aber nur zu gut, daß es Scullys Gegenwart und sein Effekt auf sie war, was sie irritierte, und nicht, was er gesagt hatte. Es war nicht richtig, sich so über das Wiedersehen mit ihm zu freuen, aber so war es nun einmal; sie konnte es nicht ändern. Gott wußte, wie glücklich sie über seine Rückkehr war, selbst wenn sich herausstellen sollte, daß er ihr Schwierigkeiten wegen des Indianers machen würde. »Ich habe ihn draußen warten lassen, während ich hineinging, um eine Decke und einen alten Krug zu holen. Ich konnte ihn doch nicht mit dem guten Eimer fortgehen lassen, oder?«

Scully schaute mit verblüffter Miene auf Abigail hinab. »Wer ist Hortense?«

Abigail strahlte. »Mein Kätzchen. Mama sagte, sie sei ein Mädchen, und deshalb habe ich sie Hortense genannt. Sie ist in der Scheune geboren.«

Scully schloß für einen Moment die Augen. »Ich verstehe«, sagte er. Aber Evangeline glaubte nicht, daß es so war. Er setzte Abigail wieder ab, zog seine Jacke aus und hängte sie an einen Haken. Hortense kam miauend unter dem Bett hervor und schnüffelte an seinen Stiefeln. Er sah todunglücklich aus, als würde er am liebsten gleich wieder das Weite suchen und zum Schlafen in die Scheune hinübergehen, um nicht mehr von lästigem Frauenvolk umringt zu sein.

Schweigend holte er die Schüssel vom Waschtisch, trug sie zum Herd und füllte sie mit Wasser aus dem Reservoir. Dann kehrte er an den kleinen Tisch zurück und wusch sich gründlich das Gesicht und seine Hände. Abigail und Evangeline beobachteten ihn, Abigail mit unverhohlenem Interesse und Evangeline verstohlen, während sie Bohnen auf Teller verteilte.

Weder Scully noch Evangeline sprachen viel während des Essens – ihr war, als ob das ganze Haus vor Spannung zu vibrieren schien, wie kurz vor einem Erdbeben –, aber Abigail plapperte ohne Unterlaß vom »Amen« nach dem Tischgebet bis zur Ankündigung ihrer Mutter, sie dürfe sich entschuldigen.

Bald darauf saß Abigail auf dem kleinen Teppich, den Evangeline vom Fußende des Betts vor den Kamin gezogen hatte, und spielte zufrieden mit Hortense.

»June-bug hat mir einen Brief für Sie gegeben«, sagte Scully schließlich, nachdem er lange Zeit geschwiegen hatte. Er schaute zum Feuer und dem Kind und der Katze hinüber, als er sprach. »Sie bat mich, Sie bei der nächsten Gelegenheit zu einem Besuch nach Springwater zu bringen. Ich denke, das wird ungefähr um die gleiche Zeit sein, wenn Big John mit den Rindern heimkommt.« Nach einer weiteren kurzen Pause wandte er den Kopf, um Evangeline anzusehen. »Ich glaube, daß das Wetter vorher nur noch schlechter werden kann.«

Zum ersten Mal gestand Evangeline sich ein, daß sie sich im Grunde ihres Herzens wünschte, Big John möge nie zurückkehren. Oder besser noch, daß es gar keinen Big John *gäbe,* sondern nur sie und Scully und Abigail. Wenn es doch nur Scully gewesen wäre, der nach ihr geschickt hätte, Scully, der sie sich als Frau gewünscht hätte …

Hör auf damit, befahl sie sich entschieden. Sie war praktisch verlobt, und Scully war Big Johns Partner. Selbst wenn er etwas für sie empfand und es auch offen eingestehen würde, wäre es Verrat an einem Freund gewesen, und sie hätte weder ihn noch sich selbst unter solchen Umständen respektieren können. Und ohne Respekt konnte es auch keine Liebe geben.

»Das sind schöne Fische«, sagte sie mit einem Blick auf die Forellen und kam sich ziemlich töricht vor. Aber sie hatte das Schweigen brechen müssen, weil sie es nicht mehr ertrug, und etwas anderes war ihr nicht eingefallen.

Scully dankte ihr zerstreut, stand dann auf und ging hinaus, ohne seine Jacke oder das Gewehr zu nehmen. Als er kurz darauf zurückkehrte, gab er ihr keine Erklärung für sein abruptes Verschwinden, und Evangeline verlangte auch keine. Sie wusch bereits die Teller ab, so daß er seinen Stuhl zum Feuer schob, Abigail auf seinen Schoß nahm und ihr von Pegasus, dem geflügelten Pferd, zu erzählen begann.

Sie lauschte entzückt, und während das Kätzchen im warmen Schein des Feuers in ihren Armen schnurrend einschlief, schaute die Kleine mit unverhohlener Zuneigung und Bewunderung zu ihm auf. Es brach Evangeline beinahe das Herz, als sie sah, wie ihre Tochter sich an Scullys Brust lehnte und gegen Ende der Geschichte einschlief.

Evangeline stand auf und weckte das Kind, damit es sich die Zähne putzte und sich wusch, und brachte Abigail dann in das große Bett, wo Hortense sich wie ein kleiner Ball auf dem Kissen neben ihr zusammenrollte. Als sie sich danach wieder zum größeren Teil des Hauses umwandte, bemerkte sie, daß Scully sie beobachtete. Er wandte den Blick rasch ab, aber er war nicht schnell genug gewesen.

»Ihr Vater hat ihr früher oft Geschichten erzählt«, sagte Evangeline und zog sich auch einen Stuhl an den Kamin heran. Sie achtete darauf, einen angemessenen Abstand zu ihm zu halten, obwohl sie viel lieber auf Scullys Schoß gesessen hätte, so wie Abigail zuvor.

»Ich weiß«, antwortete er und starrte wieder in das Feuer. »Sie hat es mir erzählt vor ein paar Tagen, als wir zusammen in der Scheune waren.«

»Waren Sie schon einmal verheiratet, Scully? Haben Sie Kinder?« Sie wußte selbst nicht, was sie dazu veranlaßte, ihn so etwas Persönliches zu fragen, und hätte sich am liebsten die Zunge dafür abgebissen, weil ihm jetzt klar sein mußte, daß sie sich Gedanken über ihn gemacht hatte.

»Nein, Ma'am«, erwiderte er. »Es gab einmal eine Frau – oder besser gesagt, ein junges Mädchen. Wir hatten vor zu heiraten, aber dann brach der Krieg aus, und ich ging fort, um Soldat zu werden. Während meiner Abwesenheit erkrankte sie an irgendeinem Fieber und starb innerhalb einer Woche, nachdem die Krankheit ausgebrochen war.« Er hielt inne, und Evangeline sah, wie er den Mund verzog, obwohl er ihr nur das Profil zuwandte. »Ich dachte, sie wäre in Sicherheit«, sagte er. »Es war meine eigene Haut, um die ich damals fürchtete.«

»Es tut mir leid. Das mit Ihrer Verlobten, meine ich.«

»Es ist lange her.« Sein Ton ließ klar erkennen, daß das Thema damit für ihn beendet war. Er nickte zum Tisch hinüber, wo die hübsche Blechdose noch immer stand. »June-bug hat Ihnen auch selbstgemachte Pralinen mitgeschickt. Das ist ein großes Kompliment, da sie sie außer zu Weihnachten nicht einmal für Jacob herstellt.«

Evangeline war froh über den Themawechsel und die freundschaftliche Geste einer Frau, die ihr sympathisch war. »Sie sagten, sie hätte Ihnen auch einen Brief für mich gegeben?«

Er nickte. »Er ist in meiner Jackentasche.«

Sie stand auf. »Darf ich?«

Wieder nickte er und richtete den Blick auf das Feuer. Evangeline fragte sich, was er dort so Faszinierendes sehen mochte – Erinnerungen? Versprechen, die er anderen Menschen zu anderen Zeiten gegeben hatte und die noch eingehalten werden mußten?

Als sie die mehrfach gefalteten Blätter fand, die ein wenig nach Leder und nach June-bugs Parfum rochen, drehte Evangeline sich um und sah, daß Scully aufgestanden war und ein Buch aus dem Regal neben dem Kamin genommen hatte. Er nahm sich eine der Lampen, murmelte einen flüchtigen Gute-Nacht-Gruß und verschwand in seinem Anbau.

Evangeline kam sich so einsam und verlassen vor, als hätte er wieder seinen Hengst gesattelt und wäre fortgeritten – nach Springwater oder wer-weiß-wohin. Er war gleich nebenan, und trotzdem vermißte sie ihn so sehr, als wäre er viele Meilen weit entfernt.

Was er genauso gut auch sein könnte, schloß sie bitter und blinzelte, um die Tränen zu verdrängen, die in ihren Augen aufstiegen. June-bugs Brief in der Hand, setzte sie sich wieder an den Kamin, um ihn zu lesen, und verschlang begierig jedes Wort der netten alten Dame. Es machte nichts, daß sie sich noch nicht viel zu sagen hatten, sie und die Herrin der Springwater-Station, da sie sich praktisch noch gar nicht richtig kannten; einen Brief in dieser Einöde zu erhalten war ein Grund zum Feiern, ein seltenes und kostbares Ereignis, aus dem ein Mensch für lange Zeit Kraft schöpfen konnte.

Als sie alle Seiten gelesen hatte, begann sie noch einmal von vorn und kostete jedes einzelne Wort aus, ganz gleich, wie belanglos es auch sein mochte. Dann faltete sie den Brief zusammen und legte ihn in ihre Reisetruhe zu ihren anderen Besitztümern.

Der köstliche Duft bratenden Fischs weckte Evangeline am nächsten Morgen; sie öffnete die Augen und hörte Scully und Abigail am anderen Ende des Hauses plaudern. Die Luft war irgendwie frischer heute, strahlender, fast so, als ob es Frühling wäre.

Abigail erschien neben dem Bett und reichte Evangeline die Katze. »Du solltest jetzt lieber aufstehen, Mama, wenn du nicht willst, daß ich und Scully den ganzen Fisch allein essen. Hortense bekommt auch welchen.«

»Scully und ich«, korrigierte Evengeline gewohnheitsmäßig. Hortense schaute sie aus ihren eigenartigen, verschiedenfarbigen Augen an und rieb dann ihre kleine, feuchte Nase an Evangelines Gesicht. Sie lächelte, obwohl sie sich in einer unangenehmen Situation befand. Erstens konnte sie unmöglich aufstehen, solange Scully im Zimmer war, da sie nichts weiter als ein Nachthemd trug. Und zweitens benötigte sie den Nachttopf. Dringend.

Als habe er ihre Gedanken erraten, sagte Scully, ohne sich zu ihr umzudrehen: »Ich werde Ihnen den Rücken zukehren, solange es nötig ist.« Er sprach ein wenig lauter, damit sie ihn verstand, und ein leises Lachen klang in seiner Stimme mit.

Das löst zumindest eins meiner Probleme, dachte Evangeline. Sie hatte seit Monaten keinen frischen Fisch gegessen, und der verlockende Duft, der aus der Pfanne kam, war mächtiger als ihr Schicklichkeitsgefühl. Sie stand auf, nachdem sie Hortense vorsichtig beiseitegeschoben hatte, und zog sich hastig an. Seinem Wort getreu, blieb Scully mit dem Rücken zu ihr stehen; sie ließ ihn keine Sekunde aus den Augen, um ganz sicherzugehen, während sie sich anzog.

Als sie endlich vollständig bekleidet war und ihr Haar aufsteckte, räusperte sie sich. »In Ordnung«, sagte sie so förmlich, als befänden sie sich in irgendeinem eleganten

Salon im Osten und seien im Begriff, den Nachmittagstee einzunehmen. »Sie dürfen sich jetzt umdrehen.«

Scully lachte, nahm die Platte mit dem gebratenen Fisch aus dem Backofen und stellte sie auf den Tisch. Seine Belustigung verblaßte jedoch, als er Evangeline ansah; es war, als hätte sie sich ganz unerwartet irgendwie verändert und gäbe ihm ganz neue Rätsel auf.

Beide schwiegen, als sie aßen, und hörten Abigail zu, die während der gesamten Mahlzeit unablässig redete. Gut, daß wir sie haben, dachte Evangeline.

»Es weht ein Chin-hook-Wind«, plapperte sie. »Scully sagt, er sei warm wie im Frühling, aber darauf dürfe man sich nicht verlassen, weil ein harter Winter uns erwartet. Die Raupen haben Wolle dieses Jahr.«

»Chinook«, korrigierte Scully die Kleine freundlich und meinte das für sie unverständliche Indianerwort *shinook.*

»Der Fisch ist köstlich«, sagte Evangeline, weil sie etwas sagen *mußte.* Ganz gleich, ob Wölfe oder Indianer, bewaffnet oder unbewaffnet, sie war fest entschlossen, zum Klosett hinauszugehen, sobald sie ihre Mahlzeit beendet hatten. Denn sonst würde ihre Blase platzen.

Daheim im Osten, an Orten wie Philadelphia, Boston und New York, gab es Leute, die *eingebaute* Bäder hatten. Evangeline beneidete sie von ganzem Herzen in jenen unbehaglichen Minuten.

»Danke«, erwiderte Scully so viel später, daß Evangeline sich im ersten Moment gar nicht daran erinnerte, daß sie ihn für den leckeren Fisch gelobt hatte.

Sie entschuldigte sich, sobald es ging.

Den ganzen Morgen lang blies dieser ungewöhnlich warme Wind, und Schnee rutschte in glänzenden Platten vom Dach des Blockhauses und der Scheune. Der gefrorene Boden taute auf, und unter dem Gras stieg ein

Geruch nach feuchter Erde wie im Frühling auf. Abigail ritt im Kreis auf Sugarplum, und Scully, der die kleine Stute an der Leine führte, erklärte ihr, was sie zu tun hatte, und korrigierte ihre Haltung auf dem Pferd. Evangeline, die das gute Wetter nutzen wollte, brachte Bettlaken und Decken hinaus ins Freie und breitete sie über Sträuchern aus, damit sie in der Sonne und im Wind auslüfteten. Die Tür und alle Fenster des Hauses standen offen, und sie hatte sich heute sogar bis zu den Obstbäumen auf dem nahen Hügel vorgewagt.

Sie waren natürlich nackt und kahl, aber größer, als sie anfänglich vermutet hatte. Sie schaute sich mehrere genauer an – es waren zweiundzwanzig insgesamt – und blieb dann oben auf dem Hügel stehen, um zu beobachten, wie Scully Abigail das Reiten lehrte.

Er war sehr geduldig, und die kleine Stute war es auch. Abigail war im siebten Himmel; ihr entzücktes Lachen schallte zu Evangeline hinauf wie das Läuten einer fernen Kirchenglocke, und die Kleine winkte ihrer Mutter begeistert zu.

»Sieh mal, Mama!« schrie sie. »Sieh mir zu!«

Evangeline hatte Angst um ihre Tochter, aber sie ließ es sich nicht anmerken. Abigail würde hier im Westen aufwachsen, und deshalb war es wichtig, daß sie reiten lernte. Es wäre unfair, ihrer Tochter wegen ihrer eigenen Angst vor Pferden die Freude über ihre Fortschritte zu nehmen. Und deshalb tat sie so, als applaudierte sie, und lächelte, als sie den Hügel zum Haus hinunterstieg.

»Und jetzt reitest du, Mama«, sagte Abigail.

Evangeline wollte gerade widersprechen, als sie den sich bewegenden Wulst unter Scullys Wollhemd sah. Verwirrt kniff sie die Augen zusammen.

Scully lachte. »Hortense«, erklärte er, und da spähte auch schon ein kleines Gesicht zwischen den Knöpfen seines Hemds heraus. »Das Kätzchen will stets dabeisein, genau wie Abigail hier, und wir wollten nicht, daß es versehentlich getreten wird.«

Etwas veränderte sich in diesem Augenblick in Evangeline, als heilte urplötzlich eine Wunde in ihrer Seele zu. Ein Kloß der Verzweiflung formte sich in ihrer Kehle, und sie mußte sich zusammennehmen, um nicht mit beiden Händen ihre Röcke zu raffen und ins Haus zu fliehen, sich dort aufs Bett zu werfen und ihren Tränen freien Lauf zu lassen.

»Mama?« Abigail, die nach wie vor hoch auf dem Pferderücken saß, klang sehr beunruhigt.

»Fühlen Sie sich nicht wohl, Ma'am?« fragte nun auch Scully.

Evangeline schaute von einem zum anderen und biß sich auf die Lippen.

Scully beobachtete Evangeline noch immer, als er beide Hände nach Abigail ausstreckte, um sie vom Pferd zu heben. Das Mädchen ließ es geschehen und nahm das Kätzchen, als er es unter seinem Hemd hervorholte und ihr überreichte. Aber während all dieser Zeit ließ Scully Evangeline keine Sekunde aus den Augen.

»Mama hat Angst vor Pferden«, vertraute Abigail ihm in einem verschwörerischen Wispern an. »Vor langer Zeit hat ihr einmal eins auf den Fuß getreten, und man kann die Stelle noch immer sehen.«

Scully nickte zu den Worten des kleinen Mädchens, aber Evangeline vermutete, daß er in ihren Augen lesen konnte, was sie dachte, was sie fühlte und was sie wünschte.

»Mir bleibt noch Zeit, um auf die Jagd zu gehen, bevor die Sonne untergeht«, sagte er schließlich. »Vielleicht kann ich einen Truthahn schießen.«

Evangelines Augen brannten; tapfer unterdrückte sie

die Tränen. Sie durfte nicht so nahe am Wasser bauen, wenn sie für sich und Abigail ein Leben hier im Wilden Westen aufbauen wollte. Sie nickte stumm, weil sie ihrer Stimme nicht traute, und begann, die Bettlaken und Decken einzusammeln, die sie auf den Sträuchern ausgelüftet hatte.

Abigail, die Hortense in ihren Armen hielt, folgte ihr, wenn auch ein wenig widerstrebend, in das Haus. Kurz danach erschien auch Scully, um seine Jacke und das Gewehr zu holen.

»Kommen Sie allein zurecht?« fragte er.

Nie wieder, dachte Evangeline. Sie war noch nie verliebt gewesen, aber sie wußte, daß es mehr als Freundschaft war, was sie für diesen Mann empfand. Und daß diese Liebe, solange sie Big John versprochen war, vollkommen aussichtslos war. »Ja«, log sie. »Wir werden schon zurechtkommen.«

»Verriegeln Sie die Tür«, riet er und zog seinen Hut tief in die Stirn. »Ich werde rechtzeitig zurück sein, um die Tiere zu versorgen, also überlassen Sie das mir.«

Evangeline, die wieder nicht zu sprechen wagte, nickte stumm.

Er war noch keine Stunde fort, als sie in der Ferne einen Schuß vernahm und vor Schreck über das Geräusch zusammenfuhr. Es hätte mich nicht so erschrecken dürfen, dachte sie, als sie beim Kneten des Brotteigs einen Moment lang innehielt, da sie schließlich wußte, daß Scully auf die Jagd gegangen war. Aber Gewehre waren todbringende Waffen; sie hatte gesehen, welch schreckliche Verwundungen sie bei Menschen hinterlassen konnten.

Er hätte unterwegs dem Wolfsrudel begegnen können – oder einem Banditen oder einer Gruppe Indianer …

Sie lief rasch zum Fenster und versuchte abzuschätzen, woher der Schuß gekommen war, aber es war nichts zu sehen. Nur der Wald, der auftauende Schnee und der Schlamm, der sich darunter bildete.

Abigail, die völlig ungerührt geblieben war, saß auf dem Teppich vor dem Kamin und versuchte, dem Kätzchen eins von Evangelines Taschentüchern als Rock umzubinden. Hortense erwies sich jedoch als ausgesprochen unkooperativ. Nach einer Weile kroch sie in Abigails Schürzentasche und blieb dort, um zu schlafen oder um sich zu verstecken.

Bei Abenddämmerung begann der Wind noch heftiger zu blasen, rüttelte an den Fensterläden und ließ das Feuer im Kamin aufflackern. Abigail lag jetzt auf der Seite auf dem Teppich und beobachtete die Flammen, während Hortense, die inzwischen wieder ihr Versteck verlassen hatte, schwankend auf dem Kopf des kleinen Mädchens stand. Sie erinnerte Evangeline ein wenig an einen Zirkustiger, der versucht, die Balance auf einem Ball zu halten, und trotz ihres zunehmenden Unbehagens konnte sie nicht anders, als zu lächeln.

Ein leises Pferdewiehern draußen veranlaßte Evangeline, rasch wieder zum Fenster zurückzueilen. Und da war Scully – ohne Hut und tief über den Hals seines Hengstes gebeugt. Mit einem erschrockenen Aufschrei lief Evangeline zur Tür und löste den schweren Riegel. Der starke Wind stieß die Tür auf und schlug sie krachend an die Innenwand.

Evangeline hastete über die kleine Veranda und das glitschige braune Gras auf die dunkle Silhouette des Mannes und des Pferdes zu. Als sie näherkam, sah sie den Pfeil, der aus Scullys rechter Schulter ragte. Es gelang ihm, sich im Sattel aufzurichten, aber selbst in der zunehmenden Finsternis konnte Evangeline erkennen, daß er leichenblaß war und sich vor Schmerzen auf die Lippen biß.

»Ich habe den Truthahn«, sagte er und ließ einen ziemlich großen Vogel auf den Boden vor Evangelines Füßen fallen.

»Zum Teufel mit dem Truthahn!« rief sie. »Sie sind verletzt. Sitzen Sie ab, falls Sie es können, und ich helfe Ihnen ins Haus.«

»Ich muß das Pferd noch versorgen«, sagte er.

»Seien Sie nicht albern. Sie könnten jeden Augenblick ohnmächtig werden. Steigen Sie um Himmels willen *ab*, bevor Sie stürzen und alles nur noch schlimmer machen!«

Er lachte grimmig. »Wollen Sie nicht wissen, was geschehen ist?«

»Es ist mehr als offensichtlich, was geschehen ist«, erwiderte Evangeline schroff.

»Ich hatte eine Auseinandersetzung mit einem Indianer, der diesen dummen Vogel dort für sich beanspruchte«, berichtete er, als ob sie nichts gesagt hätte. »Er war ausgesprochen uneinsichtig, vor allem, wenn man bedenkt, daß er bereits drei von diesen Vögeln hatte.« Stöhnend saß er ab und schwankte ein wenig, als seine Füße den weichen Grund berührten. Der Pfeil steckte tief in seinem Fleisch, und Evangeline konnte jetzt auch das Blut auf dem Rücken seiner Jacke und auf dem Sattel sehen.

Sie versuchte, ihn zum Haus zu ziehen, aber er wehrte sich und war noch immer stark genug, um zu gewinnen.

»Nein«, sagte er, während er schwankend auf die Scheune zuging. »Ich will nicht, daß Abigail es sieht. Es würde sie zu Tode erschrecken.«

»Wie wollen Sie es vor ihr verbergen, Scully? Indem Sie im Heuschober übernachten?«

Der Hengst, der seinen großen Kopf nervös von einer Seite zur anderen warf, trottete ihnen langsam nach.

»Sie können den Pfeil herausziehen und das Pferd versorgen. Er verdient eine Extraportion Hafer nach diesem Tag.«

Trotz ihrer Erfahrungen mit Verwundeten im Krieg wurde Evangeline ein bißchen übel bei der Vorstellung, den Pfeil aus Scullys Fleisch zu ziehen, obwohl sie keine Sekunde daran zweifelte, daß sie es schaffen würde. Von den zwei Aufgaben, die sie jetzt erwarteten, beunruhigte sie wahrscheinlich mehr die Frage, ob sie mit dem Pferd zurechtkam.

Im Stall ließ Scully sich auf einer umgedrehten Kiste nieder, während Evangeline Streichhölzer suchte und eine Lampe anzündete. Bessie, die Kuh, die längst gemolken hätte werden müssen, muhte unglücklich.

Evangeline ignorierte das Tier und untersuchte im Schein der Lampe die Verletzung in Scullys Schulter. Der Pfeil war fast ganz hindurchgedrungen; als sie die Haut über seinem rechten Schulterblatt abtastete, spürte sie die Spitze unter der Haut. »Das wird weh tun«, warnte sie.

»Das hatte ich mir bereits gedacht, Ma'am«, versetzte Scully grimmig.

Sie beugte sich vor, legte sanft die Hände um seine Wangen und schaute ihm in die Augen. »Tun Sie, was Sie wollen, Scully, aber verlieren Sie mir bloß nicht das Bewußtsein, weil ich nicht imstande wäre, Sie ins Haus zu tragen.«

»Ich werde mich bemühen«, versprach er grinsend. Sie konnte es nicht fassen. Er hatte einen Pfeil in seiner Schulter, der ihm furchtbare Schmerzen bereiten mußte, und trotzdem *grinste* er. »Versorgen Sie zuerst das Pferd, ja? Bitte.«

Evangeline war so abgelenkt, daß sie vergaß, sich vor dem Hengst zu fürchten, als sie ihm den blutbefleckten Sattel abnahm, ihn in eine Box führte und den Futtertrog mit Hafer füllte.

»Gut«, sagte sie, nervös und auch ein wenig ärgerlich, als sie zu Scully zurückkehrte, der nach wie vor auf seiner Kiste saß. »Sind Sie jetzt zufrieden?«

»Nicht ganz«, antwortete er. Das Grinsen wurde allmählich schwächer, aber es war noch immer da.

»Vergessen Sie es nicht«, mahnte Evangeline. »Sie haben versprochen, nicht das Bewußtsein zu verlieren.«

»Ich werde daran denken«, erwiderte er. »Tun Sie es, Eve. Bringen Sie es hinter sich.«

Sie nickte und schickte ein stummes Stoßgebet zum Himmel auf, bevor sie fest eine Hand um den Pfeilschaft schloß und ihn in seiner ganzen Länge durch Scullys Schulter stieß. Er zuckte zusammen, als die Spitze ihm das Fleisch zerfetzte, schloß die Augen und atmete einige Sekunden lang tief durch, als ein Schwall Blut aus seiner neuen Wunde strömte. Nachdem Evangeline die Spitze des Pfeils abgebrochen hatte, zog sie auch den Schaft heraus und schleuderte ihn beiseite.

Vorsorglich hatte sie vorher schon von ihrem Unterrock einen Streifen Stoff abgerissen und ihn zu einer Art Kompresse zusammengelegt, die sie jetzt auf die frische Wunde drückte, in der Hoffnung, den Blutverlust damit ein bißchen zu verringern. Sie half ihm aufzustehen, und er lachte, als sie der Kuh versprach, zurückzukommen, sobald sie dazu in der Lage war.

Eve, dachte sie dabei absurderweise. *Er hat mich Eve genannt.*

6

Abigail schrie auf und schlug beide Hände vor den Mund, als sie Scully, schwer auf die Schulter ihrer Mutter gestützt, das Haus betreten sah. Evangelines provisorischer Druckverband hatte die Blutung in seiner Schulter nicht gestoppt, und selbst im schwachen Schein der Petroleumlampen sah Scully fahl und grau wie eine Leiche aus. Seine Kleider waren blutdurchtränkt.

Evangeline wußte, daß sie nicht in der Lage sein würde, Scully bis in sein Bett zu bringen; sie brach jetzt schon fast unter der Last seines Gewichts zusammen. Deshalb schleppte sie ihn zu dem Bett, das sie und Abigail normalerweise teilten, und ließ ihn so sanft wie möglich auf die Matratze sinken. Aber kaum berührte sein Kopf das Kissen, schwanden ihm die Sinne. Während sie begann, ihm vorsichtig die blutdurchtränkte Jacke und das Hemd darunter auszuziehen, sprach sie ruhig, aber mit ganz ungewohnter Strenge zu ihrer Tochter. Ihre Worte waren sehr sorgfältig ausgewählt und formuliert, um keinen Raum für Mißverständnisse zu lassen, da sie weder genügend Zeit noch Kraft besaß, um sie zu wiederholen. »Abigail, du wirst mir jetzt aufmerksam zuhören. Scully ist verwundet worden – ein Pfeil durchbohrte seine rechte Schulter. Ich glaube, daß ich ihm helfen kann, aber dazu werde ich deine Hilfe brauchen. Würdest du mir bitte eine Schüssel heißes Wasser aus dem Behälter dort im Herd bringen – sei vorsichtig, verbrenn dich nicht – und eins der Laken, die wir heute ausgelüftet haben?«

Scully stöhnte; sanft strich sie ihm das Haar aus der Stirn. Hinter ihr hob Abigail den schweren Deckel des Warmwasserreservoirs im Herd und füllte eine Schüssel. Schweigend brachte sie sie ihrer Mutter, wobei sie nur ganz wenig verschüttete, und ging dann sofort wieder, um das Bettlaken zu holen.

»Bessie muht, Mama«, wandte Abigail schüchtern ein. »Es klingt, als ob sie Schmerzen hätte.«

Evangeline säuberte bereits Scullys Wunden, um sich einen besseren Eindruck von ihnen zu verschaffen. »Ich weiß, Liebes. Ich kann es auch hören. Sie will gemolken werden. Aber ich muß mich zuerst um Scully kümmern. Könntest du mir jetzt bitte eine Lampe bringen?«

»Wird Scully sterben?« fragte Abigail, während sie die Lampe holte.

Evangeline richtete sich aus ihrer gebückten Haltung auf, um sie anzuzünden, und stellte sie dann auf das Fensterbrett über dem Bett. Dann erst wandte sie sich zu ihrer Tochter um, die aus großen, furchtsamen Augen zu ihr aufschaute. »Ich weiß es nicht«, sagte sie. Das Kind zu belügen wäre ungerecht und unvernünftig gewesen. »Ich werde tun, was ich kann, um ihm zu helfen. Das ist alles, was ich dir versprechen kann. Du wirst deinen Teil dazu beitragen, indem du Hortense beschäftigst und mir etwas bringst, wenn ich darum bitte, wie du es vorhin schon getan hast.«

Abigail nickte. Sie hielt das zappelnde kleine Kätzchen fest an ihre schmale Brust gedrückt. »Ich habe Angst, Mama«, sagte sie mit leiser Stimme.

»Ich auch«, gestand Evangeline, bevor sie sich wieder zu Scully umwandte. »In der Speisekammer steht eine Flasche Whiskey im Regal, im zweiten Fach, wenn ich mich recht entsinne. Weißt du, was Whiskey ist? Er sieht aus wie Tee. Den brauche ich als nächstes.«

Das Kind kehrte wenige Minuten später schon zurück mit einer Flasche, die zu drei Vierteln noch gefüllt war. Evangeline war beunruhigt gewesen, als sie während ihrer Inspektion der Speisekammer den Alkohol gefunden hatte, und hatte sogar bereits erwogen, die Flasche ins Klosett zu leeren, für den Fall, daß sich herausstellen sollte, daß Big John ein Trinker war. Aber jetzt war sie froh, daß sie es nicht getan hatte. Nachdem sie einmal tief durchgeatmet hatte, goß sie ein wenig von der scharfen Flüssigkeit auf Scullys Schulter, und er kam vorübergehend wieder zu sich und stöhnte laut vor Schmerzen.

»Drehen Sie sich um«, befahl Evangeline ihm ruhig. »Da ist noch die Wunde auf der anderen Seite, wo das verflixte Ding in Ihre Schulter eingedrungen ist.«

Widerstrebend gehorchte er, und wieder goß sie Whiskey auf die Wunde. Danach zerriß sie das Laken, das Abigail ihr gebracht hatte, in lange Streifen und begann, die doppelseitige Wunde sorgfältig zu verbinden.

»Hey«, krächzte er. »Sie bringen mich noch um!«

»Psst«, befahl sie. »Wir haben es gleich geschafft.«

»Was haben Sie in meine Wunden geschüttet – Petroleum?«

Sie lachte, obwohl in ihren Augen Tränen der Erleichterung schimmerten. Scully war weit entfernt davon, außer Gefahr zu sein, aber er war zumindest wieder bei Bewußtsein, und dafür allein schon war Evangeline dem Himmel dankbar. »Es war Whiskey.«

»Ich könnte jetzt ein Glas davon vertragen«, bemerkte er mit einem schiefen Grinsen. »Aber natürlich nur, wenn Sie ihn nicht als Brennstoff für die Lampen brauchen.«

»Ich toleriere den Genuß von Alkohol normalerweise nicht«, erwiderte sie steif. Sie war von oben bis unten mit Blut beschmiert, genau wie er, und würde später baden müssen, aber das war etwas, worüber sie sich später den

Kopf zerbrechen konnte. »In Ihrem Fall bin ich allerdings bereit, eine Ausnahme zu machen. Abigail?«

Die Kleine, die ganz in der Nähe geblieben war und jedes Wort gehört hatte, holte sofort Scullys Becher, aus dem er morgens seinen Kaffee trank. Evangeline schenkte ihm eine großzügige Portion Whiskey ein, in der Hoffnung, daß der Alkohol seine Schmerzen lindern und ihm zum Schlaf verhelfen würde, und hielt den Becher an seine Lippen. Er trank sofort alles, was sie ihm eingeschenkt hatte, Schluck für Schluck, was einige Zeit in Anspruch nahm. Ein paar Minuten schon, nachdem er ausgetrunken hatte, schloß er die Augen und döste ein.

Evangeline nutzte die Zeit, um den Waschzuber aus der Speisekammer zu holen und vor den Kamin zu stellen. Später würde sie dort Scullys schmale Liege aus dem Anbau aufstellen, aber das hatte Zeit, zuerst mußte sie sich waschen, da ihre Hände, ihr Gesicht, ihr Haar und ihre Kleider so blutbesudelt waren, daß sie wie Lady Macbeth aussah.

Und das Muhen der armen Bessie draußen wurde immer jämmerlicher.

»Ich muß in die Scheune hinausgehen und mich um die Kuh kümmern«, sagte sie resolut.

Abigail nickte. »Ich und Hortense werden uns an Scullys Bett setzen, bis du wieder da bist«, sagte sie. Sie war so klein und gab sich solche Mühe, tapfer und hilfreich zu sein. Evangeline umarmte sie trotz des Bluts an ihren Kleidern und verkniff sich das berichtigende *Hortense und ich,* das ihr schon auf der Zunge lang. Es gelang ihr sogar, ein Lächeln aufzusetzen.

»Damit würdest du mir eine Freude machen«, sagte sie, während sie ihren Umhang um die Schultern legte und nach dem Eimer für die Milch griff.

»Beeil dich bitte, ja?«

Evangeline, die schon den Riegel an der Tür zurückschob, ging noch einmal zurück zu ihrer Tochter, bückte sich und küßte sie zärtlich auf die Stirn. »Das werde ich«, versprach sie. »Was für ein großes Mädchen du schon bist, Liebling. Ich bin so stolz auf dich.«

Fünf Minuten später war sie in der Scheune und molk hastig die Kuh. Die Pferde schienen nervös zu sein, wahrscheinlich, weil sie Scullys Blut rochen, das überall hier in der Scheune war. Evangeline versuchte, an nichts anderes zu denken als an ihre dringlichsten Aufgaben, die darin bestanden, so schnell wie möglich ins Haus zurückzukehren und zuerst Scully und dann sich selbst zu waschen.

Zwischen der Scheune und dem Haus entdeckte sie einen dunklen Schatten auf dem Boden, der sie im ersten Moment erstarren ließ vor Furcht, bis sie erkannte, daß es der Truthahn war, den Scully auf der Jagd erlegt hatte. Das letzte, woran sie dachte, war Essen, aber nach dem Preis, den er für das Wild bezahlt hatte, konnte sie es nicht einfach hier draußen als Futter für die Wölfe liegenlassen.

Sie legte den Truthahn auf den Boden und stellte den Eimer mit der Milch ab, als sie in die Wärme und Helligkeit des Wohnhauses zurückkehrte, und verriegelte sofort die Tür. Dann, methodisch von einer Aufgabe zur nächsten übergehend – während des Krieges hatte sie gelernt, daß dies das beste Mittel war, um eine Krise zu überstehen, ohne den Verstand darüber zu verlieren – setzte sie Abigail mit ihren Schreibübungen an den Tisch, leerte die Wasserschüssel aus und füllte sie wieder, holte Seife und einen sauberen Lappen und wusch Scully von Kopf bis Fuß. Die Laken waren vermutlich nicht mehr zu gebrauchen; sie würde nach dem Bad die schmale Liege aus dem Anbau hereinschieben und ihn irgendwie von einem Bett ins andere bringen.

Aber vorher mußte sie all dieses Blut entfernen. Es war erstaunlich, daß jemand so viel davon verlieren und noch immer leben konnte. In Pennsylvania hatte sie viele Männer sterben sehen, und sie wußte, wann der Tod sich näherte.

Scully war wunderbar gebaut, und sie konnte gar nicht anders, als es zu bemerken, aber es war eine eher klinische Beobachtung, die so nebensächlich wie die Wetterlage oder die Anzahl der Sterne am Himmel war. Sie tat einfach so, als ob er einer ihrer verwundeten Soldaten wäre, und was ihn betraf, so gab er vor, noch immer fest zu schlafen.

Sieh zu, daß du das überlebst, warnte Scully sich, denn wenn nicht, dann wirst du auf direktem Wege in der Hölle landen. Er konnte gar nicht anders, als Evangeline unter halbgesenkten Lidern zu beobachten, obwohl er wußte, daß er kein Recht dazu hatte. Als sie ihn so liebevoll gewaschen hatte, war eine heftige sinnliche Erregung in ihm erwacht, und er hatte seine ganze Willenskraft aufbieten müssen, um ihr nicht zu sagen, was er fühlte.

Und jetzt lag er hier und schaute zu, wie sie den Waschzuber vor den Kamin schob, den wärmsten Platz im ganzen Haus, und einen Topf aufstellte mit dem Rest des Wassers, das er morgens von der Quelle geholt hatte. Ihr Nachthemd und ein Handtuch hatte sie über die Lehne eines Stuhls gelegt. Das kleine Mädchen saß am Tisch und las im Schein der Petroleumlampe in einem Schulbuch.

Scully gab sich die größte Mühe, den Blick von Evangeline abzuwenden, aber kaum versuchte er, den Kopf zu wenden, begann sie sich zu entkleiden. Er unterdrückte ein Aufstöhnen und sagte sich, daß sie Big John gehörte, aber nicht einmal das half jetzt noch. Sie war die aufregendste, faszinierendste Frau, der er je begegnet war, und entkleidete sich im flackernden Lampenschein vor ihm.

Verdammt, auch er war schließlich nur ein Mensch!

Evangeline streifte ihren Unterrock ab, zog das Hemd aus und entblößte ihre vollen, wohlproportionierten Brüste. Einen Moment lang wurde es riskant für Scully, weil ihr bloßer Anblick schon beinahe genügte, um ihn die Beherrschung über sich verlieren zu lassen.

Als sie aus den langen Unterhosen trat, konnte er ihre schlanken Hüften, ihren flachen Bauch und einen winzigen Moment sogar das weiche braune Haar zwischen ihren Schenkeln sehen. Und ihre Beine – diese unglaublich langen, wohlgeformten Beine …

Tiefer kannst du nicht mehr fallen, dachte Scully angewidert, hörte aber nicht auf, sie anzustarren, als sie in die Wanne stieg und sich langsam darin niederließ. Er hörte ihr Plätschern, obwohl er sie jetzt nicht mehr sehen konnte, da Abigail und der Tisch den Blick auf sie versperrten, was vermutlich auch das beste war. Obwohl er es natürlich vorgezogen hätte, sie weiter zu beobachten, wenn man ihm die Wahl gelassen hätte.

Seine Geduld wurde schließlich doch belohnt: Evangeline stand auf, und der Feuerschein auf ihrer nassen Haut genügte fast, um ihn zu blenden. Diesmal stöhnte er tatsächlich auf, und sie hörte es, schaute auf und griff rasch nach dem Handtuch, was ihr aber nicht viel nützte, wie er sehen konnte. Er hoffte nur, daß sie das Stöhnen für einen Ausdruck seines Schmerzes oder irgendeines bösen Traumes hielt.

»Scully?« fragte sie, während sie versuchte, mit dem Handtuch ihre Blöße zu bedecken. Aber es war nur ein dünnes Stückchen Baumwollstoff, das wie eine zweite Haut an ihrem Körper klebte.

Scully bewahrte Stille. Einen Moment war er sogar versucht, so zu tun, als schnarchte er, aber das würde vielleicht so unecht klingen, daß es ihn verriet. Evangeline würde zutiefst betroffen sein, wenn sie merkte, daß er sie splitternackt gesehen hatte, und ihn vielleicht sogar dafür hassen. Denn schließlich war es wirklich alles andere als anständig von ihm gewesen, sie heimlich zu beobachten.

Sie trocknete sich ab, anmutig wie eine Tänzerin, und während dieses kurzen Intervalls wurde Scullys Kehle wieder eng und schmerzte beinahe so heftig wie die zweifache Wunde in seiner Schulter.

Fasziniert verfolgte er, wie sie die schlanken Arme ausstreckte, um das Nachthemd über den Kopf zu streifen. Es glitt langsam über ihren Körper und legte sich über Stellen, die Scully gern berührt hätte. Als sie auf Abigail zuging, kam sie dem Kamin noch näher, und der Feuerschein machte ihr Nachthemd für einen Moment fast durchsichtig, so daß Scully nun ganz klar die Umrisse ihres nackten Körpers unter dem dünnen Stoff erkennen konnte.

Sobald Big John zurückkehrt, fahre ich nach Denver, beschloß er, in der Hoffnung, sich damit zu retten. Unter irgendeinem Vorwand würde er verschwinden, um sich irgendwo ein ganz neues Leben aufzubauen. Die Hälfte der Ranch gehörte ihm, die Hälfte des Gelds, das sie bereits verdient hatten, und auch die Hälfte der Rinderherde, die Big John mitbrachte, würde ihm gehören. Wenn sein Freund ihn nicht auszahlen konnte, würde er trotzdem fortgehen. Würde seine Verluste akzeptieren und zusehen, daß er Land gewann.

Er hatte sich noch nie vor Schwierigkeiten gedrückt in seinem Leben, war aber auch noch nie in einer solchen Situation wie dieser hier gewesen. Was er für Evangeline Keating empfand, mochte vielleicht keine wahre Liebe sein, aber es war etwas, was diesem Gefühl verteufelt nahekam und bereits so tief in ihm verwurzelt war, daß er nicht glaubte, es sehr schnell zu überwinden.

Das sollte jetzt nicht deine erste Sorge sein, sagte er sich, als er sich an seine Verwundungen erinnerte. *Vielleicht lebst du ja nicht einmal mehr so lange, daß du morgen früh die Sonne aufgehen siehst.*

Abigail war mehr eine Behinderung für Evangeline als eine Hilfe, als sie versuchte, Scullys Bett aus dem Anbau in den großen Raum zu ziehen, wo er in der Nähe des Herds und des Kamins während der Nacht nicht frieren würde. Sie hoffte, selbst auch etwas zu schlafen, obwohl sie ab und zu aufstehen würde, um Feuer nachzulegen und nach ihrem Patienten zu sehen.

Sanft berührte sie seine gesunde Schulter. »Scully«, wisperte sie. »Wachen Sie auf, Scully.«

Seine Wimpern zuckten – sie waren ungewöhnlich lang für einen Mann –, und dann schaute er sie an. »Kann ich noch etwas von dem Whiskey haben?«

»Nein«, antwortete sie ohne Zögern. »Nicht jetzt zumindest. Zuviel in einer Nacht macht krank. Sie müssen aufstehen, Scully, damit ich Ihnen auf die Liege helfen kann. Glauben Sie, Sie könnten sich lange genug auf den Beinen halten?«

»Ich schaffe es schon«, versicherte er ihr. »Aber ich brauche ein Paar lange Unterhosen, bevor ich aufstehe.«

Sie hatte unbegreiflicherweise vollkommen vergessen, daß er nackt unter den Decken war. Eine heiße Röte stieg ihr in die Wangen. »Wo finde ich welche?«

»An einem der Kleiderhaken in dem Anbau«, antwortete er. Es klang, als sei er schwach und müde, aber sie hätte schwören mögen, daß sie ein Aufblitzen in seinen Augen sah.

Evangeline hatte ihr Gefühl der Objektivität verloren, als sie mit dem abgetragenen wollenen Kleidungsstück zurückkam; ihr war nur allzu bewußt, daß sie Scully helfen mußte, die langen Unterhosen anzuziehen, und daß er sich auf dem Weg zu seinem Bett auf ihre Schulter stützen würde.

Als sie sein Bett erreichte, kniff sie die Augen zu, zog die Decke zurück und tastete nach seinen Füßen, um ihm die langen Unterhosen anzuziehen. Es war eine komplizierte Angelegenheit, bei der Evangeline sich ausgesprochen töricht vorkam, aber irgendwann gelang es ihr, die Unterhose bis etwa zur Hälfte seiner Oberschenkel hinaufzuziehen, und von dort aus machte er dann – Gott sei Dank – alleine weiter.

Ihn aufzurichten war sogar noch schwieriger, und zweimal stürzte er beinahe und riß sie mit sich, als sie langsam auf sein Bett zugingen. Abigail, die noch immer am Tisch saß, verfolgte die Vorgänge im Raum mit unverhohlenem Interesse, während Hortense, die vor ihr auf dem Boden hockte, zufrieden schnurrend mit den Schnürsenkeln ihrer Schuhe spielte.

Sie kamen nur sehr langsam voran, als sie mit kleinen, vorsichtigen Schritten den großen Raum durchquerten, wobei Evangeline den größten Teil von Scullys Gewicht zu tragen hatte, da er sich schwer auf ihre Schultern stützte. Doch mit vereinten Kräften schafften sie es zu dem schmalen Bett vor dem Kamin, und Scully seufzte vor Erleichterung, als er sich auf der dünnen Matratze niederließ. Evangeline überprüfte noch einmal seine Verbände – er hatte aufgehört zu bluten, schien es – und deckte ihn dann mit einer der Daunendecken zu, die sie heute draußen in der Sonne gelüftet hatte. Dann setzte sie sich auf die Bettkante, klopfte sein Kissen auf, so gut es ging, und strich mit einer Hand über seine

Wange. Zu ihrem Erstaunen ergriff er ihre Hand und drückte sie.

»Danke«, sagte er mit schroffer Stimme.

Sie hätte nichts lieber getan, als seine Stirn zu küssen – oder, möge Gott ihr beistehen, seinen Mund –, und wenn Abigail nicht zugesehen hätte, wäre sie der Versuchung vielleicht sogar erlegen.

»Gute Nacht, Scully«, sagte sie leise.

Er nickte, erschöpft von der überstandenen Anstrengung, und schloß die Augen, aber es dauerte noch eine Weile, bis Evangeline aufstand und zum großen Bett ging, um die blutigen Laken abzuziehen. Da es in diesem schlichten Haushalt keine weiteren Laken gab, improvisierte sie und benutzte Woll- und Daunendecken, um die Matratze zu beziehen. Als sie Abigail zu Bett gebracht hatte – nachdem die Kleine sich brav gewaschen, ihre Zähne geputzt und ihr Abendgebet gesprochen hatte –, legte Evangeline noch Holz im Herd und im Kamin nach, damit das Feuer über Nacht nicht ausging.

Die Holzvorräte wurden langsam knapp, und sie wußte, daß sie am nächsten Morgen Wasser aus der Quelle holen mußte, noch bevor sie die Arbeiten erledigte, die sonst Scully zufielen. Aber all das machte ihr nichts aus – tatsächlich gab es nur eins, was sie sich wünschte und erhoffte: daß Scully morgen früh erwachen möge.

Abigail schlief beinahe sofort ein, und Evangeline versuchte, es ihr nachzutun, aber sie mußte immer wieder daran denken, wie der Pfeil aus Scullys Schulter ragte und das Blut aus der Wunde strömte. Großer Gott, er hatte *so viel* Blut verloren! Es war ein wahres Wunder, daß er es überhaupt zur Ranch zurückgeschafft hatte, anstatt irgendwo dort draußen allein im Wald zu sterben.

Aus der Richtung, wo die Obstbäume standen, erklang das einsame Heulen eines Wolfs. Vielleicht war es der große, schwarze, der immer irgendwie ganz in der Nähe zu sein schien – oder zumindest kam es Evangeline so vor. Ohne zu erwachen, rutschte Abigail näher an sie heran und griff nach ihrer Hand.

Evangeline sprach beruhigend auf die Kleine ein und hoffte, daß der schaurige Anblick von Scullys Wunde Abigail nicht bis in den Schlaf verfolgte. *Sie* würde jedenfalls davon träumen, dessen war sie sich ganz sicher.

Als es Zeit wurde, das Feuer zu schüren und Holz nachzulegen, war Evangeline noch immer hellwach und starrte zur Zimmerdecke auf. Sie stand auf, lief auf bloßen Füßen über den kalten Boden und beugte sich über Scully. Er atmete ruhig, und als sie seine Stirn berührte, konnte sie kein Fieber spüren.

Sie sprach ein rasches Dankgebet und ging zum Herd hinüber, wo sie so leise wie möglich mit einem Schürhaken die Glut belebte und mehrere Scheite des kostbaren trockenen Brennholzes nachlegte.

Als der Herd wieder spürbare Wärme ausstrahlte, ging sie zum Kamin und wiederholte den ganzen Vorgang noch einmal. In stiller Anerkennung blieb sie noch einen Moment stehen, sah zu, wie die Flammen die nachgelegten Holzscheite beleckten, und freute sich über das ermutigende Prasseln und die anheimelnde Wärme, die vom Kamin ausging.

Als sie sicher sein konnte, daß das Feuer nicht mehr ausgehen würde, kehrte sie zurück ins Bett, wobei sie im Dunkeln fast über Hortense gestolpert wäre. Es dauerte eine Weile, bis Evangeline einschlief, aber als sie erwachte, war es eiskalt in der Küche, und sie hörte die Ofendeckel klappern. Abigail?

Fröstelnd richtete Evangeline sich auf. Abigail lag

schlafend neben ihr in den Daunendecken, das Kätzchen fest im Arm. »Scully?« wisperte sie. Sie hatte damit gerechnet, daß er die Nacht überleben würde; aber sie hatte *nicht* gewagt zu hoffen, daß er schon bei Tagesanbruch auf den Beinen sein würde. Es gab Dinge, die man nicht verlangen konnte, nicht einmal von Gott.

»Schlafen Sie weiter«, forderte er sie leise auf.

Evangeline hatte sich noch nie gern etwas befehlen lassen. Sie schlug die Decke zurück, obwohl es so kalt war, daß sie ihren eigenen Atem sehen konnte, und lief über den eisigen Boden. »Was tun Sie da, Scully?«

»Ich versuche, das Feuer wieder in Gang zu bringen«, antwortete er. Er klang grimmig, was kein Wunder war. Im ersten grauen Licht des Morgens wirkte er so blaß und durchsichtig wie ein Gespenst. »Verdammt, Evangeline, hören Sie eigentlich nie auf jemanden?«

Sie nahm seinen Arm und führte ihn zurück zu seiner Liege. »Nur wenn es vernünftig ist, was Sie mir sagen«, erwiderte sie ruhig. »Sie sind hier derjenige, der im Bett sein sollte. Sie wären gestern nacht beinahe gestorben, falls Sie das vergessen haben sollten.«

»Das war gestern nacht«, brummte er. Aber er streckte sich auf der Liege aus und erlaubte Evangeline, ihn zuzudecken.

Danach schürte sie das Feuer, bis es wieder richtig brannte. »Wie fühlen Sie sich?« fragte sie. Sie kehrte ihm den Rücken zu, und obwohl sie wußte, daß es sich nicht schickte, wenn er sie in ihrem Nachthemd sah, konnte sie im Augenblick nicht viel dagegen tun.

»Wie jemand, dem man zuerst die Haut abgerissen und ihn dann wie einen Baumstamm einen steinigen Hang hinuntergerollt hat«, antwortete Scully. Als sie sich nach ihm umsah, richtete er sich auf und stützte sich auf den gesunden Arm. »Das beste wäre, wenn ich wieder in der Scheune schliefe«, sagte er. »Sie brauchen mich hier nicht zu Ihrem Schutz.«

Sie wußte, daß es ein Kompliment sein sollte, und war sich auch bewußt darüber, daß es stimmte, was er sagte, zum größten Teil zumindest. Aber bei dem Gedanken, daß er aus dem kleinen Nebenzimmer in die Scheune ziehen könnte, erfaßte sie ein Gefühl der Schwermut, das so intensiv und heftig war, daß ihr beinahe schwindlig wurde. »Sie bleiben hier, bis Sie wieder stark genug sind, um sich um sich selbst zu kümmern«, entgegnete sie entschieden. »Ich habe mir doch nicht all die Mühe gemacht, Sie am Leben zu erhalten, damit Sie sich zu Tode frieren … in irgendeinem Stall dort draußen!«

»Es ist nicht kalt in der Scheune, die Tiere geben sehr viel Wärme ab«, versetzte er. »Mir scheint, daß die Chancen zu erfrieren hier drinnen weitaus größer sind.«

Evangeline ließ den kleinen Stich unbeantwortet und ging zum Herd hinüber, um auch dort das Feuer zu beleben. »Psst«, sagte sie nur. »Sie wecken meine Tochter.«

Es gab nicht viel, was Abigail hätte wecken können, bevor sie selbst bereit war, aufzuwachen, aber das wußte Scully nicht, und Evangeline hatte nicht vor, es ihm zu sagen. Sie holte frische Unterwäsche aus der Truhe, zusammen mit ihrem einzigen anderen Unterrock, der ihr geblieben war, nahm dann ihr gutes blaues Kleid von einem Haken an der Wand und ging mit den Sachen in den Anbau. Es war der einzige Raum, der ihr eine gewisse Ungestörtheit bot, seit sie Scullys Bett vor den Kamin geschoben hatte.

Sie zog sich hastig an, da der kleine Raum genauso kalt war wie der Rest des Hauses, ging dann hinaus und setzte sich auf die Bettkante, um ihre Halbstiefel anzuziehen und die Schnürsenkel in den Ösen zu befestigen. Als das geschehen war, nahm sie zwei Eimer und ging damit zur Tür, wo sie noch einmal stehenblieb, um ihren Umhang umzulegen und den Riegel zu entfernen.

»Wohin wollen Sie gehen?« fragte Scully. Er versuchte schon wieder aufzustehen, aber diesmal gelang es ihm einfach nicht.

»Zur Quelle«, erwiderte Evangeline. »Achten Sie darauf, sich nicht zuviel zu bewegen, Scully. Sie wollen doch sicher nicht, daß Ihre Wunden wieder aufplatzen? Wir haben keine sauberen Laken mehr, und die Verbände gehen auch zur Neige, ganz zu schweigen von dem Whiskey.«

»Die Quelle ist auf der anderen Seite der Bäume, die hinter der Scheune stehen«, sagte Scully. »Viele Tiere trinken dort, einschließlich der Wölfe. Sie könnten sogar einem Bär begegnen.«

Evangelines Magen zog sich zusammen, aber sie schob das Kinn vor und ließ sich nichts von ihrer Furcht anmerken. »Dann nehme ich eben Ihren Revolver mit«, erklärte sie und nahm ihn von dem Brett über den Kleiderhaken, wo sie ihn in der Nacht hingelegt hatte, bevor sie begonnen hatte, Scully zu entkleiden. Wieder war sie verblüfft über das Gewicht der Waffe. Resolut befestigte sie den Gurt um ihre Taille und steckte den Revolver in das Halfter. Doch obwohl sie das letzte Loch benutzt hatte, um ihn zu schließen, rutschte er ihr fast über die Hüften.

»Evangeline«, knurrte Scully.

»Seien Sie still«, erwiderte sie ungehalten, öffnete die Tür, hob ihre Eimer auf und trat ins Freie.

Die Erde war über Nacht wieder gefroren und knirschte bei jedem ihrer Schritte, und am Horizont ballten dunkle Wolken sich zusammen, die auf Schnee hindeuteten. Bessie muhte bereits klagend in der Scheune.

Evangeline war seltsam leicht ums Herz, obwohl sie natürlich auch eine Beklommenheit verspürte bei ihrem ersten Ausflug zu der Quelle, mit nichts anderem zu ihrem Schutz als Scullys Waffe, die schwer an ihrer Hüfte hing. Sie war nicht einmal sicher, ob sie damit umgehen konnte, aber sie bei sich zu haben empfand sie als Beruhigung.

Zwei Rehe tranken an der Quelle, und Evangeline blieb reglos stehen und sah, wie sie die Köpfe hoben und ihre Ohren aufstellten. Scully hätte wahrscheinlich eins der Tiere oder vielleicht sogar beide erlegt, weil der Winter vor der Tür stand und Wild bereits jetzt schon knapp war, aber Evangeline wäre nie auf die Idee gekommen.

Die Rehe, die zu spüren schienen, daß ihnen keine Gefahr drohte, blieben noch einen Moment witternd stehen, bevor sie sich abwandten und im Wald verschwanden.

Lächelnd ging Evangeline über den steinigen Untergrund zu einer Stelle, wo das kristallklare Wasser über einen flachen Felsen sprudelte, um dort den ersten Eimer aufzufüllen. Dann füllte sie auch den zweiten. Aber diese beiden Eimer reichten nicht, so daß sie noch mehrmals zur Quelle zurückgehen mußte, und als sie endlich genug Wasser geholt hatte, um das Reservoir im Herd zu füllen, und Kaffeewasser aufgesetzt hatte, muhte Bessie so jämmerlich, daß Evangeline es nicht mehr mitanhören konnte. Sie ging in die Scheune, um sie zu melken. Abigail röstete Brot für sich und Scully, als Evangeline endlich alle Tiere gefüttert und versorgt hatte und mit eiskalten Händen und gerötetem Gesicht ins Haus zurückkam.

»Sieh mal, Mama!« rief Abigail und zeigte ihr mehrere Scheiben Brot auf einem Teller, die nur an den Kanten leicht verbrannt waren. »Ich habe gekocht!«

»Ja, das hast du«, erwiderte Evangeline, und Scully, der auf seiner gesunden Schulter auf der Seite lag, zwinkerte ihr verstohlen zu.

Evangeline stellte den Eimer mit der Milch weg und legte Scullys Waffengurt und ihren Umhang ab. Sie würde noch einmal hinausgehen müssen, um die Eier einzusammeln und Feuerholz zu spalten, aber die Aussicht war alles andere als verlockend, da ihre Zehen und Finger ihr jetzt schon vor Kälte abzufallen drohten.

»Geht es den Pferden gut?« fragte Scully. Sie konnte sehen, daß er die Frage lange unterdrückt hatte und sie ihm selbst jetzt gegen seinen Willen entschlüpft war.

Sie warf ihm einen wehmütigen Blick zu. »Ich wünschte, Ihnen ginge es genauso gut«, erwiderte sie und trat mit ausgestreckten Händen vor den Herd. Sie aufzuwärmen schmerzte; sie hatte vorgehabt, sich auf der langen Reise nach Westen ein neues Paar Fausthandschuhe zu stricken, aber die Luft im Zug war zu schmutzig und verraucht gewesen für eine solche Arbeit, die Fahrt in den Postkutschen viel zu holprig, um dabei zu stricken. Wenigstens hatte Abigail verschiedene Paare, alle aus dicker Wolle. Das war das wichtigste.

»Ich kann nicht ewig hier im Bett bleiben, Evangeline«, bemerkte Scully.

»Und ob Sie das können!« widersprach sie.

»Er muß vielleicht mal«, warf ihre Tochter ein.

Darüber lachte Scully, und nach einem flüchtigen Moment der Verlegenheit stimmte Evangeline in sein Lachen ein. »Das muß ich wirklich«, gab er zu.

»Dann werden Sie den Nachttopf benutzen müssen«, klärte Evangeline ihn auf.

»Nicht, solange ich noch atmen kann«, versetzte Scully.

Sie gab auf. Wenn dieser starrsinnige Mann glaubte, es bis zum Klosett zu schaffen, ohne hinzufallen, war das nicht ihre Sache. Nun ja, das stimmte vielleicht nicht ganz. Denn schließlich würde sie die Arbeit damit haben, ihn wieder hereinzuschleppen, falls er stürzte. »Tun Sie, was Sie nicht lassen können«, erwiderte sie nicht allzu freundlich.

»Ich brauche meine Hosen«, erklärte er.

Evangeline überlegte kurz, ob sie sich einfach weigern sollte, ihm die Kleider ans Bett zu bringen, sah dann aber ein, wie sinnlos das gewesen wäre, und ging in den Anbau, um die Sachen zu holen. Abigail fand seine Stiefel, und sie und Evangeline kehrten ihm diskret den Rücken zu, während Scully sich langsam anzog. Zumindest teilweise.

Er legte seine blutverschmierte Jacke mit dem aufschlußreichen Loch an der rechten Schulter um und ging mit vorsichtigen Schritten zum Klosett hinaus. Als er nach schier endlos langer Zeit zurückkehrte – Evangeline hatte sich sehr zusammennehmen müssen, um nicht hinauszugehen und ihn zu holen –, war er kreidebleich und so stark geschwächt, daß er sich kaum noch auf den Beinen halten konnte. Er legte sich aufs Bett, mit Stiefeln und allem anderen, und versank sofort in einen tiefen, unruhigen Schlaf.

Sehr behutsam zog Evangeline ihm seine Stiefel aus und stellte sie an den Kamin.

Nachdem sie sich eine Weile am warmen Feuer ausgeruht und eine belebende Tasse Kaffee getrunken hatte, stand Evangeline seufzend wieder auf. Sie hatte die Eier noch nicht eingesammelt, obwohl sie die Hühner bereits gefüttert und ihnen frisches Wasser gegeben hatte, und da war auch noch das Brennholz, das gespalten werden mußte.

»Wirst du während meiner Abwesenheit nach Scully sehen?« bat sie Abigail und bemühte sich, so ernst wie möglich zu erscheinen. »Ich brauche jemanden, auf den ich mich verlassen kann.« Als ob sie eine andere Möglichkeit besäße.

Abigail schien direkt vor Evangelines Augen noch einige Zentimeter mehr zu wachsen. »Ich werde nicht von seiner Seite weichen«, versprach sie ihrer Mutter feierlich. »Aber ich glaube, Hortense muß auch hinaus.« Das Kätzchen miaute an der Tür. »Die Wölfe werden doch dich und Hortense nicht fressen, Mama?«

Evangeline küßte ihre Tochter auf die Stirn. »Nein, Liebling. Wenn ich zurückkomme, werden wir eine von Mrs. McCaffreys köstlichen Pralinen essen. Was hältst du davon?«

Abigail war sehr dafür, und als Evangeline das Haus verließ, um ihre morgendliche Arbeit zu beenden – zumindest bis zur zweiten Runde kurz vor Abenddämmerung –, saß ihre Tochter auf dem Boden vor dem Herd, das Kinn auf beide Hände gestützt und den aufmerksamen, ernsten Blick auf Scullys Bett gerichtet.

7

Wenn Big John Keating im Frühjahr wiederkam, so nahm Evangeline sich während ihres fünften oder sechsten Gangs zur Quelle vor, würde sie ihm als erstes eine Schaufel in die Hand drücken und verlangen, daß er einen Brunnen in der Nähe des Hauses aushob.

Als sie keuchend die letzten beiden Eimer ins Haus schleppte, sah sie, daß Abigail einen der Stühle zum Kamin geschoben hatte und jetzt dicht neben Scullys Liege saß. Sie las ihm aus einem Buch mit griechischen Legenden vor und ließ ihre kleinen Füße baumeln, um überschüssige Energie loszuwerden. Hortense, die nie weit entfernt von ihrer jungen Herrin war, falls sie nicht gerade draußen war, um ihre Geschäfte zu erledigen, versuchte vergeblich, mit ihrer Pfote einen Fuß zu schnappen.

Scully warf Evangeline einen entschuldigenden Blick zu, als sie Wasserkessel füllte und sie auf den Herd stellte. Abigail las flüssig und ohne auch nur ein einziges Mal zu stocken weiter, und ihre Worte ließen prächtige Bilder von Apollo und seinem feurigen Wagen, der über den Himmel jagte, in dem kleinen Haus erstehen.

»Erstaunlich«, bemerkte Scully, als das Kind des Lesens schließlich müde wurde und mit Hortense hinausging, um draußen vor der Tür zu spielen. »Haben Sie ihr beigebracht, auf diese Art zu lesen?«

Evangeline war mit Töpfen, Kesseln und den Bettlaken beschäftigt, die sie heute noch waschen und kochen wollte, falls es möglich war. Scully hatte so stark geblutet, daß sie nicht einmal sicher war, ob solch drastische Maßnahmen sie noch retten würden, aber sie mußte es versuchen. »Nein«, antwortete sie und war sich der losen Strähnen bewußt, die ihr an Stirn und Wangen klebten, weil ihr Haar schon feucht war von dem Wasserdampf, der aus den Kesseln aufstieg. »Das war Mr. Keating. Er sagte immer, er habe sie nur das Alphabet gelehrt, und sie hätte ganz von allein begonnen, die Buchstaben zu Worten zusammenzufügen.«

Scully, der auf allen Kissen dieses Hauses ruhte, was insgesamt nur drei waren, verschränkte die Hände im Nacken. »Sie nannten Ihren Gatten ›Mr. Keating‹?«

Evangeline errötete und schob es auf die Hitze, die der Herd ausstrahlte, und den Wasserdampf. Sie erwiderte Scullys Blick nicht, aber sie spürte ihn, durch ihr Kleid und ihre Unterwäsche, wie eine zärtliche Berührung ihrer nackten Haut. »Im stillen war er für mich immer ›Charles‹«, sagte sie. »Aber wenn ich mit ihm sprach, dann war er ›Mr. Keating‹, ja.«

Scully schwieg sehr lange; so lange, daß Evangeline zu hoffen begann, das Thema ihrer Ehe sei für ihn damit beendet. Aber sie hatte sich getäuscht.

»Er muß um einiges älter gewesen sein als Sie, wenn er Big Johns Cousin war.«

Evangeline schluckte, warf Scully einen Blick zu, den sie sofort bereute, und wandte sich wieder ab von ihm. »Dreißig Jahre«, gab sie zu. Es kam ihr jetzt wie ein beträchtlicher Altersunterschied vor, obwohl solche Ehen durchaus üblich waren, da sehr viele junge Frauen im Kindbett starben und so mancher heiratsfähige junge Mann im Krieg gefallen war. Es kam vor, daß Männer mehrfach heirateten im Laufe ihres Lebens, und da war es ganz natürlich, daß ihre Ehefrauen immer jünger wurden mit der Zeit.

»Das hat Sie nicht gestört?«

Es war eine freimütige Frage, die Evangeline erröten ließ. Sie wünschte, Abigail käme aus dem Hof herein, um ihr als Ablenkung zu dienen, aber sie brachte es nicht übers Herz, ihrem Kind die wenigen Minuten frischer Luft und Bewegung zu versagen, weil sie wußte, daß es bald schon wieder bitterkalt sein würde. Sie schaute jedoch zur halboffenen Tür hinüber, um sich zu vergewissern, daß Abigail noch immer in Sichtweite spielte.

»Mich stören?« entgegnete sie ausweichend.

Scully räusperte sich. Evangeline hatte den Eindruck, als wolle er das Thema damit ruhen lassen, aber zum guten Schluß tat er es dann doch nicht. »Ja. Eve, der Mann war doppelt so alt wie Sie! Was Big John im übrigen auch ist. Sehnen Sie sich denn nie nach einem … nun ja … nach einem Jüngeren?«

»Ich sehne mich nach vielen Dingen«, erwiderte Evangeline ein wenig barsch. »Doch in diesen schweren Zeiten gibt es nicht viele Wünsche, die Erfüllung finden, falls Sie das noch nicht bemerkt haben sollten, Mr. Wainwright.«

»Dann trägt also der Krieg die Schuld daran.«

Evangeline schaute ihn an. »Der Norden mag zwar gesiegt haben in dem Konflikt, aber sie – wir – haben teuer dafür bezahlt. Unsere besten, stärksten und tapfersten Männer sind der Preis dafür gewesen.«

»Es war bei uns nicht anders«, sagte Scully und sprach für die Konföderierten. »Der Süden wurde in die Knie gezwungen.«

Evangeline benutzte zwei leere Mehlsäckchen als Topflappen, hob einen der Kessel vom Herd und schleppte ihn zum Waschzuber, den sie neben die Tür geschoben hatte. So würde es später leichter für sie sein, ihn auszuleeren, nachdem sie die Laken und verschiedene andere Kleidungsstücke ausgewaschen hatte.

»Dann müßten Sie sich doch denken können, welchem Chaos wir gegenüberstanden, vor allem nach der Schlacht bei Gettysburg«, erwiderte sie, ohne auf ihre politischen Gegensätze einzugehen. Irgendwann mußte er doch aufhören, dieser Streit und Groll auf beiden Seiten. »Es gab nicht viele Männer, die um meine Hand anhielten.«

Scully schwieg eine Zeitlang, nachdem sie Gettysburg erwähnt hatte. Vielleicht hatte er Männer gekannt, die dort gefallen waren, oder war sogar dabei gewesen und hatte mit eigenen Augen dieses Massaker gesehen. Und daran teilgenommen.

»Man hat es als Frau nicht leicht, nicht wahr?« bemerkte er nachdenklich.

Diese Frage entlockte Evangeline ein Lächeln. Sie war so ungefähr das letzte, was sie von einem sturen, waffentragenden und Wölfe tötenden Rancher hier im Wilden Westen erwartet hätte. »Nein, Scully«, erwiderte sie, »es ist wirklich nicht leicht.« Ihr Lächeln verblaßte, wenn sie an die endlosen Reihen verwundeter Soldaten nach dem Zusammenstoß der feindlichen Armeen auf jenem Pennsylvaniaer Maisfeld dachte. An die Schreie und das Blut und den entsetzlichen Geruch. An die abgerissenen Körperteile und gebrochenen Herzen. An die Sterbenden, die Fliegen und die gnadenlose Hitze. Ein Mann zu sein war auch kein Kinderspiel. »Ich glaube, es wäre richtiger zu sagen, daß es nicht einfach ist, ein Mensch zu sein. Aber es hat auch seine Vorteile.«

Er nickte zustimmend zur Tür, wo Abigail zu sehen war. Sie hüpfte zu einem unsichtbaren Seil und sang mit lauter Stimme Kinderlieder. Scully grinste. »Wie Ihre Kleine dort«, stimmte er ihr zu. »Sie ist ein großartiges Kind, Eve. Und Sie sind eine wunderbare Mutter.«

Das Kompliment ließ sie erröten, das spürte sie. Oder

lag es vielleicht daran, daß er sie wieder »Eve« genannt hatte? Wahrscheinlich hätte sie ihn tadeln sollen für diese vertraute Anrede, aber sie konnte sich nicht dazu überwinden. Niemand hatte sich je die Mühe gemacht, ihren Namen abzukürzen, und daß er es tat, gab ihr das Gefühl, geliebt zu werden und nicht ganz so allein zu sein auf dieser Welt.

»Danke«, sagte sie, während sie sich vor den Zuber kniete und ein Waschbrett darüberlegte, um die Bettlaken zu schrubben. Obwohl der Himmel am Abend zuvor bewölkt gewesen war, war er heute klar und blau, und sie wollte die Wäsche so schnell wie möglich hinausbringen und auf die Sträucher hängen, bevor das Wetter sich verschlechterte.

»Ist es Ihnen schwergefallen, sie hierherzubringen? Ich meine, wo Sie doch wußten, daß es hier keine Schule gibt und so?«

Evangeline seufzte, während sie die Laken einseifte. Eine herrlich frische Brise wehte in die Blockhütte, zerzauste ihr Haar und kühlte ein wenig ihre überhitzte Stirn. Sehnsüchtig dachte sie an den Frühling, der noch so weit entfernt war, und hoffte gleichzeitig, er möge niemals kommen. Denn mit dem Jahreszeitenwechsel würde auch Big John Keating hier erscheinen – mit den Erwartungen eines Ehemannes, der mit ziemlicher Wahrscheinlichkeit ... *vitaler* war, als Charles gewesen war.

»Ich hatte ein bißchen Angst davor«, gab Evangeline nach einer Weile zu. Scullys Blut erwies sich als sehr hartnäckig und schwer herauszuwaschen. »Aber Mr. Keating hatte immer sehr positiv von seinem Cousin gesprochen, obwohl sie nicht einmal zusammen aufgewachsen sind.« Sie hielt inne, um zu seufzen. »Ich glaube, wenn man keine andere Wahl hat und nur bleiben oder fortgehen kann, dann ist es nicht so wichtig, ob man Angst hat.«

»Das sagten Sie schon«, bemerkte Scully. »Sie hätten keine andere Wahl gehabt.« Es klang fast ein wenig mißtrauisch. »Sind Sie auf der Flucht vor irgend etwas, Mrs. Keating? Vor irgend jemandem vielleicht?«

Entmutigt ließ Evangeline das nasse Laken in den Zuber fallen. Von jetzt an würde es höchstens noch für Lappen zu gebrauchen sein. »Vielleicht sollten Sie sich mit einem Ihrer Bücher amüsieren«, erwiderte sie steif. »Ich meine, da Sie doch so wißbegierig sind. Soll ich Ihnen eins holen?«

Er streckte den gesunden Arm aus und ergriff das Buch über griechische Mythologie, aus dem Abigail ihm vorgelesen hatte. »Das hier reicht«, erwiderte er milde. »Aber da war jemand, nicht wahr?«

Evangeline warf ihm einen unwilligen Blick zu, bevor sie den Waschzuber über die Schwelle zog und ihn draußen ausleerte. Abigail und ihr Kätzchen spielten und gönnten der verschwitzten und zerzausten Frau, die ihnen eine Weile dabei zusah, keinen Blick.

»Knöpf deinen Mantel zu, Abigail«, sagte Evangeline.

»Wer war er?« fragte Scully, sobald sie den Raum wieder betreten hatte, den nun erheblich leichteren Waschzuber in den Händen.

Nachdem sie ihn in die Speisekammer getragen hatte, holte sie die Waschschüssel, füllte sie mit Wasser aus dem Reservoir am Herd und ging in die Ecke, wo ihr Bett stand, um ihr Gesicht und ihre Hände zu waschen. Scullys Frage verfolgte sie jedoch und ließ ihr keine Ruhe mehr. Als sie zu ihm zurückging, stützte sie die Hände in die Hüften und funkelte ihn aufgebracht an. »Niemand. Zumindest war er für mich niemand. Er heißt Mott Keating«, sagte sie. »Mein Mann war sein Vater. Sind Sie jetzt zufrieden?«

Da war es wieder, dieses unziemliche Zwinkern in

Scullys blaugrünen Augen, das immer so ein warmes Prickeln in ihr auslöste. »Nein«, erwiderte er freundlich. »Wollte er Sie heiraten? Ihr Stiefsohn, meine ich?«

»Ich wäre Ihnen dankbar, wenn Sie ihn nicht meinen Stiefsohn nennen würden. Er ist fünfunddreißig Jahre alt und boshaft wie ein Bär mit einem Dorn in seiner Tatze. Und ja, er wollte mich tatsächlich heiraten. Er wollte eine ganze Menge tun.«

Ein harter Zug erschien auf diese Worte hin um Scullys Kinn, und seine hellen Augen verdüsterten sich. »Hat er Ihnen weh getan? Oder Abigail?«

»Nicht körperlich.« Sie schaute noch einmal zur Tür, um sicherzugehen, daß ihre Tochter sich außer Hörweite befand. »Er lehnte Abigail ab, weil sie kein Junge ist. Er wollte Söhne, keine Töchter. Er hätte sie fortgeschickt, obwohl sie seine Stiefschwester ist.«

»Und Sie hätten es zugelassen?«

»Ich bin eine Frau, Mr. Wainwright. Vor dem Gesetz ist die Frau das Eigentum ihres Mannes, und ihre Kinder auch. Er hätte sie in ein Waisenhaus stecken oder sogar auf die Straße jagen können, wenn er gewollt hätte, genauso wie Sie vielleicht einen Hund fortgeben oder ein Pferd verkaufen würden. Und wenn mir etwas zugestoßen wäre, hätte sie niemanden mehr gehabt, der sie beschützte.«

»Verdammt«, murmelte Scully, als hätte er so etwas noch nie zuvor gehört. »Dann müssen Sie sich Big Johns guter Eigenschaften aber ziemlich sicher sein, nicht wahr?«

Sie wandte ihm den Rücken zu, damit er nicht die Tränen der Angst und Sorge sah, die ihr in die Augen stiegen. »Ja«, sagte sie mit erstickter Stimme.

»Er ist ein anständiger Mann, Eve«, beruhigte sie Scully. »Ich könnte mir vorstellen, daß er Söhne haben will – das will jeder Rancher –, aber Sie brauchen nicht zu befürchten, daß er Abigail deswegen schlecht behandeln würde. So ist er nicht.«

Evangeline atmete erleichtert auf, wagte aber noch nicht, sich zu Scully umzudrehen, weil sie in diesem Augenblick kein Wort herausgebracht hätte.

»Ich werde fortreiten, wenn Big John wieder hier ist«, sagte er, in einem Tonfall, der in Evangeline den Wunsch weckte, sich in seine Arme zu stürzen und sich an seiner gesunden Schulter auszuweinen. »Ich werde dafür sorgen, daß die McCaffreys immer wissen, wo ich bin, und falls Sie oder Abigail mich brauchen sollten, werde ich, so schnell ich kann, zurückkehren.«

Evangeline ertrug den Gedanken nicht, daß, zusätzlich zu allem anderen, nun auch noch Scully fortgehen könnte. Langsam drehte sie sich zu ihm um. »Das würden Sie ganz sicher nicht«, widersprach sie bitter. »Männer und ihre Versprechungen! Sie werden heiraten und irgendwo eine Familie gründen, und wir werden nie wieder etwas von Ihnen hören!«

»Wäre das denn so schlimm?«

»Ja«, antwortete Evangeline, ohne nachzudenken. »Nein. Ich meine – nein. Es wäre nicht schlimm. Überhaupt nicht.«

»Ich kann verstehen, warum Sie nicht mehr an die Erfüllung Ihrer Wünsche glauben«, sagte Scully sanft. Er lag jetzt auf der Seite und stützte sich auf einen Ellbogen. »Aber warum haben Sie aufgehört, an Versprechungen zu glauben?«

Sie wandte sich zum Herd und nahm sich laut klappernd verschiedene Töpfe. Scully hatte den Truthahn ausgenommen, nachdem er ihn geschossen hatte – und kurz bevor auf ihn geschossen wurde –, und Evangeline hatte ihn morgens schon gerupft, zwischen einem ihrer vielen Gänge zu der Quelle. Jetzt wollte sie ihn mit Salz und Butter einreiben und zum Braten in den Ofen schieben. Bis zum Abend würde der Truthahn gar sein.

»Evangeline?«

Sie ging in die Speisekammer und kam dann wieder mit den Sachen, die sie brauchte. »Sollten Sie jetzt nicht lieber ein bißchen ruhen, Mr. Wainwright?« entgegnete sie spitz.

Er lachte. »Tatsache ist, daß ich nicht mehr soviel ›geruht‹ habe, seit ich im Alter von zehn Jahren Scharlach hatte. Ich würde viel lieber etwas tun statt dessen. War es Mott, der sein Versprechen Ihnen gegenüber brach?«

Er würde darauf beharren, bis sie wütend wurde, und diese Beharrlichkeit war eine Eigenschaft, die sie sehr stark an Abigail erinnerte.

»Nein«, sagte sie, während sie den Kopf des Vogels und die Innereien in eine Pfanne gab. »Es war mein Mann. Er hatte geschworen, Abigail und mich nie mittellos zurückzulassen, aber genau das tat er schließlich. Er hat alles – *alles* – seinem Sohn vererbt.«

»Vielleicht hatte er nicht damit gerechnet, daß er so schnell sterben würde«, wandte Scully ein. »Das kann doch keiner von uns wissen.«

Evangeline wischte sich mit dem Handrücken über das Gesicht. »Es ist schon möglich, daß er nicht damit gerechnet hat«, gab sie zu. »Aber könnten wir nicht über etwas anderes reden? Oder – und das wäre mir noch lieber – überhaupt nicht reden?«

»Wie Sie wollen«, erwiderte Scully ohne Groll. Dann ließ er sich wieder auf den Kissen nieder, stützte das Buch über griechische Mythologie auf seine Brust und begann zu lesen.

Nach einem leichten Mittagessen aus Maisbrot und den letzten Bohnen begann sich eine Art wohliger Trägheit in der Hütte auszubreiten. Abigail gähnte und ließ sich widerspruchslos zu einem Mittagsschlaf ins Bett legen – was nur noch äußerst selten vorkam, jetzt, wo sie ›ein großes Mädchen‹ war –, und auch Scully nickte ein. Sein Buch lag offen auf seiner Brust, wie ein Vogel mit weitgespreizten Schwingen.

Evangeline schlüpfte leise auf die Veranda, um einen Blick zum Himmel hinaufzuwerfen. Er war noch immer blau, aber die klare, kalte Luft roch eindeutig nach Schnee. Sie blieb einen Moment dort stehen, atmete tief ein und lauschte den Geräuschen der umliegenden Wildnis, während der kalte Wind an ihren Haaren zerrte. Ihre Hände waren wund vom Schleppen der Wassereimer und vom Brennholzhacken, sie war müder als in ihrem ganzen Leben, und der Frühling erschien ihr wie ein zweischneidiges Schwert. Trotz allem verspürte sie ein seltsames Gefühl des Wohlbehagens, als habe sie eine schwere Bürde abgelegt und könne sich jetzt sehr viel leichter voranbewegen, mit einer Last, die nicht mehr ganz so drückend war.

Vielleicht kam das durch das Gespräch mit Scully. Sie hatte sich anfangs dagegen gesträubt, mit ihm zu reden, hatte sich in die Ecke gedrängt und belästigt gefühlt durch seine Fragen, und ihm alles zu erzählen hatte genauso sehr geschmerzt, wie eine infizierte Wunde zu durchbohren. Aber jetzt erkannte sie, daß die ganze Übung, so schmerzlich sie vielleicht auch war, in Wirklichkeit ein Heilmittel gewesen war. Sie war Tausende von Meilen entfernt von Mott und allem, was ihre Vergangenheit ausmachte, mit Ausnahme von Abigail natürlich. Es wurde Zeit, daß sie aufhörte, über altes Unrecht nachzudenken, und statt dessen ihre Energie darauf verwandte, sich ein neues Leben hier in Montana aufzubauen.

Als sie die Stimme, weit aus der Ferne, zum ersten Mal vernahm, hielt sie sie noch für einen Trick des Winds. Dann, als sie die Augen zusammenkniff, um in der grellen Nachmittagssonne besser sehen zu können, erblickte sie einen geschlossenen Wagen, der durch ein Birkenwäldchen holperte und von einem schlammbespritzten grauen Maulesel gezogen wurde.

»Hallo, junge Frau!« rief der Mann, der auf dem Kutschbock saß, und hielt mit einer Hand seinen Hut fest, den der Wind ihm abzureißen drohte, als er seinen Wagen auf sie zulenkte. »Einen wunderschönen guten Tag!« wünschte er ihr lächelnd. Sie sah, daß er ziemlich korpulent war, als er näherkam, und daß er eine große, mit roten Äderchen bedeckte Nase hatte und dichtes weißes Haar, das in wirren Strähnen unter seinem Hut hervorschaute. Sein Gesicht war rund und rot, und selbst aus einer Entfernung von fast zehn Metern war sie verblüfft über die Heiterkeit, die seine blauen Augen ausstrahlten. »Calvin T. Murdoch, zu Ihren Diensten, Lady. Ich handele mit Lebensmitteln und diversen anderen Artikeln. Ich bin ganz schön weit draußen hier, nicht wahr?« Er hielt inne und lachte aus vollem Hals. »Aber ich schätze, das gilt wohl für uns beide, was?«

Evangeline betrachtete ihn nur staunend.

»Ich kann sehen, daß Sie sich fragen, woher dieser Calvin T. Murdoch wohl kommen mag!« sagte Calvin T. Murdoch und hob einen seiner dicken Finger zur Betonung. Er trug eine Weste aus gestreifter Seide, die an den Knöpfen über seinem umfangreichen Bauch zu platzen drohte, und einen Wollrock, der wie die Weste schon bessere Zeiten gesehen hatte.

Aber geht das nicht uns allen so? dachte Evangeline.

»Nun gut«, fuhr er fort, als sie nichts erwiderte und sich sogar im stillen fragte, ob sie nicht lieber Scullys

Revolver holen sollte. »Die Wahrheit ist, daß ich im letzten Schneesturm festsaß und drei Tage in der Gesellschaft von Injuns verbrachte, denen ich begegnet war. Ist Ihr Mann zu Hause, Ma'am?«

Endlich fand Evangeline die Stimme wieder. »Ja«, sagte sie. »Er ist drinnen.«

»Ich könnte eine Tasse Kaffee vertragen – falls Sie so freundlich wären, mich dazu einzuladen«, sagte er.

Evangeline zögerte, spürte dann Scully hinter sich und drehte sich um, um zu ihm aufzuschauen. Er hatte eine Hose und Hosenträger angezogen, trug aber immer noch sein langärmeliges Unterhemd, unter dessen dickem Baumwollstoff sich die Verbände an der rechten Schulter abzeichneten.

»Sie sind eingeladen«, bestätigte er gutgelaunt. »Wie ist es Ihnen ergangen, Calvin?«

Calvin schlang die Zügel um die Wagenbremse und stieg mit einer angesichts seiner Korpulenz verblüffenden Beweglichkeit vom hohen Kutschbock seines Wagens. Sein Hinterteil, das er Evangeline und Scully beim Absteigen zuwandte, war massiv wie zwei enorme Schinken und drohte, den abgetragenen Wollstoff seiner Hose zu zerreißen.

»Gut ist's mir ergangen, Scully«, erwiderte er. »Ich kann nicht klagen.« Sich zu Evangeline umwendend, tippte er sich lächelnd an den Hut. »Wie geht es Ihnen, Ma'am? Gut, daß der alte Scully endlich eine Frau gefunden hat. Ich freue mich, Sie kennenzulernen.«

Evangeline öffnete schon den Mund, um Murdochs Irrtum zu berichtigen – es schien ihr nicht mehr nötig, einen Ehemann zu präsentieren, da der Besucher sich als harmloser Hausierer herausgestellt hatte –, als Scully plötzlich ihre Hand ergriff, sie an die Lippen führte und die wunden Finger küßte.

»Evangeline ist eine bestellte Braut«, sagte er so stolz, als hätte er sie selber kommen lassen. »Und ich muß sagen, daß ich sehr zufrieden mit ihr bin.«

»Das muß aber ziemlich spannend gewesen sein für eine Weile«, sagte der Hausierer und lachte dann wieder, als sei er über seinen eigenen Witz entzückt. »Auf beiden Seiten, meine ich.«

»Ich bin nicht ...«, begann Evangeline errötend und begierig, ihren guten Namen zu verteidigen, aber Scully ließ sie wieder nicht zu Wort kommen.

»Kommen Sie herein, Calvin. Meine Frau kocht guten Kaffee. Und im Ofen brät ein Truthahn. Sie bleiben doch zum Abendessen?«

Murdoch legte Hut und Mantel ab, während Evangeline Scully hinter dem Rücken des Besuchers mit einem ärgerlichen Blick bedachte.

»Ich habe nichts dagegen«, erwiderte Murdoch. »Man bekommt hier draußen ja so selten etwas Anständiges zu essen, das eine Frau gekocht hat. Ich glaube, ich lebe für die seltenen Gelegenheiten, bei denen ich die Springwater-Station passiere. Mrs. Jacob McCaffrey gibt mir dann stets etwas sehr Leckeres zu essen.«

Abigail war inzwischen aus ihrem kurzen Mittagsschlaf erwacht und stand rasch auf, um sich Mr. Murdoch aus der Nähe anzusehen, der sich mit einem tiefen Seufzer am Tisch niedergelassen hatte.

»Hallo«, sagte sie feierlich. »Ich bin Abigail. Sie sehen ein bißchen wie St. Nikolaus aus.«

Der Mann lachte und berührte mit dem Zeigefinger ihre Nasenspitze. »Nun ja, man kann nie wissen, kleine Lady. Wer weiß schon, ob ich nicht vielleicht sogar der Weihnachtsmann persönlich bin?«

Abigails Augen glänzten, und sie hob das Kätzchen hoch, um es dem Mann zu zeigen. »Das ist Hortense.«

Und in diesem Augenblick gewann Calvin das Herz des kleinen Mädchens: Er nahm eine von Hortenses winzigen Pfoten zwischen seine Finger und drückte sie ganz sachte. »Wie geht es Ihnen, Hortense?« fragte er dann mit der ganzen Förmlichkeit des Ritters, der sich nach dem Befinden seiner Königin erkundigt.

Scully, der sich auf den Kaminsims stützte, schaute schmunzelnd zu Evangeline hinüber. Sie setzte gerade frisches Kaffeewasser auf und legte Brennholz nach.

»Was ist denn mit Ihnen passiert?« fragte Murdoch, der offenbar erst jetzt Scullys Verbände und seine fahle Haut bemerkte. »Haben Sie sich mit einem Bär oder irgendeinem anderen Raubtier angelegt?«

»Mit einem Indianer«, antwortete Scully.

»Ich habe eine ganze Reihe medizinischer Produkte dabei«, sagte der geschäftstüchtige Hausierer. »Tinkturen, Pulver, Pillen …«

»Haben Sie auch Bücher?« fragte Abigail.

Mr. Murdoch nickte. »Sogar eine ganze Menge.«

Evangeline erschrak. Sie hatte praktisch ihr gesamtes Geld für die Vorbereitungen der Reise und währenddessen ausgegeben, und Big John hatte es offensichtlich nicht für nötig gehalten, eine gewisse Summe für sie zu hinterlegen, bevor er zu seiner eigenen Reise aufgebrochen war. Aber dem Kind begreiflich zu machen, daß kein Geld für Bücher da war – diesem Kind, dessen Lieblingsbeschäftigung das Lesen war –, würde alles andere als einfach sein.

»Die Damen brauchen auch ein paar gute Stoffe, falls Sie welche mitgebracht haben. Und Garn zum Stricken, Nähen und so weiter«, sagte Scully. »Ich selbst möchte eine Dose Ihres besten Tabaks, und ich bin sicher, daß Sie auch einiges an Lebensmitteln haben, was wir gebrauchen könnten.«

Evangeline starrte ihn an. »Mr. Wainwright, ich …«

Er brachte sie mit einem Blick zum Schweigen. Abigail, die außer sich vor Freude war, hüpfte durch das Zimmer, als ob sie Sprungfedern in ihren Füßen hätte.

»Ich kann sehen, daß Sie ein großzügiger Ehemann sind«, sagte Calvin T. Murdoch zu Scully. »Ja, eigentlich gibt es viel zu wenige wie Sie auf dieser öden Welt.«

»Das kann schon möglich sein«, stimmte Scully ohne das geringste Zögern zu.

Evangeline hätte ihn in die Rippen gestoßen, wenn seine Verwundung nicht gewesen wäre. Sie hätte brennend gern gewußt, warum er dem Hausierer gegenüber behauptet hatte, ihr Mann zu sein, obwohl er selbst am besten wußte, daß sie im Frühjahr Big John Keating heiraten würde.

Scully schleppte sich zum nächsten Fenster und schaute hinaus. Selbst von ihrem Platz am Herd aus konnte Evangeline erkennen, daß die Sonne ihren Abstieg zum westlichen Horizont begonnen hatte. »Es sieht ganz danach aus, als hätten wir mit einer schlimmen Nacht zu rechnen«, bemerkte Scully. »Es wird schneien, denke ich, oder zumindest frieren.«

Murdoch seufzte schwer. »Diese rheumageplagten alten Knochen ertragen dieses kalte Wetter nicht mehr lange. Ich rede nun schon seit Jahren davon, mich aus dem Geschäft zurückzuziehen, aber ich glaube, diesmal tue ich es wirklich, Scully. Das ist das letzte Mal gewesen, daß ich hier vorbeigekommen bin. Ich habe einiges beiseitegelegt in all diesen Jahren, und damit werde ich nun nach Süden ziehen, wo die hübschen Señoritas sind.«

»Warum übernachten Sie nicht hier?« schlug Scully vor. »Nur für den Fall, daß das Wetter sich verschlechtern sollte?«

Evangeline warf ihm einen entsetzten Blick zu.

»Ich werde in der Scheune schlafen«, sagte Murdoch. »Das ist bequemer als in meinem Wagen.«

»Es ist viel zu kalt da draußen«, wandte Scully ein. »Sie werden hier drinnen schlafen, und damit basta.«

Murdoch war sichtlich erleichtert. »Mit Vergnügen«, sagte er. »Hmm … dieser Truthahn duftet aber wirklich köstlich!«

Der Schnee, den Scully vorausgesagt hatte, begann schon kurz darauf zu fallen, zuerst nur in ganz leichten Flocken, dann immer heftiger. Mr. Murdoch ging hinaus, um seine Waren durchzusehen und die Sachen hereinzubringen, von denen er glaubte, daß sie Scully und ›Mrs. Wainwright‹ interessieren könnten, und Abigail folgte ihm mit Hortense hinaus.

»Zwei Fragen nur«, zischte Evangeline, sobald sie allein mit Scully war, und ließ krachend die Tür des Backofens zufallen. »Erstens: warum haben Sie dem Mann gesagt, wir wären verheiratet? Und zweitens: warum haben Sie ihn eingeladen, hier im Haus zu übernachten?«

Scully ließ keine Spur von Schuldgefühl erkennen. »Er ist die schlimmste Klatschbase westlich des Mississippis, um Ihre erste Frage zu beantworten, und er wird an allen Farmen, Ranches und Häusern zwischen hier und Denver halten. Ich möchte nicht, daß er überall herumerzählt, Sie und ich wären ganz allein hier draußen und lebten in Sünde miteinander. Was die zweite Frage betrifft, so konnten wir den armen alten Kerl doch unmöglich in die Scheune schicken. Er würde sich den Tod dort holen.«

Evangeline fiel keine passende Erwiderung zu seiner ersten Erklärung ein, aber bei seiner zweiten war das anders. »Haben Sie vielleicht nicht zugehört, als Mr. Murdoch sagte, er habe die letzten zwei Nächte in einem Indianerlager verbracht? Dort war er sicher auch im

Freien, und wenn er das überlebt hat, hätte er ganz bestimmt auch in der …«

Schritte ertönten auf der Veranda, und Mr. Murdoch kam herein. Seine dicke Nase war noch röter als gewöhnlich, und die Schultern seines Mantels und sein Hut waren schneebedeckt. Abigail begleitete ihn. Ihre Augen glänzten vor Begeisterung, und ihr kleines Kätzchen trug sie unter ihrem warmen Umhang bei sich. Sie hielt ein dickes blaues Buch mit goldenen Lettern hoch.

»Sieh mal, Mama. Es ist über König Artus und die Ritter der Tafelrunde. Und Lady Guinevere.«

»Abigail …«, begann Evangeline.

Wieder brachte Scully sie zum Schweigen, indem er eine Hand auf ihren Arm legte. »Ich wäre wirklich froh, wenn du mir ab und zu aus dem Buch vorlesen würdest, Abigail«, sagte er lächelnd zu dem Kind.

Zutiefst verwirrt schaute Evangeline zu Scully auf. Sie wußte, daß er ein anständiger Mensch war wie sie selbst. Aber er mußte doch irgend etwas im Ausgleich für ein derartiges Geschenk erwarten, und das war ein Gedanke, den sie als ungemein beunruhigend empfand.

Das Abendessen war eine wahre Festmahlzeit, denn Scullys schwer erkämpfter Truthahn war eine seltene Delikatesse, und die Kartoffeln, Sauce und das frischgebackene Brot waren wohlschmeckende Beilagen. Nach dem Essen räumte Evangeline das Geschirr ab und reinigte den Tisch, damit Mr. Murdoch dort die Sachen ausstellen konnte, die er aus dem Wagen geholt hatte. Sein Maulesel stand inzwischen in der Scheune, gefüttert und getränkt, und der freundliche Hausierer hatte auch schon die anderen Tiere im Stall versorgt – eine Geste, die ein gewisses Schuldbewußtsein bei Evangeline auslöste, nach ihrer anfänglichen Abneigung, den alten Mann im Haus schlafen zu lassen.

Es war nicht etwa so, daß sie nicht um seine Bequemlichkeit bemüht gewesen wäre; das war sie selbstverständlich. Was sie beunruhigte, war der Bettenmangel – und die Tatsache, daß Scully sie als seine Gattin ausgegeben hatte. Selbst wenn Evangeline schwieg, und sie war viel zu verlegen, um es nicht zu tun, stand zu erwarten, daß Abigail ins sprichwörtliche Fettnäpfchen treten würde.

Scully war in Kauflaune, stellte sich heraus, und während Evangeline unter akutem Geldmangel litt, schien bei ihm ganz offenbar das Gegenteil der Fall zu sein. Er wählte verschiedene Stoffe aus, einige schlicht und praktisch, andere eleganter, wobei er sich bereitwillig von Abigail beraten ließ, und legte dann noch Garn und Knöpfe zu den Stoffen. Er suchte bunte Wolle aus, die laut Mr. Murdoch aus den Spinnereien in Großbritannien stammte, und Stricknadeln in verschiedenen Stärken. Er kaufte noch mehr Bücher, einen ganzen Stapel, den Tabak, den er schon erwähnt hatte, und den größten Teil der Obst-, Gemüse- und Fleischkonserven, die der Hausierer noch in seinem Wagen hatte. Evangeline konnte nur noch staunen; sie hatte noch nie eine derart hemmungslose Einkaufslust erlebt, und dennoch verzog Scully keine Miene, als er den ansehnlichen Betrag bezahlte, den Mr. Murdoch ausgerechnet hatte.

Irgendwann kam dann der Moment, sich für die Nacht zurückzuziehen. Scully, trotz seiner guten Laune, sah ganz hager vor Erschöpfung aus, und Abigail war schon lange eingeschlafen in dem großen Bett, zusammen mit Hortense, die sich wie üblich neben ihr auf dem Kopfkissen zusammengerollt hatte.

»Sie können sich hier am Kamin hinlegen«, sagte Scully dem alten Mann und zeigte auf die Liege.

Evangeline starrte ihren sogenannten Ehemann an,

aber er löschte nur die Lampen und schob sie zum Bett hinüber. Es war stockfinster, als sie sich entkleideten, und trotzdem konnte sie das Weiß von Scullys langen Unterhosen sehen. Kühn hob er die Decken und stieg auf der anderen Seite in das Bett.

Es war einfach zu kalt, um noch länger aufzubleiben, und so kapitulierte Evangeline und legte sich neben Abigail, die schlafend zwischen ihnen lag.

»Scully Wainwright«, wisperte Evangeline empört, »Sie sind ein Schurke!«

Scully gab sich keine Mühe, leise zu sprechen. »Gute Nacht, Liebling«, sagte er. »Ich liebe dich auch.«

8

Es war noch dunkel, als Evangeline am nächsten Morgen aufstand, nach den erstbesten Kleidern griff und in den bitterkalten Anbau floh, um sich ungesehen anzuziehen. Der Boden und die Luft waren so eisig, daß sich eine Gänsehaut auf ihrem Körper bildete. Sie zitterte vor Kälte, und das erschwerte den ganzen Vorgang natürlich noch.

Als sie angezogen war, ging sie zuerst zum Herd, ohne die Lampen anzuzünden, öffnete die Ofentür, um die Glut zu schüren, und legte dann mehrere Scheite trockenen Kiefernholzes nach. Dann brühte sie Kaffee auf – es war noch reichlich heißes Wasser in dem Reservoir, dank der freundlichen Bemühungen des Hausierers in der Nacht zuvor – und ging zum Kamin, um auch dort das Feuer zu beleben.

Während sie es tat, schaute sie sich nicht ein einziges Mal nach Mr. Murdoch um, der auf der Liege schnarchte – aus Angst, ihn unbekleidet zu erblicken.

»Guten Morgen«, sagte Scully leise hinter ihr. Seine Nähe löste eine Bewegung in den winzigen Härchen an ihrem Nacken aus, als wollten sie sich sträuben; es war ein merkwürdiges Gefühl, das sich aus freudiger Erwartung und köstlichem Unbehagen zusammensetzte und völlig anders war als alles, was sie je empfunden hatte.

»Sie ... Du hättest nicht aufstehen sollen«, wisperte sie und wählte das vertrautere Du, um den alten Mann, der hinter ihnen lag und vielleicht gar nicht mehr schlief, nicht mißtrauisch zu machen. »Du glaubst vielleicht, du wärst wieder gesund, aber diese Wunden waren ernst ...«

Scully rührte sich nicht vom Fleck, obwohl er ganz dicht hinter ihr stand. Einen schier endlosen Moment lang glaubte sie, er werde jetzt vielleicht ihren Nacken oder auch nur ihre Schulter küssen. Ein leises Erschauern durchzuckte sie, das nichts mit der noch immer bitterkalten Luft des Raums zu tun hatte.

»Unsinn«, sagte er mit leiser, ganz ungewöhnlich schroffer Stimme. »Je länger ich herumliege und mich selbst bedaure, desto länger wird es dauern, bis ich wieder auf den Beinen bin.«

Evangeline fragte sich, ob Scully gut geschlafen haben mochte. Sie selbst hatte einen ziemlich unruhigen Schlaf gehabt, weil ihr irgendwie die ganze Zeit bewußt gewesen war, daß sie nur die Hand auszustrecken brauchte, um ihn zu berühren.

»Im Gegenteil«, fühlte sie sich aufgrund ihrer Erfahrungen als Krankenpflegerin verpflichtet zu erwidern, »du könntest damit alles nur noch schlimmer machen. Setz dich wenigstens ans Feuer. Ich bringe dir Kaffee, wenn er fertig ist.«

Mr. Murdoch begann laut und ziemlich umständlich zu husten, womit er sie vermutlich warnen wollte, daß er nicht mehr schlief. Es war anzunehmen, daß er sehr viel Erfahrung darin besaß, die Nacht in den Häusern Fremder oder flüchtiger Bekannter zu verbringen. Evangeline hörte, wie die Liege ächzte unter seinem beträchtlichen Gewicht, als er sich aufrichtete, aber natürlich dachte sie nicht daran, auch nur einen Blick in seine Richtung zu riskieren.

Im schwachen Dämmerlicht des frühen Morgens sah sie Scullys schiefes Grinsen. Ihr Gefühl für Anstand belustigte ihn offenbar.

»Wie ist das Wetter heute morgen?« ließ Mr. Murdoch sich vernehmen. Obwohl seine Stimme von Natur aus laut und dröhnend war, bemühte er sich, Abigail zuliebe leiser zu sprechen, und diese rücksichtsvolle Geste machte ihn Evangeline noch viel sympathischer.

Sie erkannte an der Stille in der Luft, daß über Nacht viel Schnee gefallen war oder vielleicht noch immer fiel. Es erschien ihr plötzlich seltsam, daß sie beim Aufstehen nicht daran gedacht hatte nachzusehen, aber jetzt war es Mr. Murdoch, der zu einem der Fenster ging und einen der beiden Läden öffnete, um durch das beschlagene Glas zu spähen.

»Nun ja«, verkündete der Hausierer fröhlich, »es sieht gar nicht so schlimm aus. Es liegt etwa ein halber Meter Schnee. Aber das werden wir schon schaffen, mein alter Maulesel und ich.«

»Wo wollen Sie denn hin?« hörte Evangeline sich fragen. Den Hausierer im Haus zu haben komplizierte vieles, das war klar, aber er war ein netter alter Mann, und sie würde ihn vermissen, wenn er nicht mehr da war. »Fahren Sie vielleicht zufällig zur Springwater-Station?«

Mr. Murdoch wandte sich von dem frostbedeckten Fenster ab, das er mit der Handfläche gereinigt hatte, und lächelte Evangeline an. »Ich würde es nicht wagen, bei den McCaffreys vorbeizufahren, ohne wenigstens anzuhalten, um sie zu begrüßen. Miss June-bug würde meine Haut zu Schuhsohlen verarbeiten, wenn ich ihr nicht ihre Gewürze und das Material für ihre winterlichen Näharbeiten brächte.«

Evangeline wollte Mrs. McCaffrey ihre Konfektdose zurückschicken, da die Pralinen längst gegessen waren, und ihr schriftlich danken.

Als sie Mr. Murdoch bat, zu warten, bis sie den Brief geschrieben hatte, nickte er. »Ich freue mich, daß ich

Ihnen diesen Dienst erweisen kann, Mrs. Wainwright. Und bis Sie den Brief geschrieben haben, werde ich mich um Ihre Tiere kümmern und Wasser und Brennholz holen. Sie werden alle Hände voll zu tun haben hier, wo Scully doch noch bettlägerig ist.«

»Ich bin nicht bettlägerig«, wandte Scully ein wenig unwirsch ein.

Evangeline verbarg ihr Lächeln, obwohl es ihr einen leisen Stich versetzte, »Mrs. Wainwright« genannt zu werden.

»Sie bleiben, wo Sie sind«, ordnete Mr. Murdoch an. »Ich werde die Kuh melken, die Pferde und die Hühner füttern und ein paar Eimer Wasser holen.« Damit zog er seinen Mantel an, hob zwei Eimer auf und ging in die bitterkalte Morgenluft hinaus.

Etwa eine Stunde war nach Evangelines Schätzung vergangen, als der Hausierer zurückkehrte und ein Körbchen Eier, Bessies Milch und genügend Wasser für den Morgen mitbrachte. Sie hätte ihn küssen mögen, so dankbar war sie ihm, daß er ihr die vielen Gänge zur Quelle erspart hatte, aber statt dessen servierte sie ein reichhaltiges Frühstück aus Spiegeleiern, gesalzenem Speck und Bratkartoffeln, zu dem sie dicke Scheiben Brot im Ofen röstete.

Die köstlichen Gerüche mußten Abigail geweckt haben – das und die Gewißheit, daß Mr. Murdoch, den sie sehr ins Herz geschlossen hatte, schon bald aufbrechen würde. In eine dicke Daunendecke eingewickelt, die sie aus dem Bett hinter sich herschleifte, kam sie zum Tisch hinüber, und Evangeline, die normalerweise so etwas nicht gestattet hätte, sagte nichts.

Eine angeregte Unterhaltung entstand während des Frühstücks, in der es um die voraussichtlichen Rinderpreise des nächsten Jahres und die Unfähigkeit der territorialen Regierung ging, und Evangeline beeilte sich mit dem Essen, damit ihr noch Zeit blieb, an Jacob und Junebug einen Brief zu schreiben. Weil sie nicht sicher sein konnte, daß Mr. Murdoch ihn nicht lesen würde, bevor er ihn ablieferte, widerstand sie der Versuchung, Scullys List mit der angeblichen Ehe zu erwähnen, und schrieb nur, daß die Pralinen köstlich waren und es ihnen allen gut gehe. Sie hätte Mrs. McCaffrey gern ein kleines Geschenk geschickt, als Dankeschön für die Pralinen, aber es war nichts im Haus, was ihr geeignet erschien. Vielleicht konnte sie etwas von der Wolle nehmen, die Scully in solch großzügigen Mengen eingekauft hatte, und zwei Schals für die McCaffreys stricken, die sie dann dem nächsten Besucher, der vorbeikam, zur Station mitgeben würde.

Der Schnee glitzerte im Sonnenschein, als Mr. Murdoch den Maulesel vor den Wagen spannte und dann lächelnd und winkend seinen Abschied nahm. Abigail, die noch immer in die Decke eingehüllt war wie eine kleine Königin in ihren Umhang, schlurfte zum Bett zurück, begleitet von Hortense, und wenige Momente später waren beide wieder fest eingeschlafen.

»Ihnen ist doch hoffentlich bewußt«, sagte Evangeline zu Scully und sprach damit jetzt endlich aus, was sie die ganze Zeit schon quälte, »daß Mr. Murdoch unsere sogenannte ›Ehe‹ bei den McCaffreys erwähnen wird? Und daß sie wissen, daß es eine Lüge ist.«

»Machen Sie sich deswegen keine Sorgen«, erwiderte Scully unbekümmert, während er sich die letzte Scheibe Toast nahm. Anscheinend störte es ihn nicht, daß sie so kalt wie der Hüttenboden war, bevor das Feuer morgens angezündet wurde. »Ich erkläre es ihnen, wenn ich das nächste Mal nach Springwater hinüberreite.«

Seine Unbekümmertheit erbitterte Evangeline. Als

Mann machte er sich natürlich keine Sorgen, aber für sie konnte sich die ganze Sache zu einem peinlichen Skandal ausweiten, der ihren guten Ruf vielleicht für immer ruinieren und zur Folge haben würde, daß auch Abigails Zukunft gefährdet war. Ganz gleich, was für geheime Bedenken sie hinsichtlich ihrer bevorstehenden Heirat hegen mochte – falls Big John von ihr enttäuscht war und sich weigerte, die Trauung zu vollziehen, wenn er im Frühjahr heimkehrte, würden sie und ihre Tochter auf der Straße stehen. Und die Folgen davon waren gar nicht auszudenken.

»Sie werden es ihnen erklären?« erwiderte Evangeline erbost. »Es könnten Monate vergehen, bis Sie das nächste Mal bis Springwater durchkommen, das haben Sie mir selbst gesagt. Und bis dahin könnte mein guter Ruf einen nicht wiedergutzumachenden Schaden erlitten haben.«

Scully schien eher überrascht zu sein als eingeschnappt. »Jacob und Miss June-bug kennen mich gut genug, um zu wissen, daß ich eine anständige Frau nie in den Dreck ziehen würde – vor allem keine, die meinem besten Freund gehört – und Big John weiß es genauso gut.«

Evangeline ließ bei der Erwähnung ihres zukünftigen Ehemanns die Schultern hängen, und Tränen brannten hinter ihren Lidern, als sie zu Scully aufschaute. »Wo werden Sie hingehen, wenn Sie von hier fortgehen?« fragte sie. »Wenn Big John zurück ist, meine ich?« Sie hoffte, daß er jetzt sagen würde, er habe es sich anders überlegt, aber das erwies sich schnell als reines Wunschdenken.

Er wandte den Blick ab. »Ich weiß es nicht«, erwiderte er nach langem Schweigen. Dann holte er seine Stiefel und zog sie an, nahm seine blutbefleckte Schaffelljacke und seinen zweiten Hut – den anderen hatte er bei der folgenschweren Auseinandersetzung über den Truthahn verloren – und ging hinaus, um nach seinem Hengst und den anderen Tieren zu sehen.

Evangeline beschäftigte sich damit, die Überreste des Frühstücks fortzuräumen, wusch das Geschirr ab und fegte die Böden in der Hütte. Obwohl es draußen bitterkalt war, schien an einem blauen Himmel warm die Sonne, und die ungewohnte Helligkeit im Haus stimmte Evangeline schon wieder etwas zuversichtlicher.

Eine gute Stunde später stand Abigail wieder auf, zog sich am Küchenherd an und bedrängte Evangeline so lange, sie hinausgehen und im Schnee spielen zu lassen, bis ihre Mutter endlich nachgab. Sie hatte die Indianer noch nicht vergessen, und erst recht die Wölfe nicht, aber sie konnten sich schließlich nicht ihr ganzes Leben lang in diesem kleinen Haus verkriechen. Ein Kind brauchte frische Luft und Sonne und Bewegung – genau wie alle anderen Menschen.

Schallendes Gelächter draußen, sowohl Scullys wie auch Abigails, lockte Evangeline ans nächste Fenster, und lächelnd sah sie, daß sie sich mit Schneebällen bewarfen. Scully achtete darauf, sich regelmäßig treffen zu lassen, fiel ihr mit einem weiteren frohen Lächeln auf, und obwohl auch er selbst nur selten sein Ziel verfehlte, schien er bemüht, die Kleine nicht zu hart zu treffen.

Evangelines Kehle wurde eng, als sie den beiden zusah. Charles Keating war ein guter Vater und ein anständiger Mann gewesen, aber er war fast sechzig, als Abigail zur Welt gekommen war. Aus diesem Grund hatte das Kind, außer Evangeline natürlich, nie jemanden gehabt, mit dem es derart ausgelassen spielen konnte.

Etwa eine halbe Stunde später kamen sie herein, naß vom Schnee und noch immer lachend. Abigail und Hortense hockten sich zum Spielen auf den Teppich vor dem

Kamin, aber Scully blieb an der Tür stehen und ließ sich sehr viel Zeit mit dem Ausziehen seiner Jacke, während er nachdenklich zu Evangeline hinübersah. Sie hätte schwören mögen, daß sie wußte, was er dachte – daß ihr Kind einen jugendlichen Vater wie ihn selbst benötigte. Und daß sie niemals einen haben würde.

Rasch wandte Evangeline sich ab und tat, als hätte sie am Herd zu tun. Big John würde Abigails Stiefvater sein, und damit basta. Sie konnte nur hoffen, daß er Kinder wirklich mochte, so wie Scully offensichtlich, anstatt sie lediglich zu tolerieren wie so viele Stiefväter. Wenn sie sich von diesem Schicksal, das sie selbst erwählt hatte und aus dem es kein Entrinnen mehr gab, noch etwas anderes als die Sicherheit eines eigenen Heims und Ehemanns erhoffte, dann höchstens, daß John Keating ihre Tochter wie sein eigenes Kind behandelte und nicht wie eine lästige Bürde, die ihm aufgezwungen worden war.

Bitte, flehte sie im stillen. Mehr als dieses eine Wort fiel ihr im Augenblick nicht ein.

»Warum legen Sie sich nicht hin und ruhen sich ein bißchen aus?« fragte Scully Evangeline am frühen Nachmittag, als er und Abigail am Tisch saßen, den er noch näher an den Kamin herangezogen hatte, und zusammen in dem Buch über König Artus und die Tafelrunde lasen. »Sie sehen todmüde aus.«

Sie war tatsächlich müde, und es gab auch nicht mehr viel im Haus zu tun. Mr. Murdoch hatte genügend Wasser hereingebracht, und das Mittagsmahl mit Truthahnsandwiches war längst vorbei. Das Abendessen, eine würzige Eintopfsuppe, brodelte bereits auf dem hinteren Teil des Herds.

Mit einem dankbaren Nicken ging Evangeline zum Bett hinüber, zog ihre Schuhe aus und streckte sich in ihren Kleidern unter der weichen Daunendecke aus.

Als sie erwachte, brannten alle Lampen, und das köstliche Aroma heißer Suppe erfüllte die Hütte. Hastig stand sie auf, um rasch ihre Hände und ihr Gesicht zu waschen, und obwohl es sie beschämte, einen großen Teil des knappen und daher kostbaren Tageslichts vergeudet zu haben, fühlte sie sich nach dem kurzen Mittagsschläfchen sehr viel besser.

Scully arbeitete wieder an seinen mysteriösen Zahlen, während Abigail und das Kätzchen still an ihrem gewohnten Platz vor dem Kamin spielten.

»Was tun Sie da?« wagte Evangeline zu fragen, als sie am Tisch vorbeikam, obwohl sie jederzeit bereit gewesen wäre zuzugeben, daß es sie nichts anging.

Scully schaute auf, aber es lag ein geistesabwesender Blick in seinen Augen, als ob er in Gedanken schon an irgendeinem anderen Ort wäre und nur noch seinen Körper hinbewegen müsse. »Ich rechne«, erwiderte er knapp.

»Sie rechnen aus, wieviel Sie für Ihren Anteil an der Ranch verlangen können«, erklärte Evangeline. Sie hatte den Gedanken gar nicht äußern wollen und war beschämt darüber, es getan zu haben, weil ihr Ton zuviel verraten hatte.

»Und an den Rindern, die Big John aus Mexiko herauftreibt«, antwortete er mit einem zustimmenden Nicken.

»Oh«, sagte Evangeline nur. Sie nahm den Teig für die Klöße, der in einer flachen, zugedeckten Schüssel in der Speisekammer stand, und ging zum Herd, um mit einem Löffel kleine Bällchen abzustechen, die sie vorsichtig in die Suppe gleiten ließ.

»Ich nehme an, daß Murdoch Springwater inzwischen schon erreicht hat«, bemerkte Scully. »Zumindest hoffe ich es. Der Schnee sieht nicht so aus, als ob er liegenbleiben würde, aber es wird trotzdem ziemlich kalt sein heute nacht.«

Es war gar nicht auszudenken, was einem einsamen alten Hausierer alles zustoßen konnte auf einer solchen Reise, mit einem Wagen voller Waren und in einem Land, das bevölkert war von hungrigen Geschöpfen aller Gattungen und Arten. »Mr. Murdoch kommt viel herum«, erwiderte sie, mehr um sich selbst zu beruhigen als Scully. »Es wird schon auf sich aufpassen.«

»Springwater liegt zehn Meilen von hier«, gab Scully nachdenklich zurück. »Das ist ein weiter Weg, vor allem um diese Jahreszeit.«

Dem konnte sie nichts entgegenhalten, und so versuchte sie es auch gar nicht. Der Weg von der Postkutschenstation zur Ranch war Evangeline in gewisser Weise länger vorgekommen als die Fahrt von Pennsylvania nach Springwater. Die letztere war jedoch sicherlich genauso gefährlich gewesen, wenn nicht sogar noch mehr, wenn man die Banditen und Postkutschenräuber in Betracht zog, die ständige Bedrohung durch feindselige Indianer und die aufdringlichen ›Gentlemen‹, die alleinreisende Frauen für Freiwild zu halten schienen.

»Sie haben so etwas Strahlendes, Eve«, sagte Scully plötzlich. »Es erinnert mich an Sonnenstrahlen, die den frischgefallenen Schnee glänzen lassen.«

Evangeline wagte nicht, ihn anzusehen, obwohl sie rasch zu Abigail blickte, die noch immer mit ihrer Katze spielte, die offenbar nicht zu ermüden war. »Niemand hat je so etwas Nettes zu mir gesagt«, bekannte sie, weil sie gar nicht anders konnte, als ihm die Wahrheit zu gestehen. Scully war ein ungehobelter und ungeschliffener Cowboy, aber manches, was er sagte, war die reinste Poesie.

»Das ist schade«, sagte er.

Es erschien ihr klüger, ein anderes Thema zu beginnen. »Wahrscheinlich bin ich einfach ausgeruhter nach dem Mittagsschlaf«, entschied sie resolut. Tatsache war, daß sie das Gefühl hatte, sich von der anstrengenden Reise und den Ereignissen, die ihr vorangegangen waren, allmählich zu erholen. Ihre Müdigkeit war verflogen; sie fühlte sich so lebendig und kräftig wie ein Baum, der nach einem langen Winter im Frühjahr zu neuem Leben erwacht, um Knospen zu treiben und wieder zu erblühen.

Sie schaute zum Fenster hinüber und versuchte einzuschätzen, wieviel Tageslicht noch blieb. »Ich sollte jetzt lieber hinausgehen und die Tiere versorgen, bevor es dunkel wird.«

»Das haben wir vorhin schon erledigt, Abigail und ich«, beschied sie Scully. Die Poesie war einer Art freundlicher Distanz gewichen, worüber Evangeline sowohl froh wie auch erleichtert war. Bis zu diesem Augenblick hatte wieder jene knisternde Spannung den Raum erfüllt, die sie stets an ein Gewitter denken ließ, das auf kleinstem Raum eingeschlossen war und versuchte, einen Weg hinauszufinden.

Gegen ihr besseres Wissen riskierte sie einen Blick auf ihn. »Danke, Scully.«

Er wirkte überrascht. »Wofür? Daß ich meine eigene Arbeit erledigt habe?«

»Dafür und daß Sie so gut zu Abigail sind«, antwortete sie leise.

»Das ist gar nicht schwer«, erwiderte er grinsend.

Danach nahmen sie still das Abendessen ein, und als das Geschirr abgeräumt war, las Scully, Abigail zeichnete Pferde auf ihrer Schiefertafel, und Evangeline sah sich die Stoffe an, die Mr. Murloch dagelassen hatte. Eine so gute Qualität hatte sie nicht mehr gesehen, seit der Krieg begonnen hatte, und selbst davor schon waren solche Stoffe rar gewesen.

Nach einer Weile merkte sie, daß Scully sie über den Rand seines Buchs beobachtete. »Sie können doch sicher nähen, oder?« erkundigte er sich.

»O ja, natürlich«, erwiderte sie lächelnd. Sie wagte kaum zu glauben, daß sie über all diese wundervollen Stoffe verfügen durfte, aber andererseits hielt sie es für ziemlich unwahrscheinlich, daß Scully selbst etwas daraus nähen wollte. »Ich … ich könnte Ihnen ein paar Hemden nähen.«

Sein Grinsen kränkte sie ein wenig, obwohl es durchaus freundlich war. »Das wäre schön«, sagte er. »Aber ich habe diese Stoffe gekauft, damit Sie sich Kleider, Vorhänge und andere Sachen daraus nähen. Frauensachen.«

»Die Ausgaben …« Evangeline brach ab und schüttelte den Kopf.

»Darüber sollten Sie sich nicht den Kopf zerbrechen. Sie haben mir das Leben gerettet, oder hatten Sie das schon vergessen? Sie haben einen guten Unterrock zerrissen, um meine Schulter zu verbinden. Das Mindeste, was ich tun kann, ist, Ihnen ein paar anständige Stoffe zu kaufen.«

Evangeline hatte das Gefühl, daß Scully sie auf jeden Fall gekauft hätte, selbst wenn sie ihn nicht verbunden und gepflegt hätte. Aber da es sie in Verlegenheit gebracht hätte, es ihm zu sagen, wiederholte sie nur etwas, was sie vorher schon gesagt hatte. »Danke, Scully.«

Er schaute sie lange schweigend an, bevor er antwortete. »Es war mir ein Vergnügen«, sagte er schließlich. Und dann vertiefte er sich wieder in sein Buch.

Nach kurzer Überlegung wählte Evangeline einen bedruckten blauen Kattunstoff aus und maß ihn mit den Augen ab. Er würde reichen, sagte ihr ihre Erfahrung, um ein Kleid für sich und ihre Tochter daraus zu nähen. Sie würde mit Abigails beginnen.

Glücklich breitete sie den Stoff auf dem Tisch zum Schneiden aus – eine Aufgabe, die sehr viel Konzentration erforderte –, holte dann ihren Nähkasten aus der Reisetruhe und nahm Maß bei Abigail.

»Ich kann es fast nicht glauben! Du bist mindestens zwei Zentimeter gewachsen, seit wir Pennsylvania verlassen haben«, staunte sie.

Abigails Gesicht glühte. »Ich habe es dir doch schon gesagt, Mama. Ich bin ein *großes* Mädchen.«

»Das bist du wirklich«, stimmte ihre Mutter zu. »Scully hat mir erzählt, daß du ihm im Stall geholfen hast, während ich meinen Mittagsschlaf hielt.«

Das kleine Mädchen beugte sich mit verschwörerischer Miene zu ihr vor. »Ich bin heute wieder auf meiner Stute geritten. Bis zur Quelle und zurück. Scully ist mit den Eimern neben mir gegangen.«

»Wirklich?« Evangeline freute sich für ihre Tochter, obwohl sie auch eine leise Angst beschlich bei dem Gedanken, daß das Kind ausgerechnet *diesen* Weg geritten war, selbst wenn sie hoch auf dem Pferd gesessen und Scully sie begleitet hatte. Es drohten ihr so viele Gefahren in der freien Wildnis. »Du wirst von Mal zu Mal erwachsener.«

»Das ist doch ganz natürlich, Mama.«

»Selbstverständlich ist es das.«

»Ich werde ganz *besonders* hübsch aussehen in diesem Kleid.«

Evangeline unterdrückte ein Lächeln. »Selbstvertrauen ist etwas Gutes, Abigail, aber du solltest nicht zu unbescheiden sein.« Aus den Augenwinkeln sah sie, daß Scully sein Buch zuklappte und es beiseitelegte. Dann erhob er sich und schob die Liege wieder in den Anbau.

Als das erledigt war, wünschte er ihnen eine gute Nacht und zog sich in den kleinen Nebenraum zurück.

»Es ist eisig kalt da drinnen, Mama«, vertraute Abigail ihr mit besorgter Miene an. »Hortense und ich haben so getan, als wäre es der Nordpol, als wir dort drinnen Forscher spielten, und wir konnten unseren eigenen Atem sehen.«

Evangeline nickte nur. Sie hatte schon begonnen, den Stoff zurechtzuschneiden, und konzentrierte sich auf ihre Aufgabe.

»Meinst du nicht auch, Scully sollte lieber in unserem Bett schlafen? Wie gestern nacht?«

Einen flüchtigen Moment schloß Evangeline die Augen. Die Frage war natürlich völlig harmlos aus dem Munde eines Kindes, aber der Gedanke, daß Abigail ein solches Thema bei Big John anschneiden könnte, vor den McCaffreys oder gar in Scullys Hörweite, ließ sie erschaudern vor Verlegenheit.

»Nein, Liebling, der Ansicht bin ich nicht«, antwortete sie. »Das war eine ganz besondere Situation. Mr. Murdoch brauchte einen Platz zum Übernachten, und da es draußen in der Scheune viel zu kalt für ihn gewesen wäre, überließ Scully ihm sein Bett für eine Nacht.«

»Oh«, sagte Abigail, aber es klang verwirrt.

»Apropos Bett«, wandte Evangeline vielsagend ein. »Es wird höchste Zeit, daß du dich wäschst, deine Zähne putzt und schlafen gehst. Morgen werden wir einige Lektionen wiederholen, und dann bringe ich dir das Stricken bei. Du könntest einen Schal stricken.«

Abigail wirkte alles andere als begeistert. »Ich würde lieber meine Stute reiten«, sagte sie. »Stricken ist etwas für Mädchen.«

»Du *bist* ein Mädchen, Abigail«, rief Evangeline ihrer Tochter geduldig in Erinnerung. »Hast du das vergessen?

Es ist gut, wenn du Reiten und sogar Schießen lernst, falls Scully es dich lehren will, aber eine Frau zu sein ist etwas, worauf man stolz sein kann, und ich dulde nicht, daß du deine Weiblichkeit so einfach abtust, als wäre sie gar nicht vorhanden.«

Obwohl sie erst sechs war, konnte Abigail schon erstaunlich verständig sein – und ungeheuer aufsässig. »Ich habe dich einmal mit Miss English sprechen hören, als sie zum Tee bei uns war«, sagte sie. »Damals sagtest du, Hunde, Maultiere und Zaunpfosten hätten mehr zu sagen in der Welt als Frauen.«

Evangeline seufzte. Das hatte sie gesagt, das stimmte, und jedes Wort war ihr auch ernst gemeint gewesen. Rachel hatte ihr in allem zugestimmt. Trotzdem war es ihr jetzt peinlich, gehört worden zu sein. »Wenn Erwachsene sich unterhalten, übertreiben sie manchmal«, erwiderte sie ruhig. »Um das Gesagte anschaulicher zu machen, denke ich.«

»Du hast übertrieben?« wiederholte Abigail.

Gott verzeih mir, wenn ich lüge, dachte Evangeline bei sich. »Ja, Liebling«, erwiderte sie laut.

Abigail wirkte nachdenklich, ließ das Thema aber fallen und ging, um sich zu waschen und sich ins Bett zu legen. Nachdem sie ihr Nachtgebet gesprochen hatte – Evangeline hörte, wie sie Gott bat, Scully wieder gesundzumachen und dafür zu sorgen, daß Mr. Murdoch wohlbehalten die Postkutschenstation erreichte –, deckte Evangeline sie zu und kehrte zu ihrem Stoff am Tisch zurück. Näharbeiten hatten schon immer eine beruhigende Wirkung auf sie gehabt, und deshalb arbeitete sie länger, als vermutlich ratsam war, und legte das angefangene Projekt erst in die Truhe, als ihr einfiel, daß der Petroleumvorrat für die Lampen zwar ausreichend, aber gewiß nicht unerschöpflich war.

Bis auf die Tatsache, daß Mr. Murdoch nicht mehr da war, verlief jener Tag wie viele andere, die darauf folgen sollten. Schnee fiel und schmolz dann wieder. Die Tiere mußten gefüttert und versorgt werden, und täglich mußte jemand Wasser von der Quelle holen. Scully erholte sich recht gut von seinen Verwundungen, und an den meisten Tagen ging er auf die Jagd, von der er dann ein Kaninchen oder ein Schneehuhn mitbrachte, an manchen Tagen auch gar nichts.

Evangeline kochte und hielt das Haus sauber, lauter Dinge, die sie gerne tat, und gab Abigail die Lektionen in Lesen und Rechnen, die Rachel English vor ihrer Abreise aus Pennsylvania für sie vorbereitet hatte. Sie las und nähte, melkte die Kuh und fütterte die Hühner und sammelte die Eier ein. Und sie war zufrieden.

Viel zu schnell kam der November und überzog das Land mit Frost und Schnee. Sie hatten keine Wölfe und Indianer mehr gesehen, so daß Evangeline inzwischen fast überzeugt war, daß es so bleiben würde. Aber nur *fast*. Sie ließ Abigail auch nach wie vor nicht aus den Augen, wenn Scully nicht irgendwo in der Nähe war, um auf sie aufzupassen.

Eines frostigen kalten Morgens, als die Sonne schien und die Erde steif gefroren war, machte Scully den Vorschlag, gemeinsam auszureiten, da alle drei des ständigen Herumsitzens im Haus inzwischen überdrüssig waren.

Evangeline, die sich vor Pferden fürchtete, hätte vielleicht dankend abgelehnt, wenn Abigail nicht so entzückt gewesen wäre über den geplanten Ausflug – und Scullys Augen nicht so herausfordernd gefunkelt hätten.

»Also gut«, sagte sie ein wenig widerstrebend und nahm die selbstgenähte Schürze ab. Sie hatte den ganzen

Morgen gebacken, und trotz der einladenden Gerüche, die das ganze Haus erfüllten, war es unerträglich heiß und stickig in der Hütte.

Abigail hüpfte vor Freude auf und nieder, was die arme Hortense so erschreckte, daß sie sich in ihr übliches Versteck unter dem großen Bett zurückzog. Scully holte Abigails und Evangelines Umhänge und half ihnen, sie anzulegen, galant wie ein livrierter Diener, der sich anschickte, zwei elegante Damen zu ihrer Kutsche hinauszubegleiten.

Die Luft war kalt und trocken, aber wunderbar belebend. Scully ging voran zur Scheune, wo er den Hengst sattelte, der Stute aber nur ein Halfter anlegte. Er hatte Evangeline unter vier Augen anvertraut, daß das kleine Mädchen noch nicht bereit für einen Sattel war, und schien ganz offenbar zu glauben, daß sie – Evangeline – es auch nicht war.

Er hob Abigail mit großem Getue auf das Pferd, als bedeutete es eine enorme Anstrengung für ihn, und bildete dann aus seinen Händen einen Steigbügel, damit Evangeline aufsitzen konnte. Mit angehaltenem Atem setzte sie den Fuß in seine verschränkten Finger, zog sich hoch und landete so hart auf dem Pferderücken, daß sie es in allen Knochen spürte.

»Das ist … herrlich«, behauptete sie.

Scully reichte ihr die Zügel, und Evangeline nahm sie, nachdem sie Abigail in ihre Arme geschlossen hatte. »Du machst das gut«, sagte er. »Sehr gut.« Seine Worte mochten an Abigail gerichtet sein, aber er schaute ihre Mutter dabei an. Der Novemberwind zerzauste sein Haar, das mit Beginn des Winters etwas dunkler geworden war und dringend einen Schnitt benötigt hätte. Seine Haut war braungebrannt, und er wirkte längst nicht mehr so hager und bekümmert wie nach seiner Verwundung, obwohl Evangeline wußte, daß er die Wunde oft noch spürte.

»Wohin reiten wir?« wollte Abigail wissen, als Scully seinen großen Hengst bestiegen hatte.

Lächelnd deutete er auf das Land hinter den Obstbäumen. »Auf den Hügel dort. Ganz nach oben. Es ist ein hübscher Ausflug, und die Aussicht ist es wert.«

Evangeline hätte gern gefragt, wie weit es war, aber sie bewahrte Schweigen. Sie war keine begeisterte Reiterin und auch nicht besonders abenteuerlustig, aber sie wollte Scully und Abigail die Freude nicht verderben. Es lagen noch mehrere Wintermonate vor ihnen, und sie wußte nur zu gut, daß sie möglicherweise tage- oder sogar wochenlang im Haus festsitzen würden. Scully hatte von Schneeverwehungen gesprochen, die so tief waren, daß man Schneeschuhe tragen mußte, um auch nur in die Scheune zu gelangen, und wenn ein Schneesturm drohte, war es üblich, ein Tau zu spannen zwischen Haus und Scheune, um den Weg hin und zurück zu finden. Es seien schon Menschen nur wenige Meter vor ihrer eigenen Tür erfroren, sagte er, weil der Wind so laut geheult hatte, daß die Leute im Haus die Hilfeschreie nicht gehört hatten.

Evangeline verdrängte diese bedrückenden Gedanken und nahm sich vor, den Ausflug zu genießen, obwohl ihre Füße bereits gefühllos waren und sie wußte, daß ihr Po in ein, zwei Stunden wund sein würde. Oder nach wenigen Minuten vielleicht schon.

Auf einem schmalen Pfad ritten sie hintereinander durch den Wald, nachdem sie an der halb zugefrorenen Quelle vorbeigekommen waren, und der Weg wurde irgendwann so steil, daß ihre Pferde schnauften und nur noch sehr langsam vorankamen.

Höher und höher ging es, bis der Wald in eine weitläufige Weide überging, die anmutige Birken säumten. Sie wirkten zwischen den duftenden Kiefern und kahlen Cottonwood-Bäumen wie Tänzerinnen, die irgendeine Hexe in starres Eis verwandelt hatte. Im Frühling und im Sommer, dachte Evangeline, würden hier unzählige Blumen wachsen und die Weide wie ein Meer aus üppigem grünem Gras aussehen.

Scully betrachtete das Land mit einer Art wehmütigem Stolz. »Drehen Sie sich um«, sagte er, und als Evangeline vorsichtig die Zügel anzog und die Stute wendete, erwartete sie eine atemberaubende Aussicht. Vor ihr erstreckte sich ein Panorama aus hohen Bäumen, sanft ansteigenden Hügeln und weiteren Weideflächen, die jedoch so weit entfernt waren, daß sie beinahe unwirklich erschienen. In der Ferne ragten hohe Berge mit schneebedeckten Gipfeln in den klaren blauen Himmel auf.

Der Anblick trieb Evangeline die Tränen in die Augen, und sie war so überwältigt von der Schönheit der Landschaft, daß ihr die Worte fehlten.

Scully lenkte sein Pferd neben sie und Abigail und richtete den Blick dann wieder auf den Horizont. »Es ist phantastisch, nicht?«

Endlich fand Evangeline ihre Stimme wieder, obwohl sie jetzt vor Emotion ganz rauh und heiser klang. »O ja. Ja.«

Er seufzte. »Es hat mich von Anfang an bezaubert.«

Sie schaute ihn an, als die Wahrheit ihr endlich dämmerte. »Es ist Ihre Ranch«, sagte sie leise.

Er nahm den Hut ab und setzte ihn wieder auf, was eine vertraute Geste bei ihm war, und erwiderte ihren Blick erst einen langen Augenblick danach. »Das war sie«, sagte er. »Ich schätze, sie wird schon bald Big John gehören.« Und dabei schaute er ihr nun endlich direkt in die Augen. *Wie du,* schien sein Blick jetzt zu besagen.

Aber das bildete sie sich ganz gewiß nur ein.

9

Es war für alle eine Überraschung, als zwei Tage nach ihrem Ausflug auf Scullys Hügel Jacob McCaffrey zu Besuch erschien. Es war erst kurz nach Mittag, was bedeutete, daß er schon sehr früh zu Hause aufgebrochen sein mußte, und er war ganz in das düstere Schwarz des Predigers gekleidet, einschließlich des runden, flachen Huts, der seinen Kopf bedeckte. Er ritt eins der kräftigen Maultiere, die er Scully an jenem Tag geliehen hatte, als sie mit dem Schlitten von Springwater zur Ranch gefahren waren.

Noch immer im Sattel, rang er sich ein schwaches Lächeln ab, als Evangeline hinauseilte, um ihn zu begrüßen. Scully war wieder irgendwo auf Jagd, und Abigail machte gerade eine kleine Pause zwischen ihren Lektionen. Obwohl Evangeline entzückt war, Jacob zu sehen, hatte sie das ungute Gefühl, daß er nicht nur zu einem freundschaftlichen Besuch den weiten Weg gekommen war.

»Wie geht es Mrs. McCaffrey?« fragte sie und beschattete ihre Augen vor der grellen Wintersonne, als sie zu ihm aufschaute. Er war ein großer Mann, der auf dem hohen Maultier bis in den Himmel aufzuragen schien.

Er saß ab, bevor er antwortete, und nahm eine abgegriffene schwarze Bibel aus einer seiner Satteltaschen. »Es geht ihr bestens«, antwortete er auf seine gewohnte ernste Art. »Sie sind es, die mich beunruhigt, Miss. Sie und Scully.«

Eine böse Vorahnung beschlich Evangeline, aber sie lächelte und nahm den Arm ihres Besuchers. »Kommen Sie herein, Mr. McCaffrey. Es weht ein kalter Wind, und Sie müssen doch vollkommen durchgefroren sein.«

»Es wäre mir lieber, wenn Sie mich Jacob nennen würden«, erwiderte er schlicht, als sie auf die offene Haustür zugingen. Abigail stand seltsam schüchtern auf der Schwelle und schaute den unerwarteten Besuch mit großen Augen an.

Jacob strich ihr über den Kopf, als er sie erreichte, und endlich lächelte sie ihn an, wenn auch noch immer etwas unsicher.

»Ist jemand gestorben?« fragte sie, während Evangeline die Tür schloß.

Wieder erschien der Anflug eines Lächelns um Jacobs Mund. Er war ein netter, intelligenter Mann, das wußte Evangeline, aber er scherzte oder lächelte nur selten. »Nein, Ma'am«, sagte er zu dem kleinen Mädchen. »Zumindest niemand, den wir kennen. Warum fragst du?«

Abigail zögerte nicht, ihre Ansicht kundzutun. »Weil Sie wie der Mann aussehen, der kam, um meinen Papa abzuholen, als er gestorben war. Und der Priester, der an seinem Grab die Worte sprach, sah auch so aus. Sie hatten die gleichen Kleider an wie Sie.«

Jacob nahm seinen Hut und Mantel ab und wechselte die alte Bibel dabei von einer Hand in die andere, als widerstrebte es ihm, sie loszulassen, und Evangeline hängte seine Sachen auf. Als sie sich wieder umwandte, sah sie, daß Jacob sich vor Abigail hingehockt hatte, wie Scully es oft tat, wenn er mit ihr sprach.

»Ich verstehe«, sagte er. »Aber du brauchst keine Angst zu haben, Kleines. Aus einem solchen Anlaß bin ich nicht hierhergekommen.«

Evangeline hatte keine Ahnung, zu *welchem* Anlaß er

erschienen war – er hatte eine beträchtliche Distanz zurückgelegt, in einer Jahreszeit, in der sonst niemand reiste, wenn es nicht nötig war –, und das beunruhigte sie, obwohl sie ihr Bestes tat, um sich ihre Nervosität nicht anmerken zu lassen. Sie beschäftigte sich damit, Kaffee aufzubrühen, und schürte das Feuer im Kamin, damit Jacob seine alten Knochen daran wärmen konnte.

Dankbar zog er sich einen Stuhl an den Kamin und setzte sich, die Bibel in der Hand, um in die Flammen zu starren, als könne er dort göttliche Erleuchtung finden.

Evangelines stummes Gebet fand Erhörung, als Scully eine knappe halbe Stunde später zurückkehrte, ein halbes Dutzend Schneehühner in der einen Hand und ein Paar Satteltaschen in der anderen.

»Jacob«, sagte er, und es klang sowohl Freude wie auch Verwunderung und eine Frage in diesem knappen Gruß mit. »Ich habe dein Maultier in die Scheune gebracht. Was treibt dich her?«

Evangeline verzog das Gesicht, als sie die Schneehühner nahm, die Scully ihr reichte, nachdem er seine Jacke ausgezogen hatte. Zumindest hatte er die Vögel ausgenommen und ihre Köpfe abgeschnitten, obwohl das Rupfen ihre Sache sein würde.

Jacob antwortete zunächst nicht; Scully hatte seine Jacke und seinen Hut schon an den Haken an der Wand gehängt, bevor der alte Mann auch nur ein einziges Wort erwiderte. Mit einer fast unmerklichen Bewegung seines Kopfes deutete er auf Abigail. »Ich bin gekommen, um mit dir und Evangeline zu sprechen«, sagte er. »Der alte Calvin T. Murdoch war vor einiger Zeit bei uns, und du weißt ja, wie redselig er ist.«

Evangeline und Scully schauten sich an; sie mit unverhohlenem Vorwurf in den Augen und er verlegen, aber trotzig. Dann strich er sich mit der Hand durchs Haar und ging zum Kamin, wo er sich eine Holzkiste heranzog, die er schon vor einiger Zeit aus der Scheune hereingebracht hatte, damit sie Abigail am Tisch als Stuhl diente.

Evangeline schenkte Kaffee ein, füllte Jacobs Tasse auf und reichte Scully einen Becher. Sie hatte reichlich Zucker und Sahne hinzugegeben, so wie er es mochte.

Abigail blieb in der Nähe, weil der ungewohnte Besuch sie faszinierte. Es war dabei unwichtig für das Kind, wer Jacob war. Evangeline wußte, daß sie jeden, der von ›weither‹ kam, interessant gefunden hätte.

Jacob schien das zu verstehen und schloß Abigail in das Gespräch mit ein. Es gab Neuigkeiten aus Springwater; die Postkutschen kamen wieder durch, seit einiger Zeit nun schon, und er hatte Gerüchte gehört, daß noch mehr Familien herkommen würden, sobald das Wetter wieder besser wurde, um sich in der relativen Sicherheit der Postkutschenstation anzusiedeln.

»Bekommen wir dann eine Schule hier?« fragte Abigail erwartungsvoll, und ihre großen Augen flackerten im Feuerschein. Sie stand wie ein Storch auf einem Bein, lehnte an Scully und hatte eine Hand durch die Krümmung seines Arms geschoben.

»Eines Tages werden wir eine haben, denke ich«, räumte Jacob ein. »Das wäre aber eine lange Fahrt von hier, nicht wahr? Du müßtest dann wahrscheinlich woanders als zu Hause leben.«

Abigail nickte, wenn auch etwas enttäuscht. »Und eine Kirche? Wird es in diesem neuen Ort auch eine Kirche geben?«

»Auch davon wird bereits gesprochen«, sagte Jacob. Er legte seine Bibel behutsam fort, hob seine Satteltaschen auf, die Scully für ihn hereingebracht hatte, und suchte einen Moment in einer. Dann zog er eine grob geschnitzte Holzfigur hervor, die ein Pferd darstellte, und reichte sie

Abigail. »Hier«, sagte er. »Die habe ich für dich gemacht. Der alte Murdoch sagte mir, du liebtest diese Tiere.«

Bei der Erwähnung des Hausierers wechselten Evangeline und Scully wieder einen kurzen Blick. Abigail bedankte sich inzwischen und küßte Jacob auf die Wange.

»Du hast also mit Murdoch gesprochen«, sagte Scully schließlich ruhig.

»Das habe ich«, antwortete Jacob, als Abigail fortlief und unters Bett kroch, wo Hortense sich zweifellos versteckte, um das Pferd der Katze vorzustellen. Der alte Mann, dessen Stimme ohnehin schon sehr gedämpft war, sprach jetzt noch leiser. »Er sagte, ihr hättet ihm erzählt, ihr wärt verheiratet. Miteinander.«

Evangeline schluckte. Sie war Jacob McCaffrey zwar keine Erklärung schuldig, aber sie mochte und respektierte ihn, und es lag ihr viel daran, daß er und seine Frau nicht schlecht über sie dachten. Sie warf Scully, der genügend Anstand besaß, um zu erröten, einen ärgerlichen Blick zu.

»Du weißt, was für eine Klatschbase der alte Murdoch ist, Jacob«, sagte Scully. »Er ist noch geschwätziger als alle Frauen, die ich je gekannt habe.« Diese Bemerkung brachte ihm einen weiteren ärgerlichen Blick von Evangeline ein. »Ich wollte nicht, daß er den Leuten erzählte, Eve … Evangeline und ich lebten hier in … Sünde. Und deshalb habe ich gesagt, wir wären verheiratet.«

»Verstehe«, sagte Jacob und dachte über Scullys Worte nach. Er war taktvoll genug, ihn nicht darauf hinzuweisen, daß Lügen in den meisten Religionen eine Sünde war, und Evangeline bezweifelte, ob sie an seiner Stelle genauso rücksichtsvoll gewesen wäre.

»Was die Tatsache betrifft, daß wir in einem Bett geschlafen haben …«, begann Scully.

Jacob hob abrupt den Kopf. Und seine buschigen Augenbrauen. Aber er sagte nichts; das brauchte er auch gar nicht. Es war für Evangeline wie Scully mehr als offensichtlich, was er dachte. *Big John ist dein Freund,* schien der Blick, den er Scully zuwarf, zu besagen, bevor er, nicht ohne Vorwurf, Evangeline ansah. *Und dein Verlobter.*

»Ich glaube, es wird das beste sein, wenn ich euch traue, wo ich schon einmal hier bin«, sagte Jacob, als das Schweigen für ihn unerträglich wurde. »Gott weiß, was du Big John erzählen willst, wenn er zurückkommt, aber das ist dein Problem, nicht wahr?«

Evangelines Herz begann wie wild zu klopfen bei dem Gedanken, Scully und nicht Big John zu heiraten, obwohl ihr gleichzeitig bewußt war, daß es niemals dazu kommen würde. Scully jedenfalls sah aus, als ob er jeden Augenblick aufspringen würde, um hinauszustürmen und die Ranch noch vor dem geplanten Zeitpunkt zu verlassen.

»Wir haben uns nichts zuschulden kommen lassen«, wandte Evangeline leise ein. Bei jedem anderen wäre Jacobs Ankündigung eine unverschämte Einmischung gewesen, aber er war nur bemüht, das Richtige zu tun. Er war gekommen, um die Angelegenheit in Ordnung zu bringen, falls es möglich war, und das nicht nur Big John zuliebe, sondern vor allem auch in Evangelines und Scullys Interesse. Vielleicht fühlte sie sich deshalb genötigt, eine weitere Erklärung abzugeben. »Mr. Murdoch brauchte einen warmen Platz zum Schlafen, und wir haben nur die beiden Betten. Scully war gerade angeschossen worden und …«

Jacob hob eine Hand, um sie zu unterbrechen. »Moment mal«, sagte er. »Scully wurde angeschossen?«

Scully strahlte, als ob es eine bewundernswerte Leistung wäre, angeschossen zu werden, und erzählte die Geschichte. Beide Männer schienen seine anschauliche Beschreibung der Szene auszukosten: den umstrittenen Truthahn, den Indianer. Den Schnee und das Blut und den langen, qualvollen Ritt nach Hause.

Evangeline verdrehte fast die Augen. Scully war ungeheuer männlich, zumindest äußerlich, aber in ihm steckte auch ein kleiner Junge. Was einer der Gründe sein mochte, warum Abigail ihn so vergötterte.

Endlich erreichte Scully den Teil der Geschichte, wo es unumgänglich für ihn gewesen war, in Evangelines Bett zu schlafen, wenn auch vollständig bekleidet und mit Abigail als Barriere zwischen ihnen. Es sei vollkommen harmlos gewesen, versicherte er Jacob.

Der alte Mann ließ sich die ganze Sache eine Weile durch den Kopf gehen; er war vermutlich eine Art höheres Gericht in dieser Gegend, aber er schien gerecht zu sein. Trotz seiner Frömmigkeit war er nicht hergekommen, um ihnen Vorwürfe zu machen. »Nun denn«, sagte er. »Mir scheint, ich habe einen langen Ritt umsonst gemacht.« Er warf einen Blick zum nächsten Fenster. »Ich glaube nicht, daß ich es heute abend noch bis nach Hause schaffen würde.«

»Du wirst es gar nicht erst versuchen«, beschied ihn Scully. »Du wirst hier übernachten.« Kaum hatte er es ausgesprochen, schien er zu begreifen, daß sie damit wieder vor dem gleichen Problem wie schon bei Mr. Murdoch standen, und errötete.

Evangeline lachte, trotz ihrer eigenen Nervosität, und Jacob stimmte in ihr Lachen ein.

»Ich kann mir ein Bett in der Scheune zurechtmachen«, sagte er. »Ich habe schon an kälteren Orten übernachtet.«

Er ließ sich durch nichts umstimmen – und tatsächlich schien Scully sich etwas zu beharrlich gegen die Idee zu wehren –, nahm aber dankbar Evangelines Einladung zum Abendessen an. Selbst nach dieser kurzen Reise schon, gestand Jacob, vermisse er ganz schrecklich June-bugs gute Küche.

»Ist sie ganz allein dort draußen?« fragte Scully stirnrunzelnd. Dieser Gedanke war ihm offenbar erst jetzt gekommen, aber Evangeline stand es nicht zu, ihn deswegen zu kritisieren. Auch sie hatte schließlich nicht daran gedacht.

»Trey Hargreaves ist seit gestern da; er wartet auf eine Postkutsche.« Jacob erlaubte sich ein Schmunzeln. »Aber macht euch seinetwegen keine Sorgen. June-bug wird ihn beschützen.«

Sie alle lachten, und Evangeline ging zum Herd, um etwas Eintopf für Jacob aufzuwärmen und einige Scheiben Brot zu rösten. Die Schneehühner würden sie erst abends essen, mit Salzkartoffeln, Buttersauce und den eingemachten grünen Tomaten, die Mr. Murdoch mitgebracht hatte.

Jacob sprach das Tischgebet, mit gesenktem Kopf und gefalteten Händen, obwohl er der einzige war, der aß. Evangeline, die viel von ihrem Glauben im Krieg verloren hatte, war beeindruckt, aber nicht von der Frömmigkeit des Mannes, sondern von seiner Demut. *Religiöse Menschen wären mir wahrscheinlich viel sympathischer,* dachte sie, *wenn sie alle so wie Jacob und June-bug McCaffrey wären.*

Nach dem Essen gingen die Männer hinaus, um Wasser zu holen und einige der anderen Aufgaben zu erledigen, und Abigail begleitete sie mit Hortense und ihrem neuen Holzpferd. Alleingelassen, räumte Evangeline den Tisch ab, spülte hastig das Geschirr und nahm ihre Näharbeit heraus. Sie nähte gerade an einem Hemd für Scully, an dem sie nur arbeiten konnte, wenn er nicht zu

Hause war, weil sie ihn Weihnachten damit überraschen wollte.

Als sie die Stimmen der zurückkehrenden Männer auf dem Hof hörte, legte sie das fast fertige Hemd schnell wieder fort, versteckte es in der Truhe und setzte Wasser auf, um die Schneehühner einzuweichen und zu rupfen. Es war eine ziemlich widerwärtige Aufgabe, aber sie war sich im klaren darüber, daß es ihre war. Essen war Essen, der Stoff, aus dem das Leben war, für den man dankbar zu sein hatte. Trotz allem jedoch weckte der bloße Geruch schon eine leise Übelkeit in ihr.

In diesem Augenblick kamen Scully und Jacob herein und brachten eine kühle, aber erfrischende Brise mit. Scully trug Abigail auf seiner Hüfte. Das Kätzchen, das inzwischen sehr gewachsen war, sprang aus ihren Armen auf den Boden und bewegte indigniert den langen Schwanz.

»Wir haben ein müdes kleines Mädchen hier«, sagte Scully, als er Abigail absetzte, um ihr den Mantel auszuziehen, bevor er seinen eigenen ablegte. Abigail gähnte pflichtbewußt.

»Am besten schläfst du jetzt ein bißchen«, sagte Evangeline zu ihrer Tochter.

Die Tatsache, daß Abigail nicht widersprach, sondern nur stumm zum Bett hinüberging, die Schuhe auszog und unter die Decken kroch, ließ darauf schließen, *wie* müde sie tatsächlich war.

Scully streifte seine Stiefel ab und stellte sie zum Trocknen an das Feuer, bevor er in den Anbau ging und kurz darauf mit einer kleinen Holzkiste, die Evangeline noch nie gesehen hatte, in den großen Raum zurückkam. Aus dieser Kiste nahm er ein Schachbrett, das er mitten auf dem Tisch aufbaute.

Jacob zog sich mit leuchtenden Augen einen Stuhl

heran. Selbst simple Zeitvertreibe wie eine Partie Schach waren wichtige Ereignisse an solch abgelegenen Orten, und es war offensichtlich, daß beide Männer jede Chance wahrnahmen, eine Partie zu spielen.

Scully deutete mit einer galanten Geste auf den anderen Stuhl. »Setzen Sie sich, Evangeline«, forderte er sie zu ihrer freudigen Überraschung auf. »Ich spiele danach mit dem Gewinner.«

Evangeline hatte daheim in Pennsylvania gelegentlich mit Charles gespielt, und das waren die einzigen Momente gewesen, in denen sie reden konnten. Während Charles die meiste Zeit von Clara, seiner verstorbenen Frau, gesprochen hatte, hatte Evangeline ihm bei jenen Gelegenheiten ihre Träume, Hoffnungen und Ängste anvertraut. Sie setzte sich, entzückt über die Einladung, und wählte die schwarzen Figuren für sich aus.

Das Spiel endete mit einem triumphalen Sieg für Jacob, in viel zu kurzer Zeit. Evangeline gab ihren Stuhl auf und trat hinter Scully, um die nächste Partie zu verfolgen, und ertappte sich gerade noch dabei, daß sie im Begriff war, ihm wie eine Ehefrau die Hände auf die Schultern zu legen.

Sie sah an Jacobs Blick, daß ihm die Geste nicht entgangen war, aber wie schon zuvor war in seinen Augen nicht der geringste Vorwurf zu erkennen. Nur ein gewisser Kummer. Oder war es Mitleid?

Evangeline kehrte wieder an die Arbeit mit den Schneehühnern zurück, rupfte sie und schnitt sie in mundgerechte Stücke. Es waren im Gegensatz zu Hühnern sehr magere kleine Tiere, mit nur wenig Fleisch an ihren Knochen, so daß man einige von ihnen brauchte, um ein anständiges Essen zuzubereiten.

»Kommen Sie, Evangeline, und versuchen Sie es noch einmal«, sagte Scully lächelnd. »Ich bin geschlagen.«

»Schachmatt«, bestätigte Jacob mit einem Anflug eines Lächelns.

Evangeline zögerte nur kurz, dann wusch sie ihre Hände, trocknete sie an ihrer Schürze ab und übernahm Scullys Platz. Irgendwann erwachte Abigail, kam verschlafen und in ihre große Daunendecke eingewickelt zum Tisch hinüber und bat darum, daß jemand sie das Schachspielen lehren möge. Jacob verlor schließlich und stand auf, so daß Scully seinen Platz einnehmen konnte.

Er setzte sich, hob Abigail auf seinen Schoß und zeigte ihr geduldig, wie die Figuren aufgebaut wurden, wann sie die ›Männer‹ eines anderen Spielers überspringen durfte und wann nicht, und ließ sie dann gegen Evangeline antreten. Und wie bei ihr nicht anders zu erwarten war, gewann Abigail sofort ihr allererstes Spiel.

Das Turnier ging den ganzen Nachmittag weiter und wurde gleich nach dem Abendessen wieder aufgenommen, sobald die Männer aus der Scheune zurückgekehrt waren, wo sie die Pferde und Jacobs Maulesel gefüttert und die Kuh gemolken hatten. Evangeline schöpfte die Sahne von der Milch und gab etwas davon Hortense auf einem kleinen Tellerchen.

»Ich habe Jacob schon fast dazu überredet, hier drinnen zu übernachten«, sagte Scully, als er fröstelnd seine Jacke auszog. »Großer Gott, es ist aber auch wirklich kalt genug dort draußen, um …« Er brach ab und schaute Abigail an, die wie immer aufmerksam die Ohren spitzte. »Es ist eiskalt dort draußen, das ist alles«, schloß er lahm.

»Na ja, vielleicht könnte ich meine Decke ja auf dem Boden vor dem Kamin ausbreiten«, räumte Jacob widerstrebend ein. Als niemand etwas darauf erwiderte, fuhr er fort: »Ich werde natürlich gleich nach Tagesanbruch aufbrechen. June-bug erwartet mich bestimmt schon, und Trey wird auch heimreiten wollen, sobald die Postkutsche erschienen ist.«

Scully war den Blicken der anderen bis dahin ausgewichen. Jetzt war für alle offensichtlich, daß dieser Trey ihn interessierte, und das wiederum machte auch Evangeline neugierig. »Erwartet er jemanden mit der nächsten Kutsche?« fragte Scully.

Jacob dachte lange über seine Frage nach, bevor er etwas sagte, und Evangeline fragte sich, ob diese Angewohnheit seine Frau nicht oft zum Wahnsinn treiben mochte. »Ich glaube, er wartet auf seine Tochter, die mit der Kutsche kommen soll«, sagte er schließlich.

Scully, der am Kamin lehnte, schaute sich verwundert um. »Er hat eine Tochter? Dieser Ganove?«

Jacob lächelte. »Er ist kein schlechter Kerl, Scully. Außerdem können selbst Ganoven Kinder haben. Sie ist ein zierliches kleines Ding, kaum größer als unsere Abigail hier. Sie soll etwa acht Jahre alt sein, hörte ich. Trey hatte sie fortgeschickt zu einer unverheirateten Tante irgendwo in der Nähe von Choteau, nachdem seine Frau gestorben war, aber da jetzt auch die Tante tot ist, muß er sie wohl wieder zu sich nehmen.«

Evangeline wurde von tiefem Mitgefühl für dieses Kind erfaßt, obwohl sie sich kein voreiliges Urteil über Trey erlaubte. Aber Scully schien ihn nicht zu mögen, und sie fragte sich, warum. Scully hatte sich bisher als toleranter, verständnisvoller Mann erwiesen, der dazu neigte, eher das Gute als das Schlechte in seinen Mitmenschen zu sehen.

»Wie heißt sie?« fragte Abigail gespannt. »Werde ich sie kennenlernen?«

»Ich weiß gar nicht, wie sie sie nennen«, gab Jacob zu. »Ich erinnere mich nicht, ihren Namen je gehört zu haben.

Aber ich werde es herausfinden, damit ich es dir sagen kann, wenn wir uns wiedersehen.«

Abigails Augen leuchteten auf bei dem Gedanken, vielleicht schon bald eine Freundin in der Nähe zu haben. »Ich glaube, ich werde sie Elisabeth nennen, wenn ich an sie denke«, vertraute das kleine Mädchen ihnen lächelnd an. »Bis ich ihren richtigen Namen weiß, natürlich nur. Dann brauche ich nicht zu sagen, ›die kleine Hargreaves‹, wenn ich mit Mama, Scully oder Hortense über sie spreche.«

»Das ist eine gute Idee«, lobte Jacob. »Und ein feiner Name.«

»Er ist fast so schön wie Hortense«, stimmte Abigail ihm zu.

Es war spät, als sie die Lampen löschten und schlafen gingen, Scully in dem eisig kalten Anbau, Abigail und Evangeline in ihrem Bett und Jacob auf seine Wolldecke vor dem Kamin.

Als Evangeline am nächsten Morgen erwachte, war Jacob schon aufgebrochen, was sie sehr bedauerte. Sie hätte sich gern von ihm verabschiedet und ihm Grüße an June-bug mitgegeben. Diesmal hatte kein Austausch von Briefen stattgefunden, aber das kümmerte Evangeline nicht sehr, denn die Freude über Jacobs unerwarteten Besuch würde noch eine Weile anhalten. Und in einem knappen Monat schon war Weihnachten, das Fest, auf das sich alle freuten.

Sie beschäftigte sich mit ihren Haus- und Näharbeiten, kochte und putzte, unterrichtete ihre Tochter und begann, weiter und weiter die nähere Umgebung zu erforschen, wenn das Wetter es gestattete. Sie hatte inzwischen keine Bedenken mehr, die Quelle aufzusuchen, wenn sie Wasser brauchte, obwohl Scully sie häufig warnte, vorsichtig zu sein, falls sie einem Wolf oder einem Fremden auf dem Weg begegnen sollte.

Sie summte vor sich hin an jenem Tag Ende November, als sie mit Abigail zur Quelle ging. Wo sie entsprang, hatte sich ein natürlicher kleiner Teich gebildet, der jetzt vollkommen zugefroren war, oder zumindest sah es so aus. Abigail ging sofort darauf zu, aber Evangeline hielt sie an der Kapuze ihres Capes zurück.

»Wage es ja nicht, auf das Eis zu treten, junge Dame«, schalt sie. »Du kannst nicht wissen, ob es dein Gewicht trägt. Stell dir vor, es würde brechen! Dann würdest du in dieses eisige Wasser fallen und vielleicht sogar ertrinken.«

»Du machst dir zu viele Sorgen, Mama.«

»Das mag schon sein, aber ich will trotzdem, daß du an meiner Seite bist, oder ich lasse dich das nächste Mal zu Hause.«

Abigail sah ein bißchen verärgert aus, aber das verging schnell wieder. »Glaubst du, Elisabeth wird uns besuchen kommen?«

Evangeline war zum Rand des kleinen Teichs gegangen, wo sie mit dem Absatz ihres Stiefels das dünne Eis zerbrach, bevor sie sich bückte, um die beiden Wassereimer zu füllen, die sie mitgebracht hatte. Die Eimer waren schwer, aber da sie bereits Schwielen an den Händen und den Innenseiten ihrer Finger hatte, scheuerten die Henkel wenigstens nicht mehr ihre Haut auf.

Es dauerte eine Weile, bis sie sich entsann, wer Elisabeth war. ›Elisabeth‹ war Abigails Name für Trey Hargreaves' kleines Mädchen. Ihre Tochter sprach fast jeden Tag von ihr, beinahe so, als ob sie sich bereits kennen würden. *Glaubst du, Elisabeth weiß, wie man Puppen aus Papier herstellt? Elisabeth wird Hortense bestimmt sehr mögen, nicht? Vielleicht reitet Elisabeth auch gern, wie ich?*

Evangeline lächelte, als sie sich, die beiden bis zum Rand gefüllten Eimer in der Hand, zu Abigail umwandte.

Sie wollte gerade antworten, daß sie ›Elisabeth‹ sicher irgendwann begegnen würden, aber die Worte stockten in ihrer Kehle, und sie und Abigail blieben wie vom Blitz getroffen stehen. Die Eimer entglitten ihren Händen und fielen scheppernd auf den Boden.

Der schwarze Wolf stand höchstens ein Dutzend Meter von ihnen entfernt und beobachtete sie hechelnd. Es gab keine Möglichkeit, ihm zu entkommen, falls er angriff; mit wenigen Sätzen würde er bei ihnen sein.

Evangeline war sogar zu erschrocken, um zu beten.

»Er sieht hungrig aus, Mama«, wisperte Abigail. Die tapfere, wunderbare Abigail. »Ich kann seine Rippen sehen.«

In einer stummen Aufforderung, zu schweigen, drückte Evangeline die Hand ihrer Tochter. Der Wolf mußte es jedoch gesehen haben, denn er jaulte kurz und begann sie dann drohend anzuknurren. Das Fell des Tiers sträubte sich um seinen großen Kopf, und seine gelben Augen fixierten sie.

Sie hatte keine Waffe mitgenommen, und es hätte nicht viel genützt, Scully zu rufen; er war weit entfernt und folgte den Spuren einer Herde wilder Mustangs, die er entdeckt hatte, als er vor einigen Tagen auf Jagd gewesen war. Sie waren allein, unbewaffnet und in tödlicher Gefahr.

Der Wolf bleckte die Zähne und knurrte noch bedrohlicher.

»Hör mir zu«, wisperte Evangeline, fast ohne ihre Lippen zu bewegen. »Ich werde versuchen, ihn dazu zu bringen, daß er mir folgt. Und dann läufst du, so schnell du kannst, zur Hütte. Egal, was auch passiert, du darfst nicht stehenbleiben und dich auch nicht umsehen.«

»Nein, Mama«, widersprach Abigail. »Ich lasse dich nicht hier allein. Er wird dich fressen.«

»Wenn du nicht tust, was ich dir sage, wird er auch dich auffressen. Bitte, Abigail. Das ist nicht der richtige Moment für deinen Eigensinn.«

Abigail trat einen Schritt auf den Wolf zu, bevor Evangeline sie daran hindern konnte, und obwohl sie noch immer die Hand des Kindes hielt, wagte sie nicht, es zurückzuziehen, weil jede abrupte Bewegung ihre prekäre Lage noch verschlimmern konnte. Mit angehaltenem Atem wartete sie ab. Der Wolf knurrte wieder und duckte sich ein wenig. Für Evangeline sah es so aus, als machte er sich bereit, sie anzugreifen.

»Du gehst jetzt weg und läßt meine Mama und mich in Ruhe«, informierte Abigail ihn streng. »Wir wissen, daß du hungrig bist, aber das ist kein Grund, sich so schlecht zu benehmen!«

In jeder anderen Situation hätte Evangeline laut gelacht über die Verwegenheit ihrer Tochter. Aber jetzt war sie so verängstigt, daß sie nicht einmal zu atmen wagte. Ihr war schwindlig; der Himmel schien sich zu bewegen und sich langsam zu drehen.

»Geh jetzt!« schrie Abigail den Wolf an. »Verschwinde hier!«

Eine Träne rann über Evangelines Wange. »Sei still«, gelang es ihr zu flüstern. »Sei *um Himmels willen* still.«

Einen Moment lang sah es so aus, als ob der Wolf tatsächlich Abigails Befehl gehorchen, sich abwenden und beschämt im Wald verschwinden wolle. Doch dann setzte er ganz urplötzlich zum Sprung an und schoß durch die Luft, als ob er fliegen könne. Evangeline hörte ein zischendes Geräusch, und das Tier stürzte mitten in seinem langen, anmutigen Sprung und landete blutüberströmt im weißen Schnee.

Sie waren gerettet, sie und ihre Abigail, aber es war nicht Scully, der ihnen zu Hilfe gekommen war. Aus dem struppigen Fell des Tieres ragte ein langer, schmaler Pfeil auf, dessen Ende mit schmutzigen Federn besetzt war.

Evangeline zog ihre Tochter in die Arme und drückte sie verzweifelt an sich; sie war noch immer so verängstigt, daß sie zu keinem vernünftigen Gedanken fähig war. Abigail zappelte und wehrte sich.

»Sieh mal, Mama«, sagte sie und deutete auf den Waldrand. »Es ist der Indianer.«

»I-Indianer?« echote Evangeline verständnislos, während sie noch immer den erlegten Wolf anstarrte, den Pfeil, der in ihm steckte, und die dunkelroten Rinnsale, die über das glanzlose schwarze Fell des Tieres liefen. Bilder von gefallenen Soldaten in blutdurchtränkten Uniformen erstanden wieder vor ihr auf und vermischten sich mit Erinnerungen an Scully, wie er blutend auf seinem Pferd gesessen hatte … Aber dann spürte sie den feuchten Schnee an ihren Knien, und die Kälte belebte sie wieder ein wenig. »Indianer?«

Abigail deutete noch immer auf den Wald. Evangeline schaute in die Richtung, in die sie zeigte, und sah den einzelnen Indianer, der zweifellos ein Krieger war, auf dem Hügel zu ihrer Linken, halb hinter einem Baum verborgen. Er saß auf einem gefleckten Pferd jetzt, obwohl er das letzte Mal, als sie ihn gesehen hatte, zu Fuß gekommen war, um um Nahrung zu bitten. Er war derselbe Mann, der sie damals so furchtbar erschreckt hatte, als er in der Scheunentür erschienen war, während sie die Kuh dort melkte.

Als er sah, daß Evangeline zu ihm hinüberschaute, hob er in einer Art stummem Gruß mit einer Hand den Bogen, wendete sein Pferd und ritt davon, noch tiefer in den Wald hinein.

»Bei Jupiter und Zeus!« rief Abigail entzückt. »Er war *phantastisch!*«

Evangeline richtete sich zitternd auf, den Blick nun wieder auf den toten Wolf gerichtet, nachdem ihr galanter Retter in der Not verschwunden war. »Komm«, sagte sie und versuchte, ihre Tochter mitzuziehen. »Wir gehen nach Hause.«

»Und die Eimer, Mama? Das Wasser ist verschüttet.«

Es gab Momente, in denen Abigails praktische Veranlagung nicht gerade ihre beste Eigenschaft zu sein schien. Aber sie hatte natürlich recht. Sie konnten die Eimer nicht zurücklassen – sie hatten keine anderen, außer dem Metalleimer, der für die Milch benutzt wurde. Und das Wasserreservoir im Herd war leer, genau wie der kleine Kessel, der das Trinkwasser enthielt.

Mit zitternden Knien und gegen ihre Übelkeit ankämpfend, drehte Evangeline sich um und hob die Eimer auf, um sie wieder aufzufüllen. Als das geschehen war, machten sie und Abigail sich auf den Heimweg, zurück zu ihrem warmen und relativ sicheren Haus. Sie schlugen einen großen Bogen um den toten Wolf, als sie an ihm vorbeikamen.

10

Scully wußte sofort, daß etwas geschehen war, als er Evangeline langsam auf die Hütte zukommen sah, in jeder Hand einen der schweren Wassereimer. Abigail ging neben ihr. Vielleicht lag es an der Art, wie sie den Kopf hielt, oder wie sie die Schultern hängenließ, als wäre sie zu Tode erschöpft und innerlich zerbrochen und hielte sich nur noch mit allerletzter Kraft aufrecht. Ihr Rock war vorn total durchnäßt, obwohl das nicht unbedingt etwas zu bedeuten haben mußte. Es kam oft genug vor, daß man das Gleichgewicht verlor, wenn man sich an der Quelle vorbeugte, um einen Eimer einzutauchen.

Scully schwang sich vom Rücken des Pferdes, vielleicht ein Dutzend Meter von ihr und Abigail entfernt, und ließ die Zügel baumeln, weil er es so eilig hatte, sie zu erreichen. »Was ist geschehen?« fragte er, während er ihr rasch die Eimer abnahm.

Ihr Kinn war jetzt trotzig vorgeschoben, aber es zitterte so heftig, daß sie fast nicht sprechen konnte. »O Scully ...«, begann sie und verstummte dann wieder, weil sie offenbar befürchtete, in Tränen auszubrechen, wenn sie weitersprach.

»Wir sind beinahe von einem Wolf gefressen worden«, berichtete Abigail vergnügt. »Ein Indianer hat ihn mit einem Pfeil getötet.« Sie runzelte die Stirn. »Du glaubst doch nicht, daß es *derselbe* war, der auf dich geschossen hat, Scully?«

Er spürte, wie sich ihm vor Schreck der Magen umdrehte. »Mein Gott«, murmelte er betroffen.

In der Hütte schloß er die Tür und stellte rasch die Eimer ab. Abigail machte sich auf die Suche nach Hortense und dem Holzpferd, das Jacob ihr geschenkt hatte, um ihren beiden Spielkameraden ihre aufregende Geschichte zu erzählen.

Scully nahm Evangelines Hand und zog sie in den Anbau, wo er rasch die Hände um ihre Schultern legte. Sie war leichenblaß und offenbar nicht weit davon entfernt, das Bewußtsein zu verlieren. »Eve«, sagte er leise. Und dann, wider jegliche Vernunft, zog er sie in seine Arme. Er konnte gar nicht anders, wenn er sich vorstellte, wie sie diesem Wolf gegenübergestanden hatte, vor Angst halb außer sich und verzweifelt bemüht, ihr Kind zu retten. »Eve.«

Sie hielt sich an ihm fest, drückte das Gesicht an seine Schulter und spürte, wie sie sich beruhigte. O Gott, wie gut das tat!

Er legte den Kopf zurück, um ihr in die Augen sehen zu können. »Du kannst ruhig weinen«, sagte er rauh. »Es gibt kein Gesetz, das er verbietet.«

Sie schniefte und versuchte auch jetzt noch, sich zusammenzunehmen. Er liebte sie – *liebte* sie – sowohl für den Versuch wie für ihr Unvermögen. »Ich hatte solche Angst«, wisperte sie und hielt sich nach wie vor mit beiden Händen an seiner Jacke fest. »O Scully, ich war ganz sicher, daß wir sterben würden …«

»Es ist vorbei«, beruhigte er sie sanft. Er hätte sie jetzt freigeben sollen, ihr, Big John und auch sich selbst zuliebe, aber er konnte es nicht. Er konnte es einfach nicht.

Langsam schüttelte sie den Kopf, und ihre Augen glitzerten von den Tränen, die sie so tapfer unterdrückte. »Es ist noch nicht vorbei«, hielt sie dagegen. »So wird es immer sein. Mein ganzes Leben lang. Wölfe. Indianer. Ständig in Angst zu leben …«

»Nein«, fiel Scully ihr ins Wort. »Es gibt auch positive Dinge hier, Eve. Denk an den Ausblick von der Weide auf dem Hügel. Denk an den frischgefallenen Schnee, der in der Sonne glitzert, und daran, wie die Luft manchmal zu flimmern scheint, weil sie so sauber ist, und wie man tagelang durch die Gegend reisen kann, ohne einer anderen Menschenseele zu begegnen.«

Sie war wunderschön, sogar mit ihrer roten Nasenspitze und den geschwollenen Augen; viel schöner noch als all das, was Scully ihr gerade erst beschrieben hatte. Aber sie schüttelte erneut den Kopf. »Nein, Scully. Das sind Dinge, die *dich* glücklich machen. Ich muß mich sicher fühlen können. Ich muß manchmal andere Menschen sehen und an belebteren Plätzen sein. Ich brauche …« Sie brach ab und schaute ihn auf eine Weise an, die ihm alle Kraft aus seinen Knien raubte und ihn praktisch jedes Prinzip vergessen ließ, das er bis dahin je beachtet hatte. »Halt mich ganz fest in deinen Armen, Scully. Es ist mir egal, ob es richtig oder falsch ist; halt mich nur fest.«

Er nahm an, daß es ihre Verwundbarkeit war, die ihn dazu trieb, zu tun, was er dann tat, oder vielleicht auch seine eigene. Er beugte sich zu ihr vor und küßte sie, ganz sachte anfangs nur und so natürlich wie das Atmen selbst, und dann mit der ganzen Leidenschaft eines Mannes, der viel zu lange allein gewesen war.

Er erwartete und befürchtete schon halb, daß sie ihn zurückstoßen und sich wehren würde, aber sie tat es nicht. Ihre Arme schlossen sich noch fester um seinen Rücken, und als er sanft mit der Zunge über ihre Lippen strich, öffneten sie sich unter seinen. Scully war erschüttert von dem Kuß; ihm war, als habe er die Schwelle des Paradieses überschritten, um dann zu hören, daß er dort nichts zu suchen hatte. *Sie ist Big Johns Braut, und Big John ist der beste Freund, den ich je hatte.*

Und da schob er sie zurück. Er hielt sie noch immer an den Schultern, und beide atmeten schwer. Scully hätte vielleicht seine eigene Seele geopfert, so heftig begehrte er sie, aber er konnte und wollte nicht das Vertrauen seines Freundes opfern. »Es tut mir leid«, sagte er. »Das hätte ich nicht tun sollen.«

Sie schien gekränkt, und die tiefe Röte auf ihren Wangen hätte sowohl Leidenschaft wie auch Empörung sein können; Scully war noch nicht geistesgegenwärtig genug, um das Rätsel zu ergründen. »Sprich nicht mehr davon, Scully«, wisperte sie. »Sag am besten *gar nichts.*« Und damit strich sie ihre Röcke glatt und hob die Hände, um den Sitz ihres aufgesteckten Haars zu überprüfen, was ihre wohlgeformten Brüste noch auffallender zur Geltung brachte. »Wir werden einfach so tun, als ob nichts geschehen wäre.«

Scully wandte schmerzgequält den Blick ab und war froh, daß er noch immer seine Jacke trug. Denn ohne diese Jacke hätte sie das ganze Ausmaß seiner Leidenschaft für sie gesehen. Aber vielleicht wußte sie ja ohnehin schon, wie sehr er sie begehrte.

»Ich werde den Hengst in die Scheune bringen«, sagte er, ohne sich vom Fleck zu rühren.

»Und ich sollte mich jetzt um das Abendessen kümmern«, erwiderte sie, aber auch sie blieb reglos stehen, und als er es wagte, sie noch einmal anzusehen, erwiderte sie den Blick. »Was sollen wir jetzt tun, Scully?« fragte sie mit leiser Stimme.

»Nichts«, erwiderte er nach einem tiefen Seufzer.

»Aber ...«

Er ließ sie nicht aussprechen, weil er nicht das Risiko eingehen wollte, etwas zu hören, was ihn möglicherweise wieder umstimmen würde. »Ich werde hierbleiben, bis Big John zurückkommt. Dann lasse ich mir meinen Anteil an der Ranch auszahlen und verschwinde aus der Gegend.«

Evangeline errötete und schob das Kinn vor. Ihre braunen Augen funkelten vor Ärger und Entschlossenheit. »Und ich werde Mr. Keating heiraten«, entgegnete sie ein wenig bitter. »Ich werde für ihn kochen, für ihn waschen und ihm so viele Kinder gebären, wie ich kann.«

Scully ertrug es nicht, diese Dinge zu hören, so simpel und alltäglich sie auch waren. Dinge, die von einer Siedlerfrau erwartet wurden. Wortlos wandte er sich ab und verließ den Anbau, durchquerte das Haus mit großen Schritten und zog hart die Eingangstür hinter sich zu.

Evangeline wischte sich mit beiden Händen ihre Wangen ab, als sie den kleinen Nebenraum mit dem schräg abfallenden Dach verließ, nur wenige Minuten, nachdem Scully fortgegangen war. *Zum Teufel mit ihm,* dachte sie, *mit ihm und all diesen Gefühlen, die er in mir weckt. Und seinen Küssen.*

Abigail hockte auf dem Teppich vor dem Kamin und beschäftigte sich mit Scullys Schachfiguren. Hortense saß auf der anderen Seite des Bretts und starrte die roten und schwarzen Figuren an, als dächte sie über ihren nächsten Zug nach. »Ist Scully uns jetzt böse?« fragte Abigail.

Evangeline hielt inne, um ihre Tochter anzuschauen, und obwohl es sie große Überwindung kostete, gelang es ihr, ein schwaches Lächeln aufzusetzen. »Nein, Liebes«, sagte sie und schniefte. »Das ist er nicht.«

Abigail sprang auf und lief zu ihrer Mutter, schlang die

Arme um ihre Taille und barg ihr Gesicht an ihrer Hüfte. Erst als Evangeline das Erschauern spürte, das durch Abigails zierlichen Körper ging, begriff sie, daß die Kleine weinte.

Rasch setzte sie sich auf einen der altersschwachen Stühle am Tisch und zog Abigail auf ihren Schoß. »Schscht, mein Liebling«, sagte sie beruhigend. »Du brauchst keine Angst mehr vor dem Wolf zu haben ...«

Abigail hob ihr tränenüberströmtes Gesicht und schaute ihre Mutter an. »Ich will nicht, daß Big John zurückkommt!« rief sie mit erstickter Stimme. »Denn dann geht Scully fort, und wir werden ihn nie wiedersehen!«

Evangeline wiegte ihre Tochter zärtlich auf dem Schoß, wie sie es früher immer getan hatte, wenn Abigail aus einem bösen Traum erwacht war. Diesmal konnte sie ihr jedoch nicht sagen, es werde alles wieder gut, selbst wenn es vermutlich sogar stimmte. Sie wäre erstickt an ihren Worten, weil nach Scullys Fortgehen *nichts* mehr gut sein würde, weder für sie selbst noch für Abigail. Er würde ein großes Loch in ihrem Leben hinterlassen, das war nicht zu bestreiten. Es war an der Zeit, sich mit der harten Wahrheit abzufinden. »Ich fürchte, das ist es, was geschehen wird«, sagte sie. »Ich werde Scully auch vermissen. Sehr sogar. Aber es ist richtig, daß er fortgeht. Du wirst dies alles sehr viel besser verstehen, wenn du erwachsen bist.«

»Das sagst du immer«, warf Abigail ihr vor und versteifte sich ein wenig. Sie war ein drahtiges kleines Ding, stark, flink und behende wie ein Otter. Evangeline würde ewig dankbar sein für diese Eigenschaften, selbst wenn sie mit einem Eigensinn gepaart waren, der sich vermutlich als Abigails größtes Mißgeschick erweisen würde. »Du sagst mir immer, daß ich die Dinge erst verstehen werde, wenn ich erwachsen bin. Aber das werde ich *nie* verstehen. *Niemals.«* *Sie spricht, als ob sie sich in dieser Angelegenheit bereits entschieden hätte,* dachte Evangeline bekümmert, und vermutlich hatte sie das auch. »Scully hat dich geküßt, Mama. Ich habe es gesehen!«

Es war nur ein kleines Haus; es hätte Evangeline nicht überraschen dürfen. Aber das tat es, und sie genierte sich. Angenommen, Abigail erzählte Big John von diesem Kuß, wenn er im Frühjahr heimkehrte? Oder sie erwähnte jene Nacht, in der Scully ihr Bett geteilt hatte, weil der Hausierer zu Besuch gewesen war?

»Abigail«, sagte sie mit fester Stimme. »Hör mir zu. Scully und ich wollten nicht, daß das geschah. Ich hatte furchtbare Angst, nachdem wir den Wolf gesehen hatten, und Scully versuchte, mich zu trösten. Der Kuß war ein ... ein Unfall.«

»Wie kann ein Kuß ein Unfall sein?« versetzte Abigail. Ihre Arme waren noch immer vor der Brust verschränkt, aber etwas von ihrem Ärger begann allmählich zu verblassen.

»Das kommt vor zwischen Erwachsenen.«

»Wie wenn man hinfällt und sich das Knie aufschlägt? Oder sich am Herd verbrennt?«

Evangeline lächelte. »Ja«, sagte sie. »Es ließe sich damit vergleichen.«

»Aber du hast Papa nie so geküßt ... oder Mott. Oder Mr. Murdoch oder Jacob.«

»Abigail, das ist genug.« Sie hob ihre Tochter von ihrem Schoß und stellte sie auf die Beine. »Laß uns jetzt das Abendessen zubereiten, ja? Danach können wir ein bißchen nähen, wenn du willst.«

Abigail verzog das Gesicht. »Ich mag das Nähen nicht. Es ist langweilig, die ganze Zeit still dazusitzen.«

»Beim Lesen mußt du auch stillsitzen«, hielt Evangeline ihr vor. »Und das tust du doch sehr gern.«

»Lesen ist etwas anderes. Da brauchen die *Gedanken* wenigstens nicht stillzusitzen, sondern können herumschweifen, soviel sie wollen.«

Evangeline gab es auf. Es war schwierig, wenn nicht gar unmöglich, eine Diskussion mit Abigail zu gewinnen. Sie hatte auf alles eine Antwort – und im allgemeinen sogar eine gute. »Na schön«, sagte sie. »Dann möchtest du deine Gedanken vielleicht lieber auf eine kleine Reise durch deine Lektionen schicken. Du hast gestern zwei verpaßt.«

Beim Abendessen, das sonst stets von einem lebhaften Gespräch begleitet wurde, sagte heute keiner etwas. Abigail warf Evangeline und Scully während der gesamten Mahlzeit immer wieder verstohlene Blicke zu, als versuchte sie, die Geheimnisse des Erwachsenseins zu ergründen. Sie wirkte jetzt nicht mehr aufsässig, sondern verwirrt, was Evangeline jedoch als mindestens ebenso beunruhigend empfand wie ihren vorangegangenen Eigensinn. Alles wäre natürlich sehr viel einfacher gewesen, wenn Abigails Gefühle nicht teilweise gerechtfertigt gewesen wären.

Scully verzehrte seine abendliche Mahlzeit aus gebratenem Kaninchen und gekochten Rüben schweigend, aber mit gewohntem Appetit, während Evangeline keinen Bissen herunterkriegen konnte. Sie gab es schließlich auf und verließ den Tisch, um das Geschirr zu spülen.

»Laß nur, ich mache das schon«, sagte Scully mit ungewöhnlich rauher, schroffer Stimme. Er scheint irgend etwas bei mir wiedergutmachen zu wollen, dachte Evangeline. Aber was? Die Begegnung mit dem Wolf? Den Kuß? Die Tatsache, daß er im April oder spätestens im Mai die Ranch verlassen würde, um nie wieder zurückzukehren?

Evangeline widersprach ihm nicht. Sie hatte heute hart

gearbeitet, wie immer eigentlich, und war bereit, sich bei ihrer Näharbeit ein wenig zu entspannen oder vielleicht sogar ins Bett zu gehen. Sie ahnte, daß sie heute abend Schwierigkeiten haben würde einzuschlafen und daß sie, falls es ihr dann doch gelingen sollte, wahrscheinlich von dem schwarzen Wolf träumen würde. Oder von Scully, wie er auf seinem Hengst die Ranch verließ, ohne sich auch nur ein einziges Mal noch nach ihr umzuschauen.

Ihre Kehle war wie zugeschnürt, als sie zustimmend nickte, ohne ihn anzusehen, und aufstand, um das Kleid zu holen, das sie für sich nähte. Es war grün, eine Farbe, von der sie hoffte, daß sie gut zu ihren Augen paßte, und im allgemeinen erfüllte es sie schon mit Freude, diesen feinen Stoff bloß in der Hand zu halten. Heute abend jedoch war es anders, was nicht weiter überraschend war. Ihre Stiche waren nicht so gleichmäßig wie sonst, vielleicht, weil ihre Hände noch immer zitterten, und nach einer Weile gab sie es auf, legte Stoff und Garn beiseite und sehnte sich plötzlich nach einem Bad.

Evangeline liebte heiße Bäder, aber sie waren schon unter den günstigsten Umständen sehr schwer zu bewerkstelligen, und meist begnügte sie sich daher mit einer Katzenwäsche in dem kleinen Anbau. In dieser Nacht jedoch, nach dem Wolf, dem Kuß und Scullys Ankündigung, im nächsten Frühjahr fortzugehen, hätte sie sich nichts Tröstlicheres vorstellen können, als tief in einer Wanne mit heißem Wasser zu versinken und die parfümierte Seife zu benutzen, die sie aus dem Osten mitgebracht hatte. Sie war ein Abschiedsgeschenk von Rachel, dieses kleine, ovale Stück Seife aus duftendem Lavendel und pflegendem Lanolin, und eine Rarität, die für ganz besondere Gelegenheiten aufgehoben werden mußte.

Irgendwann ging Abigail zu Bett, und Scully verschwand wortlos in seinem Anbau, mit einer Lampe in der einen Hand und einem Buch in der anderen. Evangeline wartete, bis sie eine gute Stunde später sein Licht ausgehen sah, bevor sie den großen Waschzuber aus der Speisekammer zum Kamin hinüberschleppte und ihn ganz dicht vor das Feuer schob. Ihn zu füllen erforderte eine weitere Stunde und das gesamte Wasser, das im Haus war, aber darüber machte sie sich keine Sorgen. Sie würde gleich morgen früh zur Quelle gehen, um mehr zu holen, obwohl sie diesmal Scullys Revolver mitnehmen und Abigail zu Hause lassen würde, in der Hütte, wo sie sicher war.

Das Wasser kühlte ein wenig ab, während Evangeline die Lampen löschte – sie ließ nur eine brennen und drehte den Docht sehr tief herunter –, aber als sie sich auszog und in die Wanne stieg, stellte sie fest, daß es noch immer ziemlich heiß war. Dankbar setzte sie sich hinein und lehnte sich seufzend zurück, als sie spürte, wie die Wärme ihre Muskeln entspannte und in jede einzelne ihrer Poren drang. Sie nahm sie wahr bis in die Knochen, diese Wärme, und hatte das Gefühl, daß sie sogar bis in ihre Seele vordrang, um ihr neue Kraft zu geben.

Sie nahm das kostbare Stück Seife und schäumte es mit den Händen ein, bis sie seinen würzigen Duft wahrnehmen konnte. Sie war sehr empfindlich für Gerüche, gute wie auch schlechte, und dieser hier entführte sie in eine anmutigere, sanftere Welt, in der immerwährender Friede herrschte und Träume sich verwirklichten – oder zumindest doch die meisten. Sie wusch sich am ganzen Körper mit der Seife und genoß den wunderbaren Duft.

Diese herrlich verträumte Stimmung verflog jedoch schlagartig, als Evangeline merkte, daß Scully in der Tür zu seinem Zimmer stand, ein Schatten nur, der bewegungslos am Rahmen lehnte.

Sie starrte ihn an und verschränkte rasch die Arme, um ihre Brüste zu bedecken, aber sie war nicht halb so schockiert, wie sie es eigentlich hätte sein müssen. Es war nichts Obszönes an der Art, wie er dastand, nichts Häßliches. Statt dessen schien er wie hypnotisiert zu sein, wie urplötzlich zu einer Salzsäule erstarrt zwischen zwei Schritten, so daß er sich weder vorwärts noch zurück bewegen konnte.

»Scully?« rief sie leise, um Abigail nicht zu wecken.

»Ich wollte nicht …«, begann er.

»Ich weiß«, antwortete sie leise.

»Ich dachte, du würdest schon schlafen. Ich war auf dem Weg hinaus.«

»Schon gut, Scully«, sagte sie. »Aber es wäre gut, wenn du mir jetzt den Rücken zukehren würdest, damit ich aus der Wanne steigen und mich anziehen kann.«

Er blieb noch einen weiteren, schier endlosen Moment lang reglos stehen und wandte sich dann ab. Evangeline konnte seine Silhouette sehen und erkennen, daß er am Türrahmen lehnte wie jemand, der Angst hatte, zu fallen.

Hastig trocknete Evangeline sich ab, zog ihr Nachthemd an und ihren Morgenrock darüber. »Du darfst dich jetzt wieder umdrehen«, sagte sie leise. Sie konnte ihn immer noch nicht klar erkennen, hegte aber nicht den kleinsten Zweifel, daß es umgekehrt ganz anders war. Immerhin hatte sie eine Lampe brennen lassen, wenn auch nur schwach, um nicht über irgend etwas zu stolpern, wenn sie durch den dunklen Raum zum Bett hinüberging. Das Feuer im Kamin war bis auf die Glut hinabgebrannt und gab nur noch wenig Licht ab, aber der gußeiserne Herd glühte rot vor Hitze und hielt die furchtbare Kälte in Schach, auch wenn er den Raum nicht wirklich heizte.

Scully verließ seinen Platz an der Tür und kam langsam zu ihr hinüber. Sie hatte ein Scheit in den Kamin geworfen, und rote und orangefarbene Funken sprühten von dem trockenen Holz auf, als es Feuer fing.

»Vielleicht sollte ich am besten gleich fortgehen«, sagte er mit gesenkter Stimme, um Abigail nicht aufzuwecken. »Auf der Stelle. Ich könnte dich und Abigail nach Springwater bringen. Dann könntet ihr den Winter über bei Jacob und Miss June-bug bleiben …«

»Warte einen Moment«, unterbrach Evangeline ihn ruhig. »So gern ich Freunde in der Nähe hätte, dies hier ist mein Zuhause. Und Abigails. Wir gehen nicht von hier fort, Scully, ob du hierbleibst oder nicht.« Sie wußte, daß ein Widerspruch zwischen dem, was sie jetzt sagte, und ihren Worten von zuvor bestand – daß sie sich sicher fühlen und ein Teil einer Gemeinde sein wolle –, aber das war nicht wirklich das gewesen, was sie fühlte. Es war nichts weiter als ihre Angst gewesen, die aus ihr gesprochen hatte.

Er zog einen der Stühle heran, drehte ihn um und setzte sich rittlings darauf, um dann die Arme vor der hohen Lehne zu verschränken. Im Feuerschein sah er wie ein nordischer Gott aus, wenn auch wie ein ziemlich störrischer. Mit einer Hand fuhr er sich durch das Haar. »Verdammt, Evangeline, wie kann man nur so stur sein«, warf er ihr vor. »Und dabei hast du mir doch heute morgen erst gesagt …«

»Und wenn schon«, unterbrach Evangeline und wünschte, er möge sie wieder »Eve« nennen, wie er es schon des öfteren getan hatte. Es gab ihr immer das Gefühl, als ob sie ein völlig neues Leben beginnen würden, nur sie beide – und Abigail natürlich. »Ich bleibe. Wer sollte sich um die Tiere kümmern, wenn wir alle einfach fortgingen?«

Scully seufzte. »Ich dachte, ich bringe sie nach Springwater, wenn ihr euch dort eingerichtet habt.«

»Nun, dann hast du falsch gedacht. Du kannst ruhig gehen – niemand wird dich aufhalten –, aber meine Tochter und ich bleiben hier.«

»Du weißt, daß ich euch nicht alleinlassen kann. Eve, warum machst du es mir so schwer?«

Ihr Wunsch hatte sich erfüllt, er hatte wieder »Eve« zu ihr gesagt, aber auch das war eigentlich kein großer Trost, wenn man es genau bedachte. »Ich will dir keine Schwierigkeiten machen, Scully. Wenn du fortgehen willst, dann sattle dein Pferd und verschwinde. Abigail und ich werden auch ohne dich zurechtkommen.«

Er schüttelte wehmütig den Kopf, und das Licht schimmerte in seinem hellen Haar. Von dem bitteren Schmerz in ihrem Herz vorübergehend abgelenkt, fragte Evangeline sich, ob seine Kinder wohl so blond wie er sein würden, falls er jemals welche zeugen sollte. Aber das würde er ganz sicher. Er war viel zu attraktiv, zu stark und gut, um es vermeiden zu können. Die Ehe war sein Schicksal, so wie sie ihres war. Zu schade, daß die anderen Beteiligten – Big John und irgendeine Frau an irgendeinem anderen Ort, die von ihrem Glück noch gar nichts wußte – die Falschen waren.

»Ich kann euch nicht hier alleinlassen ohne jemanden, der euch beschützt«, sagte er. »Das weißt du. Big John würde es mir nie verzeihen, wenn euch etwas zustieße. Verdammt, ich würde es mir ja selber nie verzeihen!«

»Du kannst uns nicht ständig beschützen, Scully«, gab Evangeline zurück. Warum bestärkte sie ihn in seinem Wunsch zu gehen? Sie wollte ihn nicht verlieren, niemals, selbst wenn von jetzt an jeder weitere Augenblick mit ihm die reinste Qual sein würde. »Bedenk doch nur, was heute morgen vorgefallen ist. Wir müssen das Risiko eingehen, wie jeder andere auch.«

Er stützte die Ellbogen auf den Tisch und barg den

Kopf in seinen Händen. »Ich habe mein Wort gegeben«, murmelte er mit erstickter Stimme. Nach einer Weile hob er den Kopf, um sie wieder anzusehen. »Wenn du nicht nach Springwater willst, kann ich nichts anderes tun, als hierzubleiben.«

Evangeline bemühte sich, die seltsame Mischung aus Erleichterung und Wehmut zu verbergen, die in diesem Augenblick von ihr Besitz ergriff. »Wir können es schaffen, Scully«, sagte sie schließlich. »Wir können diesen Winter überstehen. Wir brauchen nur Geduld zu haben.«

Er schwieg sehr lange. »Warum mußte das geschehen?« fragte er schließlich, und sein Ton verriet, daß die Frage ebenso sehr an ihn selbst gerichtet war wie an Evangeline. »Warum konntest du nicht eine dieser pockennarbigen Frauen mit schlechten Zähnen und einem Hintern wie ein Heuwagen sein?«

Evangeline schlug eine Hand vor den Mund, um ihr Kichern zu ersticken. »Ist es das, was du erwartet hattest? Oder besser noch – ist es das, was Big John erwartet?«

»Er weiß nicht, wie du aussiehst«, gestand ihr Scully. »Er hatte nur ein paar alte Briefe seines Cousins, der behauptete, du wärst sehr hübsch. Aber das kann natürlich Ansichtssache sein, und immerhin war Charles dein Ehemann. Big John hat lange darüber nachgedacht, bevor er beschloß, es zu riskieren. Falls du häßlich wärst, wollte er das Beste daraus machen. Für Big John ist eine Abmachung eine Abmachung.«

Diese letzte Bemerkung ließ beide wieder verstummen. Es war Evangeline, die zum guten Schluß das Schweigen brach. »Es ist spät«, sagte sie. »Wir sollten schlafen gehen.«

Scully nickte und stand auf. Er ging nach draußen, und Evangeline legte sich ins Bett zu Abigail, die quer über der Matratze lag, und wartete auf seine Rückkehr. Erst als sie ihn hereinkommen und die Tür verriegeln hörte, erlaubte sie sich einzuschlafen.

Als sie am nächsten Morgen die Augen aufschlug, war er schon fort; wahrscheinlich verfolgte er die Herde wilder Pferde wieder, wie er es so oft in diesen Tagen tat. Er verstand mit Pferden umzugehen und beabsichtigte, die eingefangenen Mustangs an Geschirre zu gewöhnen, um sie dann über Jacob an die Postkutschengesellschaft zu verkaufen. Wie es so charakteristisch war für Scully, hegte er keinen Zweifel daran, daß sein Vorhaben gelingen würde, und Evangeline wußte, daß seine Zuversicht berechtigt war. Er war in dieser Beziehung wie ihre Tochter; wenn er sich etwas vornahm, klappte es meistens auch.

Es war eine Eigenschaft, die Evangeline selbst auch sehr gern besessen hätte. Sie war intelligent – außergewöhnlich intelligent sogar –, aber sie mußte sich immer sehr viel Mühe mit den Dingen geben, bevor sie sie in den Griff bekam, und dabei häufig Fehlschläge einstecken. Sobald sie jedoch etwas richtig beherrschte, blieb es für ihr ganzes Leben haften, und sie konnte immer wieder auf diese Kenntnisse zurückgreifen.

Sie stand auf und merkte, daß der Boden schon ziemlich warm war von den Feuern, die sowohl im Kamin als auch im Ofen brannten. Es war auch heißes Wasser da, stellte sie fest, als sie das Reservoir öffnete. Scully hatte es schon aufgefüllt und noch zwei weitere Eimer Wasser hergebracht. Eine kurze Nachricht auf Abigails Schiefertafel besagte, daß er die Tiere schon versorgt habe und vor Sonnenuntergang zurückkehren werde.

Es war frischer Schnee gefallen in der Nacht, und es schneite nach wie vor, aber in der schon vorgeheizten Hütte war es warm und urgemütlich. Evangeline beschloß, das Mittagessen vorzubereiten, das Haus aufzuräumen und den Rest des Tages mit ihren Näharbeiten zu verbringen. Mit etwas Glück konnte sie heute die Arbeit an dem Hemd zum Abschluß bringen, das sie für Scully nähte, um ihn Weihnachten damit zu überraschen. Es war das mindeste, was sie tun konnte: dem Mann ein schlichtes Hemd zu nähen, nachdem er all diese wundervollen Stoffe für sie und Abigail gekauft hatte.

Evangeline war schon vollständig angezogen und steckte gerade ihr Haar auf, bevor ihr auffiel, daß Abigail bereits erwacht war und mit großen, fieberglänzenden Augen zu ihr hinüberstarrte.

»Ich fühle mich nicht gut, Mama«, sagte sie. Ihre Stimme klang rauh und heiser, und Evangeline war augenblicklich sehr beunruhigt, obwohl sie sich die größte Mühe gab, es nicht zu zeigen.

Sie legte die Finger auf Abigails Stirn und stellte fest, daß sie vor Fieber glühte. Ihre Gedanken rasten von all den Dingen, die passiert sein könnten – sie neigte nicht dazu, zu übertreiben, aber Kinderkrankheiten waren nichts, was man auf die leichte Schulter nehmen durfte. Wie viele Kinder hatte sie schon sterben sehen durch Scharlachfieber, Diphterie und Keuchhusten? Sie zwang sich zu einem Lächeln, das aber so zerbrechlich war wie eine dünne Tonmaske.

»Du hast ein bißchen Temperatur«, sagte sie ruhig, als wäre das nichts Ungewöhnliches. Abigail war stets gesund und ungemein vital gewesen. Evangeline betrachtete das nicht nur als Abigails, sondern auch als ihre eigene beste Eigenschaft. »Soll ich dir ein bißchen Brühe kochen?«

Abigail schüttelte den Kopf. »Das Schlucken tut mir weh.«

Evangeline setzte sich auf die Bettkante und widerstand dem zwingenden Bedürfnis, ihre Tochter auf die Arme zu nehmen und aus dem Haus zu stürzen, um einen Arzt für Abigail zu suchen. Aber sie wußte, daß das sinnlos war. *Nicht sie, lieber Gott,* flehte sie stumm. *Nicht meine kleine Abigail.* »Ich kann mir vorstellen, daß dir das Schlucken weh tut«, sagte sie äußerlich so ruhig wie möglich, obwohl sie innerlich der Panik nahe war. »Trotzdem mußt du etwas essen. Wie wäre es mit etwas heißem Honigwasser und –« hier senkte sie verschwörerisch die Stimme – »ein ganz klein wenig von Mr. Keatings Whiskey?«

Abigails Augen wurden groß. Selbst in ihrer Not war sie verblüfft über das Angebot. »Du würdest mir *Whiskey* geben?« staunte sie.

Evangeline bückte sich, um die Stirn ihrer Tochter zu küssen, und spürte wieder die alarmierende Hitze ihrer Haut. »Es bleibt unser Geheimnis«, wisperte sie und kämpfte mit den Tränen. Dies war noch viel, viel beängstigender, als die Begegnung mit dem Wolf oder anderen Gefahren der Wildnis jemals hätten sein können, aber sie wagte nicht, ihre Furcht zu zeigen. »Man kann Whiskey unter ganz besonderen Umständen auch als Medizin benutzen. Er wird dir helfen, einzuschlafen, und den Schmerz in deiner Brust lindern.«

Abigail blieb mißtrauisch. »Glaubst du, daß er mich böse machen wird, Mama?«

Das Kind hatte Motts Trinkerei also bemerkt. Obwohl er schon vor Charles' Tod zuviel getrunken hatte, war es danach noch sehr viel schlimmer mit ihm geworden. Sie hätte nicht überrascht sein dürfen, da sie schließlich wußte, daß Abigail nicht viel entging. »Nein, Liebling, ich verspreche dir, daß du niemals so wie Mott sein wirst. Nicht einmal, wenn du Whiskey trinkst.«

Abigail schien zu überlegen und nickte dann zustimmend. Evangeline hoffte und betete, daß die Kleine nicht erraten hatte, wie bedenklich ihre Erkrankung war, und ihren mütterlichen Versuch, eine tapfere Fassade aufzusetzen, nicht durchschaute.

Evangelines Hände zitterten, als sie Honig und ein paar Tropfen Whiskey in das heiße Wasser aus dem Reservoir gab. Dann nahm sie sich noch einen Moment Zeit, um sich zu sammeln, dort am Herd, bevor sie erneut ein Lächeln aufsetzte, das diesmal jedoch nicht mehr ganz so zerbrechlich wie das letzte war, und zu Abigail zurückkehrte.

Hortense lag schnurrend auf dem Bauch der Kleinen. Evangeline scheuchte die Katze behutsam fort und setzte sich wieder auf die Bettkante. Das Getränk war sehr heiß, so daß sie es für ein paar Minuten zum Abkühlen auf den kleinen Nachttisch stellte.

»Soll ich dir eine Geschichte vorlesen?« fragte sie. Es gab nicht viel, was sie für ihre Tochter tun konnte, falls dieses Fieber sich als ernst herausstellen sollte, aber sie würde wahrscheinlich den Verstand verlieren, wenn sie nicht wenigstens *etwas* tat.

Abigail schaute sie nur lustlos an; das Sprechen war ihr offenbar zu anstrengend.

Scully, flehte Evangeline im stillen. *Bitte, bitte, komm zurück!*

Vorsichtig richtete sie Abigail auf und stützte sie auf mehrere Kissen, als sie schwer atmete, und flößte ihr löffelweise die Mixtur aus Honig und Whiskey ein.

Irgendwann schlief Abigail ein, und Evangeline ging zur anderen Seite des Hauses, wo sie sich ans Fenster setzte, um hinauszustarren, und sich mit aller Macht dagegen wehrte, ihren Tränen freien Lauf zu lassen. Denn wenn sie weinte, hätte Abigail Bescheid gewußt. Irgendwie hätte sie es erraten und Angst bekommen. Nein, Weinen war ein Luxus, den Evangeline sich nicht erlauben konnte.

Sie kehrte zum Bett zurück, als sie ihre Emotionen wieder unter Kontrolle hatte, und streckte sich neben Abigail aus, nachdem sie voll angekleidet unter die Decke gekrochen war. Sie nahm das Kind in ihre Arme und zog es so fest an sich, als hinge nicht nur Abigails, sondern auch ihr eigenes Leben davon ab, daß sie die Kleine vor dem Tod bewahrte.

Es gibt nichts anderes mehr, was du jetzt noch tun kannst, als zu warten, zu beten und zu hoffen, dachte sie.

Trotz allem jedoch stieg Abigails Temperatur im Lauf des Tages stetig an. Bei Sonnenuntergang war sie schon so geschwächt, daß sie nicht mehr sprechen konnte, und ihre Augen waren glasig und halbgeschlossen, auch wenn sie wach war. Sie schien ihre Mutter nicht mehr zu erkennen.

Scully spürte, wie ihn Angst erfaßte, als er sie am Feuer sitzen sah. Die freudige Erregung, mit der er heimgekommen war, und sein Stolz über die beiden Wildpferde, die er eingefangen und hergetrieben hatte, verflog fast auf der Stelle. Evangeline wiegte das regungslose, in Decken eingehüllte Kind in ihren Armen, obwohl der Stuhl kein Schaukelstuhl war, und als sie Scully anschaute, sah er düstere Schatten in ihren schönen Augen.

Rasch durchquerte er den Raum, hockte sich neben sie und legte eine Hand auf Abigails Stirn. Sie glühte wie ein gut geheizter Ofen.

»Großer Gott«, hauchte er bestürzt.

Evangeline schaute ihn traurig an. »Sie stirbt«, wisperte sie. »Sie stirbt.«

11

»Nein«, sagte Scully, während er hastig seine Jacke auszog, die Handschuhe abstreifte und seinen Hut fortwarf. »*Nein*, Evangeline. Sie wird nicht sterben. Das lassen wir nicht zu.«

Evangeline senkte den Kopf und küßte die heiße, trockene Stirn ihrer Tochter, während sie verzweifelt in das Feuer starrte. Sie wiegte Abigail noch immer, wie eine Frau, die in einem Traum gefangen ist, und summte ein altes Lied, das Scully aus seiner Kindheit in Erinnerung verblieben war.

Panik ließ ihn zunächst keinen vernünftigen Gedanken fassen, und er mußte seine ganze Willenskraft zusammennehmen, um sich ein wenig zu beruhigen. Aus der Speisekammer holte er den Waschzuber, in dem Evangeline am Abend zuvor noch ein Bad genommen hatte, und ging rasch damit nach draußen. Dort hob er mit den bloßen Händen schweren, nassen Schnee auf und warf ihn in den Waschzuber.

Als er ihn zu etwa zwei Dritteln gefüllt hatte, hob er ihn auf, was einen stechenden Schmerz in seiner rechten Schulter auslöste, und kehrte wieder ins Haus zurück. Nachdem er die Wanne mitten auf den Tisch gesetzt hatte, nahm er Abigail aus den Armen ihrer Mutter, bevor sie wußte, was geschah, und wickelte den fieberheißen Körper des kleinen Mädchens aus der dicken Daunendecke.

Sie war so klein und zerbrechlich. Tränen brannten in

Scullys Augen, als er sie in die Wanne setzte und sie mit Schnee bedeckte, auf ihren Armen und Beinen, ihrer Brust und überall.

»Was machst du da?« rief Evangeline und begann entsetzt, an seinem Arm zu zerren.

Er hielt sie zurück, blockierte ihr den Zugang zu ihrer Tochter mit der Schulter und der Hüfte, was jedoch eine Taktik von sehr begrenzter Wirkung war. Eine Frau, vor allem *diese* Frau, von ihrem Kind zu trennen, hätte einen Tiger oder Übermensch erfordert, und falls Scully das bis dahin nicht gewußt hatte, sollte er es jetzt erfahren.

»Du bringst sie um!« schrie sie und stürzte sich kratzend, tretend und um sich schlagend auf ihn.

»Verdammt, Eve«, sagte Scully und versuchte, ihren Schlägen auszuweichen, so gut er konnte, während er den Schnee mit beiden Händen an Abigails fieberheißen Körper drückte. »Ich versuche nur, ihr Fieber zu senken!«

Evangeline hielt schlagartig inne und blieb dann reglos stehen. Es war unheimlich, und Scully wäre es beinahe lieber gewesen, wenn sie weiter auf ihn eingeschlagen hätte.

»Hol noch mehr Schnee«, forderte er sie mit heiserer Stimme auf. »Nimm beide Eimer mit hinaus und füll sie.« Sie zögerte und ging dann, um zu tun, was er befohlen hatte; er hörte die Eimer klappern und hob den Kopf, als die Tür sich öffnete und ein kalter Windzug durch die Hütte strich. Als er den Blick wieder auf Abigails Gesicht richtete, das trotz des Schnees noch immer stark gerötet war, schaute sie zu ihm auf.

»Ich bin ein Engel«, sagte sie, mit einer Stimme, die so zerbrechlich war wie Vogelknochen und sein Herz in zwei Stücke brach wie einen mürben Zweig. »Wenn ich meine Arme und Beine bewege, bin ich ein Engel.«

Scully lächelte sie an. »Ja«, sagte er und hoffte, daß sie jene Art von Engeln meinte, wie Kinder sie im frischen

Schnee nachmachten, und nicht etwa die richtigen. O Gott, bloß nicht die richtigen.

Evangeline kam mit zwei vollen Eimern Schnee zurück, und das war gut, weil die erste Ladung unter der Hitze von Abigails Körper bereits auftaute. Die Augen des Mädchens waren jetzt wieder geschlossen, und ihre Haut war noch immer stark gerötet, all seinen Bemühungen zum Trotz. Scully leerte die beiden Eimer über Abigail aus und deckte sie noch einmal damit zu, so wie Kinder einander am Strand im Sand eingraben.

»Sie wird erfrieren«, sagte Evangeline. Ihre Augen waren sogar noch größer als Abigails, und dunkle Schatten lagen unter ihnen. Ihre Wangen sahen so hager aus, als hielte sie schon seit Tagen Wache, statt seit Stunden erst, und Scully fragte sich – obwohl es wenig Zeit zum Überlegen gab –, wie er sie je verlassen sollte.

»Schließ die Tür«, antwortete er und wandte Abigail wieder seine Aufmerksamkeit zu, »oder wir werden *alle* erfrieren.« Er wollte nicht riskieren, das Kind länger als höchstens zehn Minuten auf diese Weise abzukühlen. Er war schließlich kein Arzt – die Schneetechnik war lediglich etwas, worüber er einmal in einem Buch gelesen hatte, aber sie erschien ihm sinnvoll. »Hol ihr ein frisches Nachthemd«, wies er Evangeline an, »und sorg dafür, daß genügend Decken auf dem Bett liegen.«

Evangeline gehorchte widerspruchslos, was in jeder anderen Situation ein Phänomen gewesen wäre, das einer Sternschnuppe am mittäglichen Himmel gleichkam.

Scully hob Abigail, die triefnaß und durchgefroren war bis in die Knochen, vorsichtig aus dem Waschzuber. Evangeline kam mit dem Nachthemd und einigen Handtüchern, zog ihre Tochter am Tisch schnell aus und rubbelte sie trocken, bevor sie ihr das Nachthemd anzog und sie zum Bett hinübertrug.

»Und was tun wir jetzt?« fragte sie, als sie vor dem Bett stand und besorgt auf Abigail hinabblickte.

»Scully trat hinter sie und legte die Hände auf ihre Schultern, um ihre steifen Nackenmuskeln zu massieren. »Abwarten«, sagte er.

Sie drehte sich um und schaute zu ihm auf, und in diesem Augenblick hätte er alles getan, alles auf der Welt, um ihr die Last der Krankheit ihrer Tochter abzunehmen, ihr und Abigail, und sie selbst zu tragen. Aber so, wie die Dinge standen, konnte er wenig anderes tun, als abzuwarten und mit Evangeline zu hoffen und zu beten.

Er holte einen der Stühle und stellte ihn neben das Bett. Als Evangeline das Ding bloß ansah, als wäre es aus dem Fußboden hervorgewachsen, drückte Scully sie sanft darauf. Dann holte er seine eigene Decke aus dem Anbau und legte sie um ihre Schultern, bevor er zum Herd hinüberging, um Kaffee aufzubrühen. Er wünschte, er wüßte, wie man Tee bereitete, denn das war es, was Miss June-bug immer wollte, wenn sie sich nicht ganz wohl fühlte – eine gute Tasse Tee, die sie auch immer zu beleben schien. Aber er hatte leider keinen Tee im Haus, und so mußte es eben Kaffee sein.

Er brühte ihn frisch auf, schüttete den alten fort, der noch vom Frühstück übrig war, und als er fertig war, füllte Scully einen Becher für Evangeline, in den er zusätzlich noch einen Löffel Sahne und einen großzügigen Schuß Whiskey gab. Als er den Becher durch das Zimmer trug und ihn neben Evangeline abstellte, auf den Deckel ihrer Reisetruhe, schaute sie mit trüben, hoffnungslosen Augen zu ihm auf, obwohl sie sich noch immer große Mühe gab, sich ihre Verzweiflung nicht anmerken zu lassen. Sie war sehr tapfer, tapfer wie jeder einzelne der Männer, an deren Seite er gekämpft hatte, nachdem die Unionstruppen in den Süden eingefallen waren und einen grausamen Krieg damit verursacht hatten.

»Sie hat jetzt schon wieder ein bißchen Farbe, nicht?« wisperte Evangeline.

Scully betrachtete das Kind prüfend. Ihre Lippen waren blau angelaufen, von der Kälte ihres Schneebads zweifellos, aber unter ihrer wachsbleichen Haut war bereits wieder die erste schwache Farbe zu erkennen. Sie sah aus wie eine Porzellanpuppe, wie sie dort lag, perfekt gestaltet, aber ohne Leben. Scully war ganz und gar nicht sicher, daß sie die Nacht überleben würde, obwohl er es um nichts auf der Welt vor Evangeline zugegeben hätte. »Vielleicht ein bißchen«, räumte er ein. Er konnte sich auch nicht dazu überwinden, sie zu belügen. »Trink deinen Kaffee, Eve. Du siehst todmüde aus.«

Sie nahm den Becher in beide Hände, Hände, die gerötet waren von harter Arbeit und vom Schnee, und Scully wurde von einer überwältigenden Zärtlichkeit für sie erfaßt, die noch viel intensiver war als alles andere, was er für diese Frau empfand, und noch sehr viel qualvoller. Er begehrte sie – nicht nur in seinem Bett, sondern vor allem auch in seinem Leben, als seine rechtmäßig angetraute Gattin und als Mutter seiner Kinder …

Aber er würde sie nie bekommen, und es wäre besser, wenn er sich damit abfinden würde, ein für allemal. Er konnte aber auch mit Big John reden, wenn er zurückkam, und ihm ganz offen sagen, er liebte Evangeline – und obwohl er es nie gewollt habe, sei es so weit gekommen, und das sei jetzt nicht mehr zu ändern, und was sie deswegen unternehmen sollten.

Big John würde es vielleicht verstehen, oder vielleicht auch nicht. Frauen waren ausgesprochen rar im Westen, und von guten wie Evangeline hörte man nur selten. Für manche Männer würde ein solches Geständnis die schlimmste Art von Verrat darstellen und somit auch ein Grund zum Töten sein.

Andererseits bestand auch noch die Chance, daß Evangeline seine Gefühle nicht erwiderte. Oh, sie hatte natürlich viel von sich preisgegeben, gestern vormittag in seinem Zimmer, als er sie geküßt hatte und sie sich auf die Zehenspitzen gestellt, ihre Arme um ihn geschlungen und den Kuß erwidert hatte. Aber Frauen waren launische Geschöpfe, mal sonnig und mal stürmisch, je nachdem, wie ihre höchst persönliche innere Wetterlage gerade war. Es war gerade dieses geheimnisvolle Anderssein, was sie so entnervend und so wundervoll machte.

Scully schaute aus dem Fenster über dem Bett, in dem Abigail schlief, und sah, daß die Abenddämmerung schon dunkle Schatten auf den Schnee warf. Er konnte die Kuh in der Scheune muhen hören. »Ich muß Bessie melken«, sagte er und war froh über die Ablenkung. Sein ganzes Leben lang hatte seine Liebe zu seiner Arbeit ihm in schwierigen Situationen Kraft gegeben. Ob es nun schwere Arbeit oder leichte Arbeit war – sie alle halfen ihm, seine Gedanken zu sammeln und ihnen eine klare Richtung zu verleihen.

Evangeline nickte nur, ohne den Blick von ihrer Tochter abzuwenden. Eine helle Strähne fiel ihr in den Nacken, und Scully hätte sie dort gern geküßt, was er aber natürlich gar nicht erst versuchte. Daß Evangeline sich ihrer Schönheit gar nicht bewußt war, war eine dieser Eigenschaften, die sie so schön machten, so paradox es auch erschien. Er bezweifelte, daß ihr der Gedanke jemals kommen würde, wahrscheinlich nicht einmal, wenn sie direkt vor einem Spiegel stand.

Er nahm seine Jacke, verließ das Haus und ging durch den frischgefallenen Schnee, der ihm bis zu den Knien reichte, zur Scheune. Als erstes melkte er die alte Bessie, um sie von ihren Qualen zu erlösen, fütterte sie und all die anderen Tiere, bis hin zu den Hühnern und Hortenses scheuen Verwandten, die in den dunklen Ecken und Winkeln der Scheune lebten und sich dort ausgesprochen wohlzufühlen schienen. Es gab genug Mäuse und immer ein Schälchen warmer Milch, das Scully ihnen hinstellte, einen Heuschober, in dem man sich verbergen konnte, und Dachbalken, auf denen man herumturnen konnte wie ein Seiltänzer im Zirkus. Es braucht nicht viel, um eine Katze glücklich zu machen, dachte Scully.

Nachdem er die Scheune für die Nacht verschlossen hatte, trug er den vollen Milcheimer zum Haus hinüber und stellte ihn draußen vor die Tür. Dann ging er wieder, um noch mehr Brennholz für die Nacht zu spalten. Es war eine schweißtreibende, anstrengende Tätigkeit, aus der er großen Trost bezog, obwohl seine verletzte Schulter wieder höllisch schmerzte. Der Holzstapel war sehr gewachsen und die Sonne längst am Horizont versunken, als Scully endlich die Axt niederlegte, um zum Haus zurückzukehren.

»Schau mal«, sagte Evangeline leise. »Ich glaube, es geht ihr schon ein wenig besser.«

Scully ließ einen Armvoll Brennholz in die Kiste neben dem Herd fallen – sie hatte die Axtschläge gehört und schon vermutet, daß er sich mit Arbeit von der Sorge um Abigail ablenken wollte.

Er ging zum Bett hinüber, während er seine Jacke abstreifte, und eine jähe, bittersüße Sehnsucht stieg in Evangeline auf, ein drängendes Bedürfnis, zu ihm zu gehören, nur zu ihm, sich von ihm in die Arme nehmen und trösten zu lassen, ihm ihr Herz zu schenken und ihre Seele, die kein anderer Mann je besessen hatte, nicht einmal Charles. An Evangeline vorbeigreifend, berührte er Abigails Stirn.

»Das Fieber könnte ein bißchen gesunken sein«, meinte er vorsichtig. »Sie atmet aber noch immer ziemlich schwer.« Ein düsterer Ausdruck lag in seinen Augen, als er Evangeline ansah. »Ich bereite jetzt das Abendessen zu«, fuhr er fort. »Ich möchte, daß du etwas ißt und dich dann zu Abigail ins Bett legst und versuchst, zu schlafen. Ich werde bei ihr wachen heute nacht.«

Dasselbe unmögliche, unbeschreibliche Gefühl wie schon zuvor stieg wieder in ihr auf, bis sie glaubte, zerspringen zu müssen von dem Druck, und es wäre eine große Erleichterung für sie gewesen, wenn sie hätte weinen können, aber ihre Tränen waren verbraucht, und ihre gesamte Energie hatte sie Abigail gespendet.

»Danke«, sagte sie, denn das war das einzige, wozu sie jetzt noch fähig war.

Scully ging einen Moment hinaus und kehrte mit dem Eimer Milch zurück. Er leerte den Waschzuber und brachte ihn in die Speisekammer, wusch sich die Hände und trat an den Herd. Evangeline fragte sich, ob es irgendwo auf der Welt noch einen anderen Mann wie Scully geben mochte, und dachte, daß das sehr unwahrscheinlich war. Er war unglaublich männlich, weit mehr als jeder andere Mann, den sie bisher gesehen hatte, und dennoch machte es ihm nichts aus, das Abendessen zuzubereiten. Er trug Zärtlichkeit in sich und Poesie, und sie wußte, wie sehr er sein Land liebte.

Langsam drehte Evangeline sich wieder zu ihrer Tochter um und nahm Abigails kleine Hand. Das Fieber war gesunken, aber nicht sehr viel, und Evangeline hatte Angst zu hoffen und konnte doch nichts anderes tun.

Irgendwann war das Essen, das Scully für sie zubereitet hatte, fertig: ein Omelett aus Rühreiern, gebratenen Zwiebeln und Corned Beef aus der Dose. Evangeline ging nur deshalb an den Tisch, weil er sie vom Stuhl hochgezogen und sanft in diese Richtung geschoben hatte, bevor er ihren Platz am Bett einnahm. Nur deshalb aß sie, und das mit einem Appetit, der sie verblüffte. Das Essen war bestimmt sehr schmackhaft – es roch zumindest wunderbar –, aber ihre Wahrnehmungsfähigkeit war nicht mehr da.

Als sie zum Bett zurückkehrte, war Abigail wach, obwohl sie um sich blickte wie in Trance, als wüßte sie nicht recht, wo sie war.

»Mama?« wisperte sie fragend.

»Ich bin hier, Liebling«, erwiderte Evangeline rasch. Sie setzte sich auf die Bettkante, nahm Abigails Gesicht zwischen ihre Hände und strich mit den Daumen über die Wangen. »Ich bin hier.«

Eine steile Falte bildete sich zwischen Abigails feingezeichneten Augenbrauen. »War ich ein Engel?«

Evangeline war verblüfft über die Frage; sie schaute Scully an, der nach wie vor auf seinem Stuhl saß und ihr daher sehr nahe war. So nahe, daß sie die Hitze seines Körpers so deutlich spüren konnte wie Abigails.

Scully lächelte. »Nicht richtig«, sagte er. »Du warst sehr krank, und deshalb habe ich dich in einen Waschzuber mit Eis gesteckt, um das Fieber zu senken.«

»Ist das wahr?« fragte Abigail, während Hortense aufs Bett sprang, auf das Kissen des Kindes krabbelte und sich schnurrend an seiner Schulter rieb.

Er nickte. »Es war das einzige, was mir einfiel«, erwiderte er schlicht.

Abigails Mund verzog sich zu einem Gähnen. »Ich bin schrecklich müde«, sagte sie und schlang beide Arme um das Kätzchen, das sich bereitwillig an ihre Brust kuschelte. Einen Moment später waren sie beide eingeschlafen.

Evangeline wandte sich zu Scully. Sie wußte, daß ihre

ganze Zuversicht und Hoffnung für ihr Kind sich klar und deutlich auf ihrem Gesicht abmalten.

»Das Fieber ist noch nicht gebrochen, Eve«, sagte er leise. »Es ist ein bißchen gesunken, aber sie ist noch immer sehr, sehr krank und ...«

Er brauchte nicht weiterzureden, denn Evangeline wußte nur zu gut, was er ihr zu verstehen geben wollte. Schließlich hatte sie Krankheitsfälle wie Abigails schon oft genug gesehen. Es war schon vorgekommen, daß ein Soldat sich wunderbar von den Verletzungen erholt hatte, die er sich auf dem Schlachtfeld zugezogen hatte, um dann ganz plötzlich an hohem Fieber zu erkranken und zu sterben. Lungenentzündungen nahmen fast immer einen fatalen Ausgang, und aus Erfahrung wußte Evangeline – hatte es wahrscheinlich schon von Anfang an gewußt –, daß das, was ihre Tochter befallen hatte, nichts anderes als eine Lungenentzündung sein konnte.

Abigail konnte tagelang krank sein, wochenlang vielleicht sogar, ohne daß ihr Zustand sich beträchtlich besserte. Aber sie konnte auch heute nacht noch sterben.

»Ich lasse sie nicht gehen«, wisperte Evangeline. »Ich werde mit Herz und Seele an ihr festhalten. *Ich lasse sie nicht gehen.*«

Scully stand auf und zog Evangeline auf die Beine. »Geh ins Bett, Eve, und ruh dich eine Weile aus. Das ist das beste, was du jetzt für Abigail tun kannst.«

»Ich habe Angst, die Augen zu schließen«, bekannte sie gebrochen. »Ich wage nicht, auch nur eine Sekunde lang die Augen von ihr abzuwenden, für den Fall ...«

»Ich bin hier«, fiel Scully ihr ins Wort. »Ich werde über euch beide wachen. Falls Abigails Zustand sich verschlechtern sollte, wecke ich dich auf. Das schwöre ich dir, Eve.«

Sie zögerte noch einen Moment und begriff dann, daß

er recht hatte, so sehr sie sich auch dagegen wehrte, und nickte zustimmend. Es kümmerte sie nicht mehr, daß Scully zusah, als sie ihre Schuhe und ihr Kleid auszog und sich mit ihrem Hemd, ihren langen Unterhosen und den wollenen Strümpfen zu Abigail unter die Decken legte.

Hier zog sie ihre Tochter in die Arme, worauf das Kätzchen sich gekränkt einen neuen Platz zum Schlafen suchte, und schloß die Augen.

Es war stockfinster, als sie erwachte, aber Scully war noch da und saß neben ihrem Bett. Sie konnte sein helles Haar im Dunkeln schimmern sehen. Abigail, die dicht an sie geschmiegt lag, strahlte noch immer große Hitze aus und atmete sehr schwer, aber es war wieder etwas Kraft in ihr, ein schwacher Abglanz ihrer alten Zähigkeit, und das ermutigte Evangeline.

»Du hast die ganze Zeit hier gesessen?« flüsterte sie Scully zu.

Sie sah im Dunkeln seine weißen Zähne schimmern, als er grinste. »Ich bin ein paarmal aufgestanden, um das Feuer im Kamin zu schüren.«

Sie fühlte sich jetzt ausgeruht und in der Lage, mit dem Geschehen umzugehen. Vorsichtig, um sie nicht zu wecken, entfernte sie sich von Abigail, stand auf und zog ihr Kleid über. Ihr Haar hatte sich aus seinen Nadeln gelöst, während sie geschlafen hatte, und sie ließ es, wie es war, ungekämmt und offen, weil sie weder Zeit noch Energie darauf verschwenden wollte.

»Du mußt hungrig sein«, sagte sie zu Scully. »Und todmüde. Wie spät ist es?«

»Gegen Mitternacht, vermute ich.«

»Du kannst jetzt schlafen gehen«, sagte sie. »Oder ich kann dir auch etwas zu essen machen, wenn du willst.«

»Ich könnte kein Auge zutun«, erwiderte er und stand

auf, um die Lampe, die auf dem Tisch stand, anzuzünden. Dann blieb er am Tisch stehen und rieb sich den Nacken, als wüßte er nicht so recht, was er jetzt tun sollte. Er mußte schon gegessen haben, weil er nichts auf ihr Angebot, ihm rasch etwas zurechtzumachen, erwidert hatte.

»Ich werde dir ewig dankbar sein«, begann Evangeline. »Du warst so gut zu uns. Ich weiß nicht, was wir ohne dich getan hätten, Scully.« *Oder was wir ohne dich anfangen sollen, wenn du nicht mehr bei uns bist …*

»Hier draußen helfen sich die Leute gegenseitig«, sagte er mit jener eigenartigen Schüchternheit, die ihn manchmal überfiel. »Ich bin nur freundlich, das ist alles.«

»Nur freundlich«, stimmte sie zu. Aber sie vermutete, daß er das, was er gesagt hatte, genausowenig glaubte wie sie selbst. Sie schaute auf Abigail hinab, sah, daß das Mondlicht durch eine Ritze in den Fensterläden drang und das Kind in seinen silbernen Schimmer tauchte. Diesmal, als sie ihre Tochter ansah, verspürte sie Frieden statt Panik. Sie deckte die Kleine noch sorgfältiger zu und legte eine Hand an ihre Stirn. Sie war noch immer warm, aber längst nicht mehr so heiß wie vorher.

»Wie wäre es, wenn wir eine Partie Schach spielen würden?« schlug Scully vor.

Evangeline mußte beinahe lachen. »Laß uns etwas Praktischeres tun, Scully«, versetzte sie. »Du brauchst einen Barbier. Ich meine, ich kann sehen, daß du dich rasierst – aber wann hast du dir zum letzten Mal die Haare schneiden lassen?« Haare schneiden war etwas ganz Alltägliches und genau die Art von Aufgabe, die Evangeline jetzt brauchte, um ihre Hände und Gedanken zu beschäftigen. Irgendein unsichtbarer Teil von ihr verweilte trotz allem jedoch bei Abigail, die ganze Zeit, selbst wenn sie etwas anderes tat, und wartete und wachte.

Scully schien sich ein bißchen zu genieren. »Ich glaube, das war im letzten Frühjahr. Miss June-bug hat es mir geschnitten, bevor Big John und ich nach Süden aufgebrochen sind, um Rinder einzukaufen.«

»Ich verstehe«, erwiderte Evangeline und betrachtete ihn prüfend. Er war einer der bestaussehenden Männer, die sie je gesehen hatte, aber ein guter Haarschnitt würde seine Attraktivität höchstens noch mehr zum Ausdruck bringen. »Nun, dann setz dich schon einmal dort drüben hin, ans Feuer. Ich hole nur rasch meine Schere aus dem Nähzeug.«

Er schaute sie verwundert an und fragte sich vermutlich, wieso sie überhaupt bereit war, sich von Abigails Seite zu entfernen, wo sie doch den ganzen Abend nicht gewagt hatte, auch nur den Blick von ihrer Tochter abzuwenden. Aber er war klug genug, sie nicht danach zu fragen. Schweigend zog er sich einen Stuhl an den Kamin und setzte sich.

Evangeline nahm ihre Schere aus dem Nähkästchen und ihren Kamm aus der Reisetruhe, bevor sie noch einmal in die Speisekammer ging, um eine Schaufel und einen Besen zu holen. Dann legte sie Scully ein Handtuch um die Schultern und begann, sein Haar zu kämmen.

Und erst dann, als sie so dicht bei ihm stand und ihn berührte, begann sie einzusehen, daß sie vielleicht einen Fehler begangen hatte. Selbst mit dem Stuhl als Barriere zwischen ihnen konnte sie von ihrer Taille abwärts die Wärme seines Rückens spüren, und das ließ sie alles andere als gefühllos. Auch er schien ungewöhnlich angespannt; seine breiten Schultern waren steif und sein Nacken starr.

Sie stieß ein leises, nervöses Lachen aus, während sie den Kamm in einer und die Schere in der anderen Hand hielt. »Entspann dich, Scully. Ich werde dir schon nicht die Ohren abschneiden.«

Er holte tief Atem und ließ ihn langsam wieder aus. »Woher soll ich wissen, daß du das kannst?« fragte er schließlich, in einem nur allzu offensichtlichen Versuch, die Spannung zwischen ihnen zu lindern.

»Du wirst das Risiko schon eingehen müssen«, antwortete sie. Sie konnte Abigails schweres Atmen durch das Zimmer hören; tatsächlich atmete sie selbst nicht sehr viel anders, und sie war ziemlich sicher, daß ihre Herzen ebenfalls im gleichen Rhythmus schlugen. Sie war sich ihrer Tochter so bewußt, als wenn sie neben ihr gelegen und ihr Kind im Arm gehalten hätte. *Es ist fast so, als wären wir durch ein unsichtbares Band verbunden*, dachte Evangeline, und der Gedanke gab ihr Trost.

Scully stieß einen Seufzer aus. »Also gut«, sagte er im Tonfall eines Mannes, der aufs Schafott geführt wurde. »Fang an.«

Sie waren eigentlich sogar beruhigend, diese rhythmischen, präzisen Bewegungen der Schere und des Kammes.

Immer mehr Strähnen von Scullys Haar fielen auf den Boden, wo sie im Feuerschein wie Münzen schimmerten; es war sehr dichtes Haar, das dennoch ungewöhnlich weich war, wie sehr gutes Seidengarn beinahe. Evangeline zwang sich, die Perspektive zu bewahren, so gut sie konnte, indem sie sich vorstellte, es sei Big Johns Haar, mit dem sie sich befaßte – vorausgesetzt natürlich, daß er überhaupt noch Haare auf dem Kopf hatte. Die Photographie, die er ihr geschickt hatte, konnte schließlich auch schon ziemlich alt sein.

Als die Friseursitzung beendet war, schüttelte Evangeline das Handtuch im Kamin aus und fegte dann den Boden. Scully war bereits aufgestanden und betrachtete sich in Big Johns zersprungenem Rasierspiegel, der an der Wand über dem Waschtisch hing.

Evangeline lächelte. »Du bist ja richtig eitel, Scully!« beschuldigte sie ihn. »Das hätte ich wirklich nie von dir gedacht.«

Er drehte sich zu ihr um und grinste. »Wie wäre es jetzt mit einer Partie Schach?«

Sie saßen stundenlang am Tisch, das Schachbrett zwischen sich, und Evangeline wurde fast ebenso warm von Scullys Nähe wie von dem prasselnden Feuer neben ihnen im Kamin. Scully gewann mehr Partien als sie, aber sie hielt sich trotzdem ziemlich gut, und als beide übereinstimmten, daß es Zeit zum Schlafengehen war, war sie schon viel ruhiger und entspannter. Es kam ihr fast so vor, als ob er sie in die Arme genommen und getröstet hätte, ihr übers Haar gestrichen und versprochen hätte, es würde alles wieder gut werden – als hätte er all das getan, was sie sich ihr Leben lang ersehnt und weder von Charles noch von irgendeinem anderen Mann bekommen hatte. Dabei hatte Scully in Wirklichkeit nicht mehr getan, als sie sein Haar zurechtstutzen zu lassen und ein paar Runden Schach mit ihr zu spielen.

Komisch, dachte sie, während sie sich in der Dunkelheit entkleidete und im Nebenzimmer Scullys leise Schritte hörte, *daß solch simple Dinge sich wie Liebe anfühlen können.*

Abigails Fieber stieg in der Nacht wieder, so hoch, daß Evangeline die Hitze in ihrem eigenen Körper spürte. Sie sprang erschrocken auf und griff in der Finsternis nach einer Lampe und Streichhölzern, während sie schon laut nach Scully rief.

Er kam sofort, barfuß und mit nichts anderem bekleidet als einer Hose, die er in der Eile nicht einmal richtig zugeknöpft hatte.

»Es ist so weit!« rief Evangeline verzweifelt. »O Gott, Scully, tu etwas! Hilf ihr!«

Er packte sie an den Oberarmen und schüttelte sie ein wenig, um sie zu beruhigen. »Hör auf, Eve. Du brauchst jetzt einen kühlen Kopf.«

»Hol Schnee«, wimmerte Evangeline, riß sich los von ihm und begann, an den Decken zu zerren, unter denen ihre jetzt sehr stark schwitzende Tochter lag. »Hol Schnee herein!«

»Das funktioniert nicht noch einmal«, sagte Scully entnervend ruhig. Er ging an Evangeline vorbei, hob das Kind mitsamt dem Bettzeug auf die Arme und trug sie zum Kamin hinüber, wo er sie besser sehen konnte. Die Decke schleifte ihnen nach wie ein Brautschleier, und Hortense trippelte hinterher und versuchte, ihre Krallen in den Stoff zu schlagen. »Das beste, was wir jetzt tun können, ist, sie warm und trocken zu halten. Sie braucht ein frisches Nachthemd, Eve.«

Evangeline lief zum Bett zurück und durchwühlte ihre Reisetruhe, fand aber nichts anderes mehr als ihre eigenen Blusen. Abigail, fiel ihr jetzt wieder ein, besaß nur zwei Nachthemden, und beide waren schon benutzt.

Sie wickelten das Kind in die Bluse und hüllten sie dann zur Sicherheit noch in eins von Scullys Winterhemden ein. Sie war wach, wenn auch vielleicht nicht ganz, und Evangeline setzte sich mit ihr ans Feuer, murmelte ihr beruhigende Worte zu und versuchte, sie dazu zu bringen, etwas von dem Wasser zu trinken, das Scully ihr gebracht hatte.

Allmählich, ganz allmählich, ließ das Fieber nach. Das Kind war danach sehr geschwächt, buchstäblich am Ende seiner Kräfte, und Evangeline wußte, daß Abigail nach wie vor in Lebensgefahr schwebte. Aber es bestand etwas mehr Hoffnung als zuvor, und daran klammerte sie sich jetzt, so wie Hortense sich an den Saum der Bettdecke geklammert hatte.

Als die Sonne aufging, saßen sie noch immer da. Abigail hatte Scullys letztes Hemd durchschwitzt und war jetzt in eine Decke und nichts anderes mehr eingewickelt. Sie trank Wasser, obwohl sie sich beklagte, daß das Schlucken schmerzte, und als sie endlich wieder einschlief, schlief sie richtig und verlor nicht nur das Bewußtsein, wie es vorher so oft der Fall gewesen war. Evangeline brachte sie zu Bett und verbrachte den Morgen mit Wäschewaschen, drapierte Hemden, Laken und kleine Nachthemden über die Stühle, den Tisch und sogar die Bettpfosten, da das Wetter draußen viel zu kalt war, um Wäsche zu trocknen. Die Hütte war bald darauf mit warmem, feuchtem Dampf erfüllt, der von den nassen Sachen aufstieg, aber seltsamerweise schien er Abigail das Atmen zu erleichtern. Als Evangeline es merkte, stellte sie einen Topf Wasser zum Verdampfen auf den Herd.

Scully hatte mehrere Zwiebeln aufgeschnitten und sie auf das Fensterbrett über dem Bett gelegt. Sie verbreiteten einen aufdringlichen Geruch, aber er hatte irgendwo gelesen, sagte er, daß sie ein gutes Mittel gegen Atmungsbeschwerden seien.

Abigail war blaß und sehr geschwächt. Sie sprach nicht, lag nur matt und lustlos da, und ihre Augen blickten trübe. Sie erhob keinen Einspruch dagegen, im Bett bleiben zu müssen, Tag für Tag, und das beunruhigte Evangeline noch mehr als alles andere. Sie schien nicht einmal etwas dagegen zu haben, den Nachttopf zu benutzen, den sie normalerweise haßte. Wie Evangeline riskierte auch Abigail sonst lieber, auf dem Weg zum Klosetthäuschen Wölfen oder Indianern zu begegnen, als den Nachttopf zu benutzen.

Der November ging grau und trübe in den Dezember über, und die Zeit verstrich so langsam, daß Evangeline oftmals den Eindruck hatte, einen einzigen langen, öden Tag zu leben. Der Schnee gefror und glitzerte an seiner Oberfläche wie altes Glas. Scully kümmerte sich um das Vieh und jagte, während Evangeline kochte, beobachtete und betete und ihre Tochter nicht aus den Augen ließ.

Evangeline war sich stets der Tatsache bewußt, daß der Tag, an dem sie Big John Keating kennenlernen würde, mit jeder Minute näherrückte. Scully wollte noch am selben Tag die Ranch verlassen, um nie wieder zurückzukehren, und Evangeline wußte, daß er dann ihr Herz mitnehmen würde. Sie sprachen nie über Big Johns Rückkehr und erwähnten auch den Frühling nicht, aber die Gewißheit war da, bei allem, was sie sagten, und wenn sie schwiegen, war sie auch ein Teil der Stille. Big Johns Photographie, die sie noch immer von ihrem erhöhten Platz auf dem Kaminsims anschaute, war wie eine beständige Ermahnung.

Es war der fünfzehnte Dezember, dem improvisierten Kalender nach, den Evangeline aus dem Gedächtnis aufgestellt hatte, als der *Chinook*-Wind erneut durch diesen Teil des Landes blies und Sonnenschein und wärmere Temperaturen mitbrachte. Fast wie im Frühling, dachte Evangeline, als sie hinausging, um die Eier einzusammeln.

Aber in der Tür stand Scully, und er wirkte sehr entschieden, als er hinausschaute, um das Wetter einzuschätzen. »Zieh das Kind an, Eve«, sagte er, ohne sich zu ihr umzudrehen, »und pack es schön warm ein. Ich werde Abigail auf einen Ausritt mitnehmen.«

Evangeline starrte ihn mit offenem Mund an. War der

Mann verrückt geworden? Hatten Einsamkeit und Kälte ihm schließlich den Verstand geraubt? Abigail erholte sich von einer *Lungenentzündung*! Sie war zu schwach, um aufzustehen, ganz zu schweigen davon, auf einem Pferd zu sitzen. Außerdem war es trotz des täuschend milden Wetters noch immer bitterkalter Winter. »Das kommt nicht in Frage«, sagte sie und gab sich keine Mühe zu verbergen, wie schockiert sie über seinen Vorschlag war.

Abigail schaute sie vom Bett aus an. Sie war fast so weiß wie die Kissen hinter ihrem Kopf. »Bitte, Mama«, sagte sie. »Darf ich?«

Evangelines Herz schmolz wie der Schnee im warmen Chinook-Wind. »Es ist noch Winter, Liebling, und du bist sehr, sehr krank gewesen …«

»Bitte«, sagte Abigail noch einmal, und diesmal klang tiefempfundene Verzweiflung in ihrer Stimme mit. Ihr Blick verriet ihre Sehnsucht, wieder so zu sein wie früher, zu spielen und zu toben und im Schnee herumzutollen, aber auch die Angst, daß sie ihr etwas verschweigen könnten und sie nie wieder gesund werden würde.

»Ich passe auf sie auf, Evangeline«, sagte Scully leise von der Tür. »Das weißt du. Sei nicht so streng mit ihr.«

Evangeline atmete tief aus. Bis jetzt war ihr nicht einmal bewußt gewesen, daß sie den Atem angehalten hatte. »Also gut«, sagte sie und schaute Scully mit einer unmißverständlichen Warnung in den Augen an. »Aber ich will, daß sie in einer halben Stunde wieder hier im Haus ist.«

12

Als Scully den Hengst gesattelt hatte, ritt er auf ihm zum Haus hinüber, und Evangeline, die ihn vom Eingang aus beobachtete, fühlte sich an jenen ungewöhnlichen kalten und verschneiten Tag erinnert, an dem sie Scully zum ersten Mal gesehen hatte. Als er damals auf die Springwater-Station zugeritten war, hatte sie ihn für Big John Keating gehalten und gedacht, er sei gekommen, um sie und ihre Tochter heimzuholen. Es erfüllte sie mit einer jähen, bittersüßen Melancholie, an jenen Tag zurückzudenken.

Jetzt tänzelte der Hengst nervös, während Scully bewegungslos wie eine Statue im Sattel saß und mit einem Gesichtsausdruck auf sie herabschaute, den sie wegen des Schattens, den sein Hut warf, nicht interpretieren konnte.

Wortlos wandte sie sich ab und durchquerte den großen Raum, um Abigail zu holen, die alles zweifach trug und zusätzlich noch in Evangelines eigenen warmen Wollumhang gehüllt war. Das Kind war leicht wie eine Feder, aber als die Sonne sein Gesicht berührte, lächelte die Kleine. Evangeline trug ihre Tochter aus dem Haus und brachte sie zu Scully, der sich weit aus dem Sattel beugte, um sie auf das Pferd zu heben. Es ist, als ob er ein Bestandteil seines Pferdes wäre, dachte Evangeline. Wahrscheinlich war er im Sattel mindestens genauso sicher wie auf seinen eigenen Füßen.

»Wir werden nicht lange ausbleiben«, sagte er zu Evangeline.

»Laß uns *schnell* reiten«, forderte Abigail ihn auf.

Er lachte und wendete den Hengst, und Evangeline blieb in der Tür stehen und schaute ihnen nach, bis sie nicht mehr zu sehen waren.

Sie tat ihr Bestes, um sich zu beschäftigen, solange sie nicht da waren, schnitt Stoffreste zurecht, aus denen sie eine Flickendecke nähen wollte, fegte den Boden, fütterte die Hühner und schälte Rübchen, die sie für das Abendessen kochen wollte. Trotz allem jedoch stürzte sie zur Tür und riß sie auf, als sie das Wiehern eines Pferds im Hof vernahm.

Abigails schmales Gesicht strahlte nach all der frischen Luft und Aufregung. »Wir sind galoppiert, Mama«, sagte sie mit einer solchen Freude, daß Evangeline die Tränen kamen.

Dennoch warf sie Scully einen vielsagenden Blick zu, als er sich im Sattel vorbeugte, um ihr das Kind zu überreichen. »Wir sind noch an einem Stück«, sagte er und war dreist genug, zu grinsen.

»Ihr wart viel länger als nur eine halbe Stunde fort«, warf sie ihm in einem nicht allzu strengen Tonfall vor.

»Das waren wir«, bestätigte Scully fröhlich und tippte sich an die Krempe seines Huts. »Ich werde rechtzeitig zurück sein, um die Tiere zu versorgen.«

»Wir haben Wildpferde gesehen«, berichtete Abigail begeistert. »Sie waren ziemlich weit weg, aber wir haben sie gesehen.«

»Ich würde heute gern noch ein, zwei fangen«, sagte Scully. Er hatte bereits zwei Stuten auf der Koppel, die bisher noch nicht gezähmt und eingeritten waren, aber Evangeline wußte, daß er insgesamt mindestens acht einfangen wollte, und vielleicht noch einen Hengst dazu. Sie nahm an, daß er das Geld, das er später für die Pferde bekommen würde, für einen neuen Anfang an einem anderen Ort verwenden wollte. Mit irgendeiner neuen Frau.

Sie wollte nicht über diese Dinge nachdenken. Er kam noch früh genug, der Moment, sich für immer von Scully zu verabschieden; es hatte wenig Sinn, dies alles schon vorher durchzumachen. »Ich werde eine Lampe anzünden und das Abendessen warmhalten«, sagte sie, weil es nichts anderes zu sagen gab. Denn letztendlich war Scully nichts weiter als eine Illusion, so ähnlich wie das Winterwetter, das seine flüchtige Verkleidung aus Sonnenschein und warmen Brisen trug. Es war besser, das nicht zu vergessen.

Er verbeugte sich leicht vor ihr und tippte sich noch einmal lächelnd an den Hut, bevor er sein Pferd wendete, um fortzureiten.

»Auf Wiedersehen, Scully!« rief Abigail ihm nach.

Auf Wiedersehen, Scully …

Die Worte hallten noch lange, nachdem sie ihr Kind ins Haus zurückgetragen und die Tür hinter sich zugezogen hatte, in Evangelines Bewußtsein nach.

Scully kehrte am späten Nachmittag zurück und brachte drei Stuten mit, eine gefleckte, eine graubraune und eine rotbraune, die er an verschieden langen Stricken mitführte. Evangeline, die noch immer ein bißchen verärgert war, weil er ihre Anweisung mißachtet und Abigail später als abgemacht zurückgebracht hatte, freute sich trotz allem, ihn zu sehen. Sie hatte in seiner Abwesenheit Brot gebacken und an einem Paar Strümpfe gearbeitet, die sie heimlich für ihn strickte.

Abigail, die sich schon sehr viel besser fühlte, saß aufrecht im Bett und spielte mit dem Kätzchen und einem roten Wollknäuel. Scully hatte recht gehabt; dieser Ausritt hatte dem Kind sehr gut getan. Aber Evangeline war noch nicht bereit, es zuzugeben. Zumindest noch nicht ihm gegenüber.

Sie strich über ihre Röcke, falls dort noch Mehl von ihrem Backen klebte, und versteckte die Wollstrümpfe und die Stricknadeln in der Reisetruhe. Als sie an dem Rasierspiegel vorbeiging, warf sie einen raschen Blick hinein und betrachtete sich auf eine Art und Weise, die vollkommen uncharakteristisch für sie war. Schließlich bestand ja auch keine Eile, denn Scully würde bestimmt zuerst die Pferde auf die Koppel bringen und sich auch um die anderen Tiere in der Scheune kümmern, bevor er kam.

Und tatsächlich war es schon fast dunkel, als er endlich über die Schwelle trat. Er fröstelte vor Kälte, sah aber sehr zufrieden mit sich aus. »Mir scheint, das gute Wetter wird noch ein oder zwei Tage anhalten«, sagte er, während er seine Jacke ablegte. »Ich werde gleich morgen früh beginnen, die Tiere einzureiten. Danach wird es dann nicht mehr so schwierig sein, sie an Geschirre zu gewöhnen.«

»Darf ich zusehen?« rief Abigail. Mit dem Kätzchen auf dem Schoß, den dicken Kissen im Rücken und den Büchern, die neben ihr auf der Decke lagen, sah sie mehr wie eine Königin aus als wie eine von einer schweren Krankheit Genesende, die dem Tod gerade noch entgangen war.

»Nein«, sagte Evangeline, als sie daran dachte, wie andere Männer Pferde zähmten und wie sie mit Peitschenschlägen und mit Flüchen ihren Willen brachen.

»Klar«, sagte Scully im selben Augenblick.

Evangeline warf ihm einen scharfen Blick zu. Ungerührt ging er zur Küchenecke, hob die Wassereimer auf und schüttete das restliche Wasser in das Reservoir im Herd.

»Erstick sie nicht, Eve«, sagte er mit leiser Stimme, als er nahe genug bei ihr stand, um nicht von Abigail gehört zu werden. »Siehst du nicht, wie gut ihr der Ausritt heute morgen getan hat?«

Evangeline senkte leicht den Kopf. »Es ist nur, weil sie Pferde doch so liebt. Ich möchte nicht, daß sie sie leiden sieht.«

»Leiden?« Er schien aufrichtig verblüfft.

»Wenn sie eingeritten werden«, erklärte Evangeline. »Ich habe gesehen, wie es gemacht wird, und ...«

Ein Muskel zuckte an seiner Wange. »Dann hast du gesehen, wie es *falsch* gemacht wird«, entgegnete er flach, als ob sie ihn beleidigt hätte. Und damit wandte er sich ab, nahm die Eimer und verließ die Hütte, ohne ein weiteres Wort von sich zu geben.

»Was ist los mit Scully?« fragte Abigail. Abigail, die schon wieder Forderungen stellte. Es war ein Ärgernis, das gefeiert werden mußte, und Evangeline war dankbar und entnervt zugleich.

»Ich habe keine Ahnung«, erwiderte sie und schickte sich an, das Abendessen zuzubereiten.

Abigail aß an jenem Abend am Tisch und plapperte so munter wie vor ihrer Krankheit, obwohl sie noch immer blaß und schwach und viel zu mager war. Ihre Genesung würde Zeit erfordern, das wußte Evangeline, aber wenigstens war sie noch da, lebte und brachte zunehmendes Interesse für die Dinge auf, die um sie herum geschahen.

Scully, ganz im Gegensatz zu ihr, war auffallend still an jenem Abend. Obwohl er seinen Ärger offenbar schon überwunden hatte, schien er sehr nachdenklich gestimmt zu sein. Das passierte manchmal, und dann war es, als ob er sich in sich selbst zurückzöge. Das war an sich nichts Schlimmes, und es geschah auch nicht sehr häufig, aber

Evangeline fühlte sich immer ein bißchen alleingelassen, wenn es vorkam.

»Was bedeutet der Name ›Scully‹?« wollte Abigail wissen.

Evangeline verbarg ein Lächeln. Sie hatte selbst schon sehr oft überlegt, was es bedeuten mochte, aber nie gewagt, danach zu fragen.

Scully schaute Abigail an. »Es war der Mädchenname meiner Mutter.«

»Haben sie sie so genannt?« fragte Abigail stirnrunzelnd. »*Scully*, meine ich?«

Er lachte. »Nein, Kleines. Ihr Vorname war Mary Ann.«

»War sie hübsch?«

»Abigail«, mischte Evangeline sich ein. Es gab nichts, was nicht die Neugier dieses Kindes weckte, ob es sie nun etwas anging oder nicht.

Scully warf ihr einen amüsierten Blick zu, bevor er sich lächelnd an das kleine Mädchen wandte. »Sie war eine außergewöhnlich hübsche Frau. Mein Daddy mußte sich ganz schön anstrengen, um sich von ihr einfangen zu lassen.«

Abigail dachte über den leichten Widerspruch in seinen Worten nach und begriff dann, was er meinte. »Wenn du dich richtig anstrengen würdest bei Mama«, fragte sie nach kurzem Schweigen, »würdest du dich dann von ihr einfangen lassen?«

Ein lastendes Schweigen breitete sich zwischen ihnen aus, und Evangeline wäre am liebsten im Erdboden versunken. Das Blut schoß ihr in die Wangen, und sie wagte nicht, Scully anzusehen, obwohl sie wußte, daß er sie beobachtete. Und dabei grinste. Sie spürte dieses Grinsen auf ihrer Haut, so eindringlich und heiß wie Sonnenschein. »Abigail!« ermahnte sie ihre Tochter. »Hör auf damit!«

Scully nahm sich Zeit für seine Antwort, und als er wieder sprach, gelang es ihm, seine Belustigung zu unterdrücken und seiner Stimme einen ernsten Tonfall zu verleihen. »Ich denke schon, daß ich das tun würde«, erwiderte er ruhig. »Aber deine Mama gehört einem anderen, und deshalb geht das nicht.«

Evangeline wußte nicht, ob sie lachen oder weinen sollte. Scully *wollte* sie – sie hatte kaum zu hoffen gewagt, daß er sie auf die gleiche Art und Weise liebte wie sie ihn. Aber er hatte recht damit, daß sie einem anderen gehörte. Das *war* ja das Problem. Sie hatte ein Versprechen abgegeben, und keiner von ihnen beiden hätte weiterleben können mit sich selbst, wenn es gebrochen worden wäre. An jenem Abend spielten Scully und Evangeline weder Schach, noch unterhielten sie sich leise am Kamin, wie sie es sonst so häufig taten. Es lag eine merkwürdige Spannung in der Luft, die ein Zusammensein unmöglich machte, zumindest für den Augenblick, und deshalb gingen sie getrennte Wege, Scully in seinen Anbau mit einem Buch und einer Lampe, Evangeline an den Kamin, wo sie bis spät in die Nacht hinein im Schein des Feuers strickte.

Sie wurde am nächsten Morgen ausnahmsweise einmal früher wach als Scully und hatte schon Kaffee aufgebrüht und das Frühstück vorbereitet, als er voll angekleidet aus dem Anbau kam. Er wusch sich und ging danach zum Tisch, aber Evangeline kehrte ihm den Rücken zu und tat, als wäre sie beschäftigt, weil sie immer noch nicht in der Lage war, ihn anzusehen.

Er stand hinter ihr; sie fühlte die Haut an ihrer Taille prickeln, als sei er im Begriff, dort seine Hände hinzulegen. Aber zum guten Schluß berührte er sie überhaupt nicht.

»Evangeline«, sagte er leise. »Dreh dich um und sieh mich an.«

Sie gehorchte, nicht nur, weil er es von ihr verlangt hatte, sondern auch, weil sie irgendeinem instinktiven Befehl ihres Unterbewußtseins Folge leistete.

»Wir werden es nicht bis zum Frühjahr schaffen, wenn wir nicht miteinander reden«, sagte er.

Sie war nicht in der Lage, etwas zu erwidern, obwohl es sehr vernünftig war, was er da sagte. Es war noch lange hin bis zum April – wenn auch leider nicht lang genug.

Er hob die Hände, als ob er sie auf ihre Schultern legen wolle, ließ sie dann jedoch wieder sinken. »Evangeline«, sagte er, und sie sah sein Herz in seinen Augen, sein starkes, tugendhaftes Herz, »ich liebe dich. Das würde ich nie bestreiten, weder vor dir noch vor Big John, falls er mich danach fragen sollte. Ich habe den Eindruck, daß du meine Gefühle erwiderst, wenn auch vielleicht in geringerem Maße. Nichts wäre mir lieber, als dich zu heiraten und eine ganze Horde Kinder mit dir aufzuziehen, und ich wäre stolz, auch Abigail als meine Tochter großzuziehen. Aber du weißt, daß es unmöglich ist, nicht wahr?«

Sie nickte und gab sich keine Mühe, ihm zu verbergen, daß sie weinte, weil sie so glücklich und zugleich so traurig war. Weil sie Liebe gefunden und wieder verloren hatte, und all das im Zeitraum einer einzigen Jahreszeit.

Da wagte er es endlich, sie zu berühren, nahm zärtlich ihr Gesicht zwischen seine großen Hände und wischte mit den Daumen ihre Tränen ab. »O Eve«, bat er mit rauher Stimme, »bitte weine nicht. Bitte, bitte weine nicht.«

Aber sie konnte gar nicht anders, als ihren Kopf an seine Schulter zu legen und ihren Tränen freien Lauf zu lassen. Scully schlang die Arme um sie und zog sie an sich, und als sie endlich wieder zu ihm aufschaute, sah sie, daß ein verdächtiger Glanz in seinen Augen stand.

»Ich liebe dich, Scully«, sagte sie leise.

Er streifte ihre Lippen mit den seinen, womit er nichts

anderes erreichte, als ihr endgültig das Herz zu brechen und die Sehnsucht nach etwas in ihr zu wecken, das sie nie, niemals erlangen würde. »Das ist genug, Liebling«, sagte er. »Wenn ich weiß, daß du mich liebst, und du weißt, daß ich dich liebe. Das *muß* genügen.«

Wieder nickte sie und kehrte zu ihrer Beschäftigung am Herd zurück. Die Rühreier waren verbrannt, aber das war ihr egal. Scully hatte leise das Haus verlassen, und Evangeline hatte ohnehin keinen Appetit mehr.

Von da an herrschte eine gewisse Verlegenheit zwischen ihnen, und obwohl Evangeline Scullys Liebeserklärung an jenem Morgen vor dem Küchenherd wie einen kostbaren Schatz in ihrer Erinnerung bewahrte, wünschte sie doch oft, er hätte nichts gesagt. Zu wissen, was er für sie empfand, machte vieles nur noch schlimmer. Es war ihr die meiste Zeit kein großer Trost zu wissen, daß sie von einem Mann geliebt wurde, der früher oder später für immer fortgehen würde.

Abigail, die nun wenigstens nicht mehr ans Bett gefesselt war, verbrachte die Tage auf dem Teppich vor dem Kamin, eingehüllt in eine dicke Decke, und lebte nur für den Moment, wenn Evangeline sie auf die Arme nahm und mit ihr zur Koppel hinausging, um Scully beim Einreiten der wilden Pferde zuzusehen. Er benutzte keine Peitsche, und falls er die Tiere verfluchte, tat er es so leise, daß es weder ihre Ohren noch Abigails erreichte.

Bis zum vierundzwanzigsten Dezember hatte er seine acht Pferde, sechs von ihnen schon gezähmt und eingeritten, war aber zu dem Schluß gekommen, daß er mit dem Einfangen des Hengstes lieber bis zum Frühjahr warten wollte. Er ging am Morgen in der näheren Umgebung der Ranch auf Jagd und kehrte rechtzeitig zum Mittagsmahl zurück, mit einem großen Leinensack hinter dem Sattel und einer prächtigen Blautanne, die er hinter seinem Pferd durch den weichen Pulverschnee schleifte.

Evangelines Herz machte einen Sprung, als sie ihn sah – sein Anblick löste immer heftige Reaktionen in ihr aus, obwohl sie meist nicht ganz so nobel waren wie die feierliche Erregung, die sie jetzt verspürte. Selbst über Abigails Krankheit und langwieriger Genesung hatte sie nie vergessen, daß es nicht mehr lange war bis Weihnachten.

Durch eins der Fenster beobachtete sie, wie Scully das Pferd und den Baum in die Scheune brachte, und gab sich überrascht, als er etwa eine Dreiviertelstunde später hereinkam und einen ansehnlichen Truthahn mitbrachte. Nachdem er das bereits ausgenommen Tier auf den kleinen Arbeitstisch beim Herd gelegt hatte, zog er Handschuhe und Jacke aus und hängte seinen Hut an einen Nagel. Danach ging er direkt zum Feuer, legte Holz nach und blieb eine Weile stehen, um sich aufzuwärmen. Abigail lag schlafend im Bett, und Hortense hatte sich wie immer auf ihrem Bauch zusammengerollt.

Ohne den Baum zu erwähnen, oder den Truthahn, der ein köstliches Weihnachtsmahl abgeben würde, schenkte Evangeline Kaffee für Scully ein und füllte einen Teller mit dem Bohneneintopf und dem frischen Maisbrot, das sie für das Mittagessen und das Abendessen gebacken hatte.

Scully wusch sich die Hände in der Schüssel auf der anderen Seite des Raumes und kam zum Tisch zurück. »Wie geht es Abigail?« erkundigte er sich leise und mit einem prüfenden Blick zum Bett hinüber.

»Besser«, sagte Evangeline. Sie wollte nicht kurzangebunden sein, aber sie wußte einfach nicht, was sie noch sagen sollte. Die Sache mit ihren Gefühlen hatten sie geklärt, und nun blieb ihnen nichts anderes mehr zu tun, als den Rest des Winters durchzustehen, Tag für Tag, Stunde um Stunde, Minute um Minute.

Abigail wachte kurz danach auf und brach das unbehagliche Schweigen. »Morgen«, kündigte das Kind fröhlich an, »ist Weihnachten.«

Scully, der vor dem Feuer saß und Ledergeschirre ölte, lachte. »Das ist richtig«, stimmte er zu. »Glaubst du, daß der Weihnachtsmann dich finden wird, so weit hier draußen?«

Evangeline mochte Scully Wainwright lieben, und das von ganzem Herzen, aber jetzt hätte sie ihn am liebsten umgebracht für seine Worte. Sie hatte nichts als einen selbstgestrickten Schal für ihre Tochter und weder Süßigkeiten noch Spielzeuge, um sie in ihren Strumpf zu stopfen, falls Abigail sich daran erinnern sollte, ihn abends in den Kamin zu hängen.

Abigail überraschte sie beide. »Es gibt gar keinen Weihnachtsmann«, sagte sie traurig. »Ein Junge – ein großer Junge – hat es mir im Zug aus Philadelphia gesagt. Er sagte, es sei nur Blödsinn, den die Erwachsenen sich ausgedacht haben, damit die Kinder sich benehmen.«

Scully schnalzte bedauernd mit der Zunge. »Er kann dem Mann nicht begegnet sein wie ich, wenn er so etwas gesagt hat.«

Abigail machte große Augen, und ihre Stimme klang ganz atemlos vor Staunen. »Du hast den Weihnachtsmann *gesehen*?«

»Na klar«, erwiderte Scully prompt und begegnete Evangelines vernichtendem Blick mit einem leisen Starrsinn, der ihr bereits vertraut geworden war. Dieser Mann vergeudete sein Talent als Rancher; er hätte Hausierer werden sollen. »Man könnte sogar sagen, daß wir Freunde sind. Ich bin ihm eines Nachts begegnet, als ich die Zäune abritt. Er trug einen dicken Pelzmantel und ritt auf einem Pferd, das weiß war wie der Schnee dort draußen. Er gab mir ein Taschenmesser mit einem Griff aus Elfenbein und wünschte mir ein frohes Weihnachtsfest.« Er griff in seine Tasche und zog das Messer heraus, von dem er sprach, und hielt es hoch, um es Abigail zu zeigen.

Die Kleine schnappte nach Luft, als sie es sah.

»Scully«, protestierte Evangeline mit zusammengebissenen Zähnen.

Abigail kletterte aus dem Bett und trippelte über den kalten Boden durch den Raum, wobei sie wie immer ihre Daunendecke hinter sich herschleifte. Hortense schlug ihre Krallen in den Stoff und ließ sich mitziehen. Als sie neben Scully stand, schaute Abigail aus schmalen Augen zu ihm auf. »Du bindest mir doch keinen Bären auf?«

Er lachte, legte die Pferdegeschirre beiseite und steckte das Messer weg, bevor er das kleine Mädchen auf den Schoß nahm. Sie hätte sein eigenes Kind sein können, so wie er sie hielt. »Würde ich das tun?« versetzte er. »Zu Weihnachten, wo ich mir ein Paar Wollsocken oder vielleicht sogar ein neues Hemd wünsche, würde ich da vielleicht lügen und riskieren, meine Chancen, ein Geschenk zu kriegen, zu zerstören?«

Der Schein des Feuers zeichnete flackernde Schatten auf Abigails hoffnungsvolle Miene. Evangeline war fasziniert und aufgebracht zugleich. »Weißt du, was ich mir wünsche?« wisperte Abigail.

»Was?« antwortete Scully im gleichen verschwörerischen Tonfall wie die Kleine.

Evangeline blinzelte, um frische Tränen zu verdrängen.

»Einen Baum«, bekannte Abigail. »Einen richtigen Weihnachtsbaum mit glitzerndem Schmuck darauf.«

Scully gab vor, eine Weile ernst darüber nachzudenken, und Evangelines Ärger begann nachzulassen. »Ich glaube, du erwähntest so etwas vor einer Woche oder so.«

Abigail nickte. »Wir hatten letztes Jahr in der Schule einen Baum. Er roch sehr gut. Miss Rachel sagte, sie hätte die Idee von Prinz Albert. Kennst du Prinz Albert?«

Scully tat, als überlegte er. »Nein«, erwiderte er schließlich. »Ich glaube nicht. Der Weihnachtsmann ist die einzige berühmte Persönlichkeit, der ich bisher begegnet bin – mit Ausnahme von General Robert E. Lee natürlich.«

»Erzähl mir von ihm«, bat Abigail und schmiegte sich noch fester an Scullys Brust. »Von dem General, meine ich.«

»Nun«, antwortete Scully nach einem weiteren Blick auf ihre Mutter, »er hat einen Bart, der fast wie der des Weihnachtsmannes ist, wenn auch nicht so lang und weiß. Er reitet ein schönes graues Pferd, das er ›Traveler‹ nennt, und er ist so ziemlich der tapferste und klügste Mann der ganzen Welt.«

Evangeline hätte dazu etwas über den toten Abraham Lincoln sagen können, der, obwohl er sicherlich eine sehr viel weniger schneidige und romantische Figur als General Lee dargestellt hatte, auch so manche gute Eigenschaft besessen hatte. Aber sie zog es vor, zu schweigen.

Bald danach schon aßen sie zu Abend, und nach dem Essen zog Scully seine Jacke an und ging hinaus zur Scheune. Abigail schlief ein, nachdem Evangeline ihr eine lange Geschichte aus dem Buch über König Artus vorgelesen hatte, und der Nachmittag verwandelte sich in Abend und zeichnete wie von Riesenhand gemalte dunkle Schatten auf den weißen Schnee.

Evangeline legte ihren Umhang um die Schultern und wollte gerade hinausgehen, um Scully zu suchen, als er mit der abendlichen Milch zurückkam. Die Kuh gab viel mehr, als sie brauchten, und sie konnte sehen, daß er einen großen Teil davon für die Katzen in der Scheune zurückgelassen hatte.

In der kalten, zugigen Tür standen sie sich gegenüber, Scully mit den Eimern und seinen von der Kälte roten Ohren, und Evangeline in ihrem dicken Umhang, den sie fest über der Brust zusammenzog, um sich zu wärmen.

»Es war nett von dir, einen Baum zu schneiden, Scully«, sagte sie, »aber du hättest keine Hoffnungen mit der Erwähnung des Weihnachtsmanns in Abigail erwecken sollen. Es hat uns praktisch den letzten Penny gekostet, hierherzukommen, Big Johns Geld, das er geschickt hat, mitgerechnet, und ich habe nichts, was ich dem Kind schenken könnte. Nicht einmal ein simples Haarband.«

Eine kummervolle Zärtlichkeit erschien in Scullys Blick, obwohl er lächelte. »Hab Vertrauen, Evangeline – es ist Weihnachten. Die Zeit für Wunder.«

»Wie kannst du nach diesem Krieg an Wunder glauben?« fuhr sie ihn an, mit einer Gereiztheit, die so jäh und heftig war, daß sie sie selbst erschreckte. Der Zorn und die Enttäuschung mußten lange Zeit in ihr geschwelt haben, obwohl sie sicher gewesen war, beides für immer überwunden zu haben. Wie sehr sie sich geirrt hatte.

»Wie kann ich nicht an Wunder glauben?« konterte Scully und ging an ihr vorbei ins Haus.

Evangeline blieben nur zwei Möglichkeiten: ihm zu folgen oder hier draußen zu erfrieren. Sie entschied sich, ihm zu folgen, aber nicht gerade mit Begeisterung.

»Du bist eine Schwindlerin, Evangeline«, sagte Scully eine Viertelstunde später, als sie beide in der Nähe des Herdes standen. »Ich habe gehört, wie du mit dem Kind gebetet hast. Ich habe dich die Bibel lesen sehen. Aber du glaubst nicht wirklich, oder? Dein Glaube starb mit all den Jungen, die in Gettysburg gefallen sind.«

Sie wandte den Blick ab und schaute ihn dann wieder an. »Ja«, gab sie zu. »Ich fürchte, du hast recht.«

Er seufzte und nippte an seinem heißen Kaffee. »Das tut mir leid für dich«, sagte er. Mehr nicht, nur diese wenigen Worte und nicht mehr. Er besaß die Frechheit wegzugehen, sich an den Kamin zu setzen und das Lederhalfter und den Lappen wieder aufzunehmen.

Sie ging zu ihm hinüber und tat, als müsse sie den Tisch abwischen. »*Du* hast deinen Glauben nicht verloren?« fragte sie, wobei sie sich bemühte, nicht zu laut zu sprechen, weil sie Abigail nicht wecken wollte. »Nach allem, was du gesehen, gehört und empfunden hast, hast du nicht aufgehört zu glauben?«

Er hob den Kopf, um zu ihr aufzuschauen. Vor den Fenstern trieb der Schnee vorbei, aber drinnen in der Hütte, im sanften Schein der Lampen und des Feuers, war es sehr gemütlich. »Ich hatte nichts anderes, um mich daran festzuhalten«, erwiderte er. »Ich kehrte heim, und keiner der Menschen, die mir etwas bedeutet hatten, war noch da. Das Haus war bis auf die Grundmauern abgebrannt, die Felder waren zertrampelt und verwüstet. Es gab nur noch mich selbst, das alte Pferd dort draußen in der Scheune und die Dinge, an die ich stets geglaubt hatte. Und deshalb klammerte ich mich ganz fest an diese Dinge, und sie haben mir geholfen weiterzuleben, Eve.«

Sie wußte nicht, was sie darauf erwidern sollte. Er war so völlig anders als alle Menschen, die sie kannte. O Gott, wie sehr sie ihn doch liebte – was immer er auch sein mochte und egal, wie hoffnungslos dies alles war.

Abigail stand kurz danach auf, mit großen, erwartungsvollen Augen, und Scully trug das Schachbrett zum Bett hinüber und spielte eine Partie nach der anderen mit dem Kind, bis es Zeit zum Abendessen war. Evangeline erlaubte ihr, sich an den Tisch zu setzen, nachdem sie das Feuer geschürt und Brennholz nachgelegt hatte, und während des Essens sprachen Abigail und Scully über die Wildpferde. Abigail befürchtete, daß es ihnen zu kalt sein könne auf der Koppel, und Scully versicherte ihr, daß ihnen dort nichts geschehen würde, da sie klug genug waren, sich dicht aneinanderzukuscheln, wenn ein Sturm aufkam.

Nach diesen letzten Worten schaute er zu Evangeline auf und war taktvoll genug, um zu erröten. Oder zumindest hatte sie den Eindruck. Es war schwer zu sagen im Schein des Feuerlichts und der wenigen Lampen, die sie angezündet hatte.

Als sie gegessen hatten, wusch Abigail ihr Gesicht und ihre Hände, und Evangeline las ihr eine weitere Geschichte vor, diesmal aus dem zweiten Absatz des Buches Lukas … *und dort, auf den gleichen Feldern, waren auch Schäfer, die nachts über ihre Herden wachten …*

Abigail schlief rasch ein, aber nicht, bevor sie Evangeline gebeten hatte, einen ihrer Strümpfe am Kaminsims aufzuhängen, wo der Weihnachtsmann ihn ganz bestimmt nicht übersehen würde. Evangeline erfüllte ihr den Wunsch, wenn auch nur schweren Herzens, und sie sagte kein Wort zu Scully, außer »Gute Nacht«. Sein Hemd war fertig, die wollenen Socken auch, und sie hatte sie nachmittags in braunes Papier eingepackt, das sie in der Speisekammer gefunden hatte, aber sie war nicht in der Stimmung, sie ihm jetzt zu überreichen.

Er machte keine Anstalten, den Baum hereinzuholen, den er morgens geschnitten hatte, sondern blieb am Feuer sitzen, ölte diese verflixten Pferdegeschirre und summte etwas vor sich hin, was, den munteren Melodien nach zu urteilen, ein freches kleines Liedchen hätte sein können.

Etwas verunsichert, begann Evangeline, sich zu entkleiden, zog ihr Nachthemd an und kroch zähneklappernd neben Abigail ins Bett. Ihre Seite der Matratze war eisig kalt wie immer, und es dauerte eine Weile und erforderte viel Umdrehen und Herumwälzen, bis sie eine bequeme Stellung fand. Obwohl sie überzeugt war, in dieser Nacht kein Auge zuzutun, schlief sie sehr schnell ein und träumte, daß sie in einem duftenden Nadelwald spazierenging.

Abigails entzückte Ausrufe ließen sie aus tiefem Schlaf auffahren, und mit wild pochendem Herzen richtete sie sich langsam auf. Scullys Baum stand mitten in dem großen Raum, als ob er dort gewachsen wäre, funkelnd und glitzernd von den bunten Seidenbändern, die seine ausladenden Zweige schmückten.

Evangeline stockte der Atem. Verblüfft kniff sie die Augen zusammen. Trotz seiner Schlichtheit hatte sie nie einen schöneren Baum gesehen.

»Sieh mal, Mama!« rief Abigail und hüpfte vor lauter Aufregung von einem Bein aufs andere. »Der Weihnachtsmann hat an uns gedacht – er hat uns hier gefunden!«

Ohne sich an ihrem aufgelösten Haar zu stören, oder an der Tatsache, daß sie nichts weiter als ein Nachthemd trug, ging Evangeline staunend auf den Baum zu, um die Dekoration aus der Nähe zu betrachten. Das Glitzern kam von den Deckeln kleiner Konservendosen, die, auf Hochglanz poliert und am oberen Ende durchbohrt, mit Lederriemchen oder Garn an den Zweigen befestigt worden waren. Sie strich mit dem Zeigefinger über eins der Bänder, das von dem gleichen fröhlichen Gelb wie die ersten Narzissen im Frühjahr war, und schaute sich dann nach Scully um.

Mit einer Schulter am Rahmen lehnend, stand er voll

angekleidet in der Tür zu seinem Zimmer. Sein Haar war zerzaust, und seine Augen strahlten vor Freude über die gelungene Überraschung, die er ihnen mit dem Baum bereitet hatte.

»Frohe Weihnachten, Eve«, sagte er.

Abigail war außer sich vor Entzücken. »Sieh mal, Scully!« rief sie. »Schau dir diesen Baum an! Und all diese wunderschönen Bänder! Hast du je etwas Schöneres gesehen?«

Scullys Blick ruhte auf Evangeline, wenn auch nicht mehr ganz so heiter wie zuvor. »Ich glaube nicht«, antwortete er.

»Und in meinem Strumpf ist auch etwas«, fuhr Abigail fort. »Ein Penny, ein paar Pfefferminzstangen und ein Kreisel.«

Evangeline legte eine Hand auf die Hand ihrer Tochter, um sie zu beruhigen, aber sie konnte genausowenig den Blick von Scully abwenden wie er seinen von ihr. »Danke«, formte sie mit ihren Lippen.

Er zuckte die Schultern, ein wenig schüchtern fast, und löste sich vom Türrahmen. »Ich werde jetzt die Tiere füttern«, sagte er. Dann zog er seine Jacke an und verließ das Haus, ohne sich noch weiter aufzuhalten.

Evangeline zog sich hastig an, bürstete und flocht ihr Haar und warf einen Blick in den Spiegel, als sie sich in die Wangen kniff, um ihnen etwas mehr Farbe zu verleihen. Dann holte sie die Päckchen mit den Geschenken für Scully und dem warmen Schal für Abigail und legte sie unter die duftenden Tannenzweige.

Als Scully zurückkehrte, frühstückten sie, und Abigail plauderte unaufhörlich und schien wieder ganz die alte, was für Evangeline das schönste Weihnachtsgeschenk war, das sie sich vorstellen konnte. Sie hatte ihren Glauben wiedergefunden. Sie glaubte wieder an Güte und an

Großzügigkeit, an Liebe und an Wunder, vielleicht sogar genausosehr wie Abigail, und wenn auch nur für diesen Tag.

Scully war sehr gerührt über die Geschenke, die Evangeline ihm nach dem Frühstück überreichte, und versprach mit feierlicher Miene, das Hemd für ganz besondere Gelegenheiten aufzuheben. Was die Socken betraf, nun ja, die brauche er ganz dringend, erklärte er augenzwinkernd, da seine letzten beiden Paare vorn an den Zehen bereits Löcher hätten. Er zog seine Stiefel aus, um es zu beweisen, und die neuen Socken an, bevor er den Truthahn hinausbrachte, um ihn in dem Kessel mit dem heißen Wasser einzuweichen.

Am späten Vormittag garte der Vogel bereits im Ofen und duftete um die Wette mit dem Weihnachtsbaum, und Abigail, die vollkommen erledigt war, nachdem sie den ganzen Morgen mit ihrem neuen Kreisel gespielt und die verschiedenfarbigen Haarbänder ausprobiert hatte, hatte sich ins Bett zurückgezogen. Dort schlief sie jetzt, umringt von ihren neuen Schätzen, als Scully in den Anbau ging und mit einer Schachtel zurückkehrte, um die ein dünnes blaues Seidenband geschlungen war.

Evangelines Hände zitterten ein wenig, als sie das unerwartete Geschenk annahm. Charles hatte ihr einmal zu Weihnachten eine Schürze geschenkt, ein anderes Mal Geschirrtücher. Er hatte den Austausch von Geschenken nie wirklich gebilligt, weil er der Ansicht war, daß sie vom eigentlichen Anlaß dieses Festes ablenkten, obwohl er Abigail immer gestattet hatte, einige wenige bescheidene Geschenke zu erhalten.

Da sie ihren Beinen nicht mehr traute, setzte Evangeline sich rasch auf einen Stuhl, bevor sie vorsichtig das Seidenband von der Schachtel abnahm. Als sie den Deckel hob, fiel ihr Blick auf eine silberne Haarbürste und einen dazu passenden Kamm und Spiegel. Sprachlos vor Staunen, schaute sie zu Scully auf.

»Wenn du diese Dinge benutzt«, sagte er sehr sanft, »wirst du vielleicht an mich denken.«

Sie wich seinem ernsten Blick nicht aus. »Als ob ich dich auch nur eine Minute lang vergessen könnte, Scully Wainwright.« Verwundert schaute sie auf die elegante Toilettengarnitur hinab, das schönste und unerwartetste Geschenk, das sie je erhalten hatte. »Wie … wo …?«

Scully grinste. »Die meisten Leute glauben, der Weihnachtsmann käme auf einem weißen Pferd dahergeritten – so erzähle ich es schließlich auch den Kindern – oder lenkte einen von Rentieren gezogenen Schlitten. Aber manchmal kommt er auch in einem Hausiererwagen, den irgendein armes altes Maultier zieht.«

Calvin T. Murdoch. Natürlich. Scully hatte die Seidenbänder, die Pfefferminzstangen, den Kreisel und Evangelines wundervolles Geschenk schon vor langer Zeit bei dem Hausierer gekauft, als er vorbeigekommen war, und all diese Dinge die ganze Zeit über versteckt gehalten.

»Du bist erstaunlich«, sagte Evangeline.

Sein Grinsen wurde breiter. »So ist es«, pflichtete er ihr ohne auch nur einen Anflug von Bescheidenheit bei. »Das sagen alle.«

13

Als Weihnachten vorüber war, kam es Evangeline so vor, als veränderte sich sogar die Zeit; sie schien jetzt immer schneller und schneller zu verstreichen, sich überschlagend wie ein großer runder Stein, der einen steilen Hang hinabrollt.

Der Januar war bitterkalt und brachte Berge von Schnee und Frost mit. Der Februar, sein nächster Verwandter, kam aus blauweißem Eis geschnitzt daher. Evangeline konnte jetzt über den von der Quelle gespeisten Teich gehen, und manchmal, wenn sie Wasser holte, was nach dem Zwischenfall mit dem Wolf normalerweise Scully tat, mußte sie den Gewehrkolben benutzen, um das Eis wenigstens an der dünnsten Stelle aufzubrechen. Sie ging nie weiter als bis zur Scheune oder zum Klosett ohne Gewehr, obwohl sie in jener raschen Folge von Tagen und Nächten weder wilde Tiere noch Indianer sah.

Im März begann die Schneeschmelze; es lag ein Erwachen in der Erde und eine Bewegung unter dem tiefen Schnee und harten Boden, die mehr von der Seele als von den Sinnen wahrgenommen wurde. Kleine Rinnsale von Wasser bildeten sich auf dem Eis der Quelle.

Abigail war wieder zu Kräften gekommen und so weit fortgeschritten in ihrem Unterricht, daß Evangeline nicht mehr wußte, was sie sie noch lehren sollte. Sie brauchten dringend neue Lese- und Rechenbücher, ganz zu schweigen von Landkarten für Geographie und einem leichtverständlichen Buch über Astronomie. Das Kind wurde zunehmend unruhiger in den letzten Tagen; sie ertrug es einfach nicht mehr, ständig im Haus zu sein, was Evangeline ihr nicht verübeln konnte, da auch sie selbst allmählich unter »Hüttenfieber« litt.

Nur Scully durchstreifte furchtlos die Hügel und die nahen Wälder, erlegte Wild zum Essen und fing Mustangs für seine kleine, aber ständig anwachsende Herde ein. Er brachte Kaninchen, Rebhühner und einmal sogar ein Reh mit heim, erledigte die schwereren Arbeiten und wahrte immer größere Distanz zu Evangeline.

Sehr oft, selbst wenn sie Seite an Seite abends vor dem Feuer saßen, kam ihr der Gedanke, daß er längst nicht mehr da war, daß der Mann, den sie vor sich hatte, nicht mehr als eine Sinnestäuschung war, ein Eindruck, den er in der Atmosphäre hinterlassen hatte wie einen Fingerabdruck auf Glas.

Gegen Ende März kam ein Reiter vorbei, ein Mann, der mit Indianern Handel trieb und nach Schweiß, ungewaschenen Kleidern und Fischtran roch. Er verbrachte die Nacht in der Scheune, da das Wetter inzwischen sehr viel besser war, und erzählte ihnen beim Abendessen von einem Tanzfest, das bald in Springwater stattfinden würde. Er sei bei den McCaffreys zu Besuch gewesen, sagte er, und sie hätten ihn gebeten, Scully, Evangeline und Abigail einzuladen, falls er ihnen auf seiner Reise irgendwo begegnen sollte.

Scully überraschte Evangeline am Morgen, nachdem der Reiter wieder aufgebrochen war. In der offenen Tür der Hütte stehend und an einem Becher Kaffee nippend, betrachtete er den Hof, der sich in einen See aus Schlamm verwandelt hatte, sah zu, wie Evangeline auf der Veranda die Milch in die Trennmaschine goß und sprach, als ob es seit Weihnachten nicht die geringsten Spannungen zwischen ihnen gegeben hätte.

»Wir sollten zu diesem Tanzfest gehen«, sagte er.

Evangeline beugte sich leicht vor, während sie den Griff der Maschine bewegte, um die Sahne von der Milch zu trennen. Danach würde sie aus der Sahne Butter herstellen, um sie zu dem frischen Brot zu essen, das bereits zum Aufgehen im Warmhaltefach des Herdes stand. »Was hast du gesagt?« fragte sie, obwohl sie ihn sehr gut verstanden hatte.

»Ich glaube, du hast gehört, was ich gesagt habe«, erwiderte er.

Nervös, ängstlich, aber auch voll freudiger Erregung richtete Evangeline sich auf. »Warum, in aller Welt, solltest du dort hingehen wollen?«

»Jacob ist ein Meister mit der Fiedel«, antwortete Scully mit einem Anflug seines Grinsens. »Außerdem werden außer den McCaffreys auch noch einige andere Leute dort sein, von denen ich mich gern verabschieden würde.«

»Dann fahr doch hin«, sagte Evangeline, bestürzt über den Gedanken an die Trennung, die jetzt dicht bevorzustehen schien. Big John kehrte vielleicht im nächsten Monat schon zurück, falls das gute Wetter anhielt, und wenn das geschah, würde ihre private Idylle für immer zu Ende sein. »Abigail und ich bleiben zu Hause.«

»Unsinn«, entgegnete Scully, dämpfte aber seine Stimme, falls das kleine Mädchen zuhörte. »Du bist bloß eigensinnig. Willst du dem Kind die Chance nehmen, unter Menschen zu kommen – oder vielleicht sogar ein paar Freundinnen zu gewinnen?«

Evangelines Augen brannten, aber sie redete sich ein, daß es vom vielen Stricken und Nähen im Licht des Feuerscheins kommen mußte. »Ich kann nicht tanzen«, sagte sie, ohne Scully anzusehen. »Mein Mann duldete diese Art von Unterhaltung nicht. Für ihn war Tanzen eine Sünde.«

Scully gab ein leichtes, aber unmißverständliches Schnauben von sich. »Sünde? Das muß aber ein langweiliger alter Knabe gewesen sein«, bemerkte er und leerte seinen Kaffeebecher.

»Er war ein braver Mann«, protestierte Evangeline, aber mehr aus Loyalität als Überzeugung. Charles war in der Tat ein »langweiliger alter Knabe« gewesen, die meiste Zeit zumindest, aber er war auch gut und fürsorglich gewesen. Auf jeden Fall hatte er nie einen solch emotionalen Aufruhr in ihr ausgelöst wie Scully.

»Das tut jetzt nichts zur Sache«, sagte Scully und schaute sie aus schmalen Augen an. »Ich weiß, daß hier nicht viele Leute leben, aber einige gibt es doch in dieser Gegend, und das Tanzfest wird die Gelegenheit sein, sie kennenzulernen. Ich werde dir gleich nach dem Abendessen die Schritte zu einer Polka zeigen.«

Evangeline starrte ihn betroffen an. Es erschien ihr alles andere als ratsam, sich von Scully anfassen zu lassen, und wenn auch nur zum Tanzen, und dennoch fand sie die Aussicht zu verlockend, um sie direkt von der Hand zu weisen. »Du hast seit Weihnachten kaum ein Wort mit mir gewechselt«, gab sie zu bedenken. »Und jetzt willst du mich das Tanzen lehren. Warum, Scully?«

Es hatte sie sehr verletzt, daß er sich nach diesem wundervollen Weihnachtstag, nach dem Baum und den Geschenken, so gründlich und so abrupt von ihr zurückgezogen hatte. Er war als Freund zu Bett gegangen an diesem Weihnachtsabend und am nächsten Morgen aufgestanden wie ein Fremder, der nur das Nötigste mit ihr gesprochen hatte und ihr aus dem Weg gegangen war, so gut er konnte.

»Du weißt, warum«, sagte er.

Hinter ihnen, am Kamin, hörten sie Abigail mit ihrer Katze und ihrem Holzpferd sprechen. Sie spielte Lehrerin, und Hortense und das Pferdchen waren ihre Schüler. Es lag etwas sehr Beruhigendes in diesen alltäglichen Geräuschen.

»Nein«, entgegnete Evangeline aufrichtig, »ich weiß es *nicht*. Wir kennen uns kaum noch, Scully. Was ist geschehen?«

»Das Problem ist nicht, was geschehen *ist*«, erwiderte er, »sondern was geschehen *wird*. Und zwar sehr bald schon. Big John wird in ein paar Wochen zurückkehren, Eve. Du und ich, wir haben kein Recht, einander mehr zu sein, als wir es waren. Aber ich möchte mit dir tanzen und einen Grund haben, dich zu halten, bevor ich dich für immer gehen lassen muß.«

Evangeline spürte, wie ihr die Tränen kamen, und drehte sich rasch um, damit Scully sie nicht sah. Tief Atem holend, tupfte sie mit dem Zipfel ihrer Schürze über ihre Augen. »Ich kann es nicht ertragen«, sagte sie, und ihre Worte waren kaum mehr als ein Flüstern, das der Frühlingswind davontrug.

Und da berührte Scully sie, was er schon seit Weihnachten nicht mehr getan hatte, legte seine Hände auf ihre Schultern und drehte sie sanft zu sich herum. »Es tut mir leid, Eve«, sagte er. »Ich wollte es dir nicht noch schwerer machen. Ich wollte nur …«

»Glaubst du, das weiß ich nicht?« rief Evangeline. »Ich will mehr als einen Tanz. Ich will, daß du bleibst und …«

Scully legte einen Finger an ihre Lippen und neigte den Kopf zur Seite, um ihr in Erinnerung zu rufen, daß Abigail ganz in der Nähe war. »Es ist unmöglich«, sagte er. »Das hatten wir bereits geklärt. Der Ball wird nur veranstaltet, um Big Johns Heimkehr zu feiern, Eve. Jacob wird erwarten, euch beide noch während deines Aufenthalts in der Station zu trauen.«

»Jacobs Erwartungen sind mir egal«, zischte sie, »und

Big Johns ebenfalls! All das erschien mir ... *machbar*, nachdem Mr. Keating gestorben war und Abigail und ich die Farm verlassen mußten, aber jetzt, wo es wirklich dazu kommen soll ...«

»Hör mir zu«, fiel Scully ihr ins Wort. Sein Ton war ungewöhnlich scharf, obwohl er Abigail zuliebe noch immer sehr gedämpft sprach. »John Keating ist ein anständiger Mann, einer der besten, die ich je gekannt habe. Er hat sich so einsam und allein gefühlt hier draußen, daß er mir oft wie ein einziger großer Schmerz erschien, wenn er mit kummervoller Miene hier herumlief. Er hat in gutem Glauben nach dir geschickt, und du hast dich bereit erklärt, zu kommen. Er verläßt sich darauf, daß ich auf dich aufpasse, bis er zurückkehrt. Ich werde ihm nicht das Herz brechen, und du, Ma'am, wirst es auch nicht.«

Sein Vortrag traf Evangeline wie ein Faustschlag ins Gesicht; aber vielleicht war das ja auch bezweckt gewesen. »Wie kannst du nur?« fragte sie, obwohl sie es nur zu gut wußte. Die Situation war aussichtslos, und es wäre zwecklos gewesen, sich dagegen aufzulehnen.

»Ich kann es kaum noch«, antwortete er heiser und suchte ihren Blick. Er sah unglaublich entschlossen, ja sogar grimmig aus. »Aber ich könnte mich selbst nicht mehr ertragen, wenn ich auf diese Weise einen Freund verraten würde. Ich würde dir als Ehemann nichts mehr nützen, Eve, obwohl ich dich mehr liebe als alles andere auf der Welt. Es würde uns beide zerstören.«

Sie hatten dieses qualvolle Thema schon einmal besprochen. Evangeline fragte sich, welcher Teufel sie geritten haben mochte, es noch einmal anzuschneiden.

Sie schniefte und tupfte sich über die Augen. »Tanzt Big John gern?« fragte sie, um ein anderes Thema zu beginnen.

Scullys Grinsen verblüffte und verletzte sie. Wie konnte er lächeln, wenn ihre Trennung schon so nahe war? »Ja«, antwortete er. »Und für einen so großen Mann ist er ausgesprochen leichtfüßig.«

Sein heiterer Tonfall schmerzte Evangeline, obwohl sie sich natürlich zwang, es nicht zu zeigen. »Nun«, sagte sie mit einem resoluten Lächeln, »dann wird er bestimmt eine Braut haben wollen, die den Hochzeitswalzer tanzen kann.«

Scullys Gesicht verdüsterte sich. Vielleicht dachte auch er jetzt, genau wie Evangeline, an das, was auf die Trauung folgen würde – was geschehen würde, wenn die Gelübde erst gesprochen waren und der Tanz beendet war. Wenn sie und Big John endlich allein sein würden, in ihrem großen Ehebett.

»Ich denke schon«, sagte Scully. Dann wandte er sich ab und ging hinein, um sein Gewehr zu holen und seine Jacke anzuziehen. Er brauchte ein bißchen Zeit für sich; sie kannte ihn gut genug, um es zu erraten. Mit etwas Glück würde er ein Kaninchen oder zwei von seinem Ausflug mitbringen, ein Bündel Forellen oder ein paar Schneehühner.

Er kehrte wie üblich vor Sonnenuntergang zurück und brachte zwei große Kaninchen mit. Er war schlammbedeckt, als er durch die Tür kam und einen Moment auf der Schwelle stehenblieb, mit dem letzten Tageslicht in seinem Rücken, das ihm eine strahlende Aura verlieh und sein Haar wie reines Gold aufleuchten ließ.

»Sieh dich an«, sagte Evangeline mit einem Blick auf seine Kleider, Stiefel und Gesicht. »Wieso bist du so schmutzig? Was ist passiert?«

Er grinste. »Als ich aus dem Sattel stieg, um eins der Kaninchen aufzuheben, gab die Böschung unter meinen Füßen nach, und ich stürzte einen steilen Hang hinunter.«

Evangeline schüttelte nur den Kopf.

»Ich brauche ein Bad«, erklärte er.

Das jagte ihr einen mächtigen Schrecken ein, und sie versteifte sich, obwohl sein Ansinnen durchaus logisch war. Wortlos holte sie den Waschzuber aus der Speisekammer und brachte ihn in den Anbau, bevor sie zum Herd zurückkehrte, um Wasser aufzusetzen. Es war noch immer kalt in dem kleinen Nebenraum, aber das würde Scully eben ertragen müssen, denn einen anderen Ort, wo er sich unbeobachtet hätte entkleiden können, gab es nicht.

Er trug das heiße Wasser selbst hinein, und irgendwann schien die Wanne voll genug zu sein, denn er blieb in seinem Zimmer, und lange Zeit planschte und sang er fröhlich wie ein Cowboy am Ende eines langen Rinderauftriebs.

Was Evangeline anging, so war sie selbst nicht in der Lage, solch gute Laune aufzubringen. Wenn es nach ihr gegangen wäre, wäre Big John Keating nie zurückgekehrt, und sie wäre frei gewesen, um Scully zu heiraten, frei, ihn zu lieben und seine Kinder zu gebären.

Sie beschäftigte sich mit dem Abendessen – sie hatte eins der Hühner geschlachtet, um es zu braten, und würde die Kaninchen für den nächsten Tag aufheben –, aber sie war sich mit jeder Faser ihres Seins bewußt, daß Scully ganz in der Nähe badete, herrlich nackt und ungeheuer männlich, so wie der Herrgott ihn geschaffen hatte. Ihr Scully, der nicht der ihre war und es auch niemals wirklich sein würde.

Als er endlich wieder aus dem Anbau kam, in dem Hemd, das sie ihm zu Weihnachten geschenkt hatte, mit sauberen Hosen und mit feuchtem Haar, das im nachlassenden Tageslicht dunkler wirkte als gewöhnlich, sah er so unwiderstehlich aus, daß Evangelines Kehle plötzlich wie zugeschnürt war und ihr Herz sich zusammenzog, bis sie glaubte, daß es ganz zu schlagen aufhören müsse.

»Dein Hühnchen riecht mindestens genauso köstlich wie all die anderen, die ich früher in Virginia gegessen habe«, sagte er.

Es war keine tiefsinnige Bemerkung, und doch war Evangeline merkwürdig gerührt davon. Er versuchte, das beste aus einer schwierigen Situation zu machen, und sie würde das gleiche tun, selbst wenn es sie umbrachte. *Was durchaus passieren könnte,* dachte sie bedrückt.

Das Abendessen war köstlich, obwohl Evangeline nicht sehr viel Appetit aufbrachte. Sie tat jedoch, als äße sie, und beschäftigte sich danach mit den gleichen Aufgaben wie an jedem anderen Abend. Scully saß mit Abigail, die es sich auf seinem Schoß bequem gemacht hatte, vor dem Kamin und lauschte, während sie ihm aus dem Buch über König Artus, ihrem Lieblingsbuch, vorlas, und Evangeline räumte den Tisch ab und spülte das Geschirr.

Dann, während Evangeline Abigail auszog und sie wusch, ging Scully in die Scheune und zur Koppel, um ein letztes Mal nach den Tieren zu sehen.

Abigail schlief bereits, als er zurückkam und die Abenddämmerung wie einen Schatten mitbrachte. Evangeline stand mit dem Rücken zum Kamin und beobachtete ihn schweigend. Tatsache war, daß sie versuchte, sich jeden einzelnen Aspekt seines Erscheinungsbildes einzuprägen, seine Gesichtszüge, seine Haltung, seine Ausstrahlung und sogar sein Wesen. Sie wollte sich diesen Mann ihr Leben lang in Erinnerung rufen können, jederzeit und mit allen Einzelheiten. Um sich an den Klang seiner Stimme zu erinnern, an seine Art zu gehen und zu reiten. Selbst als alte Frau noch, wenn ihre Sinne sie einer nach dem anderen verließen, würde sie Scully haben, um sich an ihm festzuhalten und sich ins Gedächtnis zurückzurufen, wie er nach seinem Bad heute abend ausgesehen hatte: wie stark und jung und tugendhaft.

Er verriegelte die Tür, zog seine Handschuhe aus und stopfte sie in seine Jackentaschen, bevor er auch sie ablegte und an einen der Haken an der Tür hängte. Auch diese schlichte, alltägliche Handlung prägte sie sich in ihrem Gedächtnis ein.

Er näherte sich ihr langsam, blieb ein paar Schritte vor ihr stehen und führte eine Verbeugung vor ihr aus, die galanter war als alles, was Evangeline in ihrem Leben gesehen hatte. Kein Mann hatte sich jemals so vor *ihr* verbeugt, das sowieso nicht, aber sie hatte es Soldaten bei gesellschaftlichen Veranstaltungen tun sehen, während des ersten und optimistischeren Teils des Krieges, wenn sie eine junge Frau zum Tanz aufforderten.

Evangelines Kehle wurde wieder eng, bis sie kaum noch atmen konnte. Scully streckte seine Hand aus, und sie nahm sie, nicht weil es das Klügste war – das war es sicher nicht –, aber weil sie der Gelegenheit, ihn zu berühren, einfach nicht widerstehen konnte.

Er nahm ihre rechte Hand in seine und legte seine linke ganz leicht um ihre Taille. So harmlos die Berührung war, rief sie doch eine starke Reaktion in ihr hervor. Ein eigenartiges Prickeln lief ihr über den Rücken.

»Laß dich einfach von mir führen«, sagte er und begann, ein langsames und sehr vertrautes Lied zu summen.

Evangeline genierte sich zuerst, und nicht nur, weil sie noch nie zuvor getanzt hatte. Scully hielt sie so fest in seinen Armen, daß ihre Brüste seinen Oberkörper streiften und ihre Schenkel sich bei jedem Schritt berührten. Evangeline kam sich wie eine frivole Kurtisane vor, aber sie brachte es nicht über sich, zurückzutreten.

»S-sollten wir … ich meine … ist es korrekt, daß wir

uns so – nun ja – berühren?« erkundigte sie sich einmal schüchtern.

Er lächelte. »Nein«, antwortete er. »Das ist es sicher nicht.«

»W-warum tanzen wir dann?«

»Ich habe es dir doch schon gesagt, Eve. Weil dies vermutlich die einzige Chance sein wird, die wir je bekommen werden.«

Evangelines Augen füllten sich mit Tränen; sie konnte nichts dagegen tun. Sie legte ihre Stirn an Scullys Schulter und prägte sich seinen sauberen Duft ein, wie schon so viele andere seiner Qualitäten. Er legte eine Hand unter ihr Kinn und hob sanft ihr Gesicht zu sich empor.

»Nicht«, sagte er. Dieses einzelne Wort war ein Befehl, eine leise ausgesprochene Bitte, die jedoch noch lange durch Evangelines Herz echote, selbst als sie in ihren Ohren längst verhallt war.

Sie tanzten immer weiter, Runde um Runde, so lange, daß Evangeline jegliches Zeitgefühl verlor. Sie erfuhr eine bittersüße Seligkeit während jener glorreichen Momente, die sie stets als ihren kostbarsten Schatz in ihrer Erinnerung bewahren würde, ganz gleich, was auch geschehen mochte.

Es war Scully, der den Tanz begonnen hatte, und Scully war es auch, der ihn beendete. Er trat zurück und hielt Evangeline auf Armeslänge von sich ab, umfaßte dann mit beiden Händen ihre Schultern und schaute ihr prüfend in die Augen.

»Wir sollten jetzt besser aufhören«, sagte er. Dann zog er seine Jacke an, ging hinaus und blieb so lange fort, daß Evangeline, die unruhig zu Bett gegangen war und sich von einer Seite auf die andere wälzte, ihn nicht einmal hereinkommen hörte. Am nächsten Morgen war er wieder wortkarg und distanziert wie eh und je. Ein Fremder, ein flüchtiger Bekannter, der Geschäftspartner ihres zukünftigen Ehemannes, der unerschütterliche Wächter ihrer Tugend.

Evangeline war wütend und zugleich zutiefst erleichtert. Sie war nicht sicher, ob sie den nötigen Abstand hätte wahren können, wenn die Situation ausschließlich ihrer Kontrolle unterlegen hätte. Obwohl sie ihr ganzes Leben lang eine anständige und tugendhafte Frau gewesen war, entwickelte sie die Gefühle und Gedanken eines Flittchens in bezug auf diesen Mann, und es schmerzte sie, all diese Phantasien nicht ausleben zu können.

Sie beschäftigte sich mit ihren Plänen für einen Garten – sie hatte einige ungeöffnete Samenpäckchen in einem der Speisekammerregale gefunden – und war ziemlich sicher, daß sie aufgehen würden, wenn sie sie aussäte. Zu diesem Zweck hatte sie seit einiger Zeit die Eierschalenhälften aufgehoben, die sie jetzt mit Erde füllte und als winzige Blumentöpfe nutzte, um Rüben, Mais und Spinat zu ziehen. Sie hatte auch im Lauf des Winters die Kartoffelaugen aufgehoben, und sie konnten eingepflanzt werden, sobald nicht mehr Gefahr bestand, daß es noch einmal frieren würde.

Das Unkraut und die Steine aus einem Stück Erde zu entfernen war harte, anstrengende Arbeit, aber Evangeline dachte, daß sie vielleicht wahnsinnig geworden wäre, wenn sie diese Aufgabe nicht gehabt hätte, um ihre Zeit und ihre Gedanken zu beschäftigen. Sie hackte, jätete und pflanzte tagelang und lehnte Scullys Angebote, ihr zu helfen, ab. Sie wollte, brauchte diese Beschäftigung für sich allein, obwohl sie Abigail erlaubte, daran teilzunehmen. Denn Abigail würde schließlich irgendwann einen eigenen Haushalt führen und mußte deshalb lernen, wie man Gemüse zog. Außerdem war es ihr ein Trost, das

Kind bei sich zu haben, und auch das Kätzchen, das inzwischen fast erwachsen war und ihr nicht mehr von den Fersen wich.

Abigails unablässiges Geplauder war ein wahrer Segen in jenen Tagen, in denen die Erde sich nach und nach erwärmte und Evangelines Herz im Gegensatz immer kälter und immer spröder wurde. Denn all ihren Bemühungen zum Trotz war ihr natürlich jederzeit bewußt, daß Scully bald fortgehen würde, und es verging kein Moment, weder tagsüber noch in der Nacht, in dem ihr diese bedrückende Realität entgangen wäre.

Eines Tages, gegen Mitte April etwa, verkündete Scully plötzlich, daß es Zeit wurde, nach Springwater zu fahren. Obwohl der Tag, an dem das Fest stattfinden sollte, nicht mehr fern war, war er noch nicht gekommen, aber Evangeline brauchte gar nicht zu fragen, warum Scully schon jetzt nach Springwater aufbrechen wollte. Sie wußte Bescheid. Sie fragte sich höchstens, woher *er* wußte, daß Big Johns Ankunft zu erwarten war, war aber zu betroffen und zu ängstlich, um zu fragen.

Es gab einen alten Wagen in der Scheune, der ebenso Big John gehörte wie das Haus und die Hälfte des Lands, das sie umgab – *oder wie sie selbst* –, und Scully machte den Wagen viel zu schnell aufbruchbereit. Bevor Evangeline wußte, wie ihr geschah, hatte er zwei seiner jetzt zahmen Mustangstuten vor den Wagen gespannt, die anderen Tiere gefüttert und versorgt, und forderte Evangeline und Abigail auf, einzusteigen. Er hatte den Hengst hinter dem Wagen angebunden, für den Fall, daß er ihn brauchen sollte, und wollte später zurückreiten, um nach dem Vieh zu sehen.

Der Morgen war frisch und klar und sonnig, und Evangeline hätte sich bestimmt gefreut über den Ausflug, wenn sie sich nicht wie eine französische Aristokratin auf dem Weg zur Guillotine vorgekommen wäre. Sie war sich der Anwesenheit ihrer Tochter, die mit ihrem kleinen Bündel Kleider, ihrem Holzpferd und Hortense auf der Ladefläche des Wagens hockte, sehr stark bewußt, aber noch viel mehr Scullys, der neben ihr auf dem harten Kutschbock saß. Trotz ihrer beiderseitigen Bemühungen, jeglichen Kontakt zu vermeiden, berührten sich die Außenseiten ihrer Schenkel unablässig, und das löste eine bittersüße Qual in Evangeline aus, die ihr Seelenheil gewiß gefährdete.

»Hast du ihr schon etwas gesagt?« erkundigte sich Scully schließlich so leise, daß Abigail ihn unmöglich hören konnte. Der Wagen verursachte eine Menge Lärm, als er über die Straße holperte. Die Geschirre rasselten, und die Pferde wieherten, wenn ihre Hufe hin und wieder im nassen Schlamm versanken.

Evangeline reagierte mit Empörung, obwohl sie wußte, daß sie keinen Grund dazu besaß. Denn Abigail war schließlich ihre Tochter und nicht Scullys. »Was denn?« stellte sie sich dumm, um ihn zu ärgern. Sie wußte natürlich, daß er seine baldige Abreise gemeint hatte. So wie ihre Tochter ihn vergötterte, würde sie zutiefst bekümmert sein, und das mußte er doch wissen – obwohl das auch nichts änderte.

»Du *weißt* was«, antwortete er mit zusammengebissenen Zähnen. »Danach werde ich noch einmal zur Ranch zurückkehren, um die Pferde abzuholen, aber das ist alles. Sobald ich meine Angelegenheiten mit Big John geregelt habe …«

»Ich kann es nicht«, sagte Evangeline.

»Was soll das heißen, ›ich kann es nicht‹?« Scully klang jetzt sehr gereizt. »Jemand muß es ihr doch sagen, Eve. Das weißt du. *Bevor* es soweit ist.«

Evangeline zuckte unglücklich die Schultern. »Dann

sag du es ihr. Es ist schließlich deine Entscheidung und nicht meine.«

»Du weißt verdammt gut, daß ich keine andere Wahl habe!«

Was sollte sie darauf erwidern? Sie konnte nicht abstreiten, daß es stimmte. Sie saßen beide in der Falle, waren beide Gefangene ihrer Prinzipien und ihrer moralischen Bedenken. »Danach«, murmelte sie unglücklich.

»Nach was?« beharrte Scully.

»Nach Big Johns Rückkehr. Vielleicht ist er ihr sofort sympathisch.«

»Das wird er«, erwiderte Scully überzeugt. »John mag Kinder. Aber er ist nicht wie ich.«

Nein, dachte Evangeline, *das ist er ganz gewiß nicht.* Und danach sprachen sie eine Weile nicht mehr.

Es wurde ein langer Tag, und kaum waren sie in der Postkutschenstation eingetroffen, als Scully sich auch schon eins von Jacobs Pferden lieh – sein Hengst war zu müde nach der langen Fahrt –, um noch vor Einbruch der Dunkelheit zur Ranch zurückzureiten. Evangeline stand an einem der Fenster und schaute ihm nach, während Abigail munter mit Miss June-bug plauderte und ihr von dem schwarzen Wolf, dem Indianer und all den wunderschönen Haarbändern erzählte, die der Weihnachtsmann ihr mitgebracht hatte. Wie durch ein Wunder, sagte sie, habe er einen Baum mitten im Haus erscheinen lassen, der in allen Farben funkelte und strahlte.

Big John habe bisher noch nichts von sich hören lassen, teilte Jacob Evangeline mit, als Scully aus ihrer Sicht verschwunden war und sie sich widerstrebend vom Fenster abwandte. Sie dachte, daß es einfacher und schmerzloser gewesen wäre, wenn sie sich nicht mehr wiedergesehen hätten, aber so gnädig war das Leben nicht. Scully wollte mit seinem alten Freund sprechen, bevor er fortging; er würde bei der Hochzeit und dem anschließenden Fest anwesend sein …

Evangeline erlaubte sich nicht, über diesen Punkt hinauszudenken. Sie wünschte fast in solchen Augenblicken, sie hätte sich dafür entschieden, Nonne anstatt Ehefrau zu werden. Aber dann hätte sie natürlich auch nicht Abigail gehabt, und das konnte sie sich gar nicht vorstellen.

»Sie sehen aus, als hätten Sie den Winter sehr gut überstanden«, bemerkte June-bug, als Jacob hinausgegangen war, um nach einer Postkutsche, die sie erwarteten, Ausschau zu halten, aber ihre blauen Augen blickten forschend und besorgt dabei. Mrs. McCaffrey war nicht dumm. Wahrscheinlich hatte sie sofort gemerkt, daß Evangeline und Scully sich noch immer liebten, selbst nachdem Jacob den weiten Weg zur Ranch auf sich genommen hatte, um dafür zu sorgen, daß sie sich korrekt in dieser Angelegenheit verhielten und nicht vom rechten Weg abkamen.

Evangeline versuchte gar nicht erst, ihre Gefühle zu verbergen, nicht vor June-bug jedenfalls, ihrer einzigen Freundin, jetzt, wo sie weit entfernt von Rachel und den anderen daheim in Pennsylvania war. Die Tatsache, daß Abigail auf der anderen Seite des Zimmers war, wo sie auf Zehenspitzen aus dem Fenster schaute und nach derselben Kutsche Ausschau hielt wie Jacob, ermöglichte es ihr, offen mit der älteren Frau zu sprechen.

»Ich wußte nicht, daß man für jemanden so etwas empfinden kann wie ich für Scully. Nichts hatte mich darauf vorbereitet.«

June-bug nahm ihre Hände und drückte sie. Es lag kein Vorwurf in ihren gütigen Augen, nur Sorge und Bekümmerung. »Ach, Kindchen«, sagte sie. Sie änderten nichts, diese simplen Worte, und dennoch trösteten sie Evangeline ein wenig. Es war gut, jemanden zu haben, der Bescheid wußte, mit dem sie reden konnte. Jemand, dem ihr Wohl am Herzen lag.

»Scully will die Ranch verlassen«, fuhr Evangeline unglücklich fort, nachdem sie und June-bug sich auf eine der Bänke gesetzt hatten, die die Tische säumten. »Er will seinen Anteil an der Ranch und dem Vieh an Big John verkaufen und irgendwo weit fort von hier einen neuen Anfang machen.«

»Ich denke, das wird das beste sein«, bemerkte June-bug traurig. »Aber es kann einem natürlich auch das Herz brechen.«

Genau, und Evangeline hätte es ihr mit ihrem eigenen beweisen können.

Am Tag darauf, etwa um die Mittagszeit, kam Scully nach Springwater zurück. Einer von Big Johns Viehtreibern sei erschienen, während er auf der Ranch gewesen war, berichtete Scully, und sei dort zurückgeblieben, um die Tiere zu versorgen. Den Berichten des Besuchers nach lagen Big John, die anderen Treiber und eine Herde von tausend Rindern nur etwa eine knappe Woche hinter ihm.

Eine Woche, dachte Evangeline bestürzt.

Nur fünf Tage waren vergangen, Tage, in denen Evangeline sich beschäftigt hatte, indem sie June-bug bei der Zubereitung der Mahlzeiten für die Kutschenpassagiere half, die jetzt wieder regelmäßig eintrafen, als das erste Anzeichen der Herde am Horizont erschien. Scully hatte in der Zwischenzeit seine Mustangs an Jacob verkauft und ihm bei der Arbeit auf der Station geholfen, wobei er darauf achtete, Evangeline so weit wie möglich aus dem Weg zu gehen. Wann immer er ein wenig Zeit erübrigen konnte, ging er auf die Jagd.

Sie fühlte sich dadurch gekränkt und sehr alleingelassen, obwohl sie wußte, daß Freundlichkeit und Interesse von seiten Scullys ihre Lage höchstens noch verschlimmert statt gebessert hätten.

Obwohl die Erde noch immer feucht und schlammig war und die sommerliche Hitze noch viele Wochen weit entfernt, wirbelte die herannahende Herde große Staubwolken am Horizont auf. Sie ließ die Erde erbeben wie früher die Büffelherden, erzählte Jacob, früher in den alten Tagen, als es noch genug von diesen Tieren gab und ihr Muhen und Brüllen über viele Meilen weit zu hören war.

Evangeline wappnete sich für die Ankunft des Mannes, den sie zu heiraten versprochen hatte. Abigail, die offenbar nie auf die Idee gekommen wäre, daß Big John zu akzeptieren bedeutete, Scully zu verlieren, war außer sich vor Freude und Erregung. Sie konnte es kaum erwarten, die Rinder aus der Nähe zu sehen, und fragte Scully mindestens ein dutzendmal, ob Big John sie wohl auf einem dieser Tiere reiten lassen würde.

Scullys ruhiges, geduldig wiederholtes »Nein« vermochte nicht das geringste an ihrer Begeisterung zu ändern.

Endlich erschienen dann die Rinder und die Cowboys, und eine hektische Aktivität begann. Die Tiere brüllten wie Seelen, denen die ewige Verdammnis drohte, die Männer schrien sich heisere Flüche zu, die genügten, um sie auf direktem Wege in das Vorzimmer des Teufels zu befördern. Scully ging sofort hinaus, um Big John und die anderen Männer zu begrüßen, aber Evangeline blieb zurück und umklammerte so fest das Fensterbrett, daß ihre Fingerknöchel weiß hervortraten.

»Hast du ihn gesehen?« fragte sie June-bug mit leiser und beklommener Stimme.

Die ältere Frau, die neben sie getreten war, schüttelte den Kopf. »Ich denke, daß er ganz am Schluß der Herde reiten wird.« Sie kniff die Augen zusammen. »Viel ist nicht zu erkennen, nicht? Aber Big John ist trotzdem schwer zu übersehen – wir hätten ihn eigentlich längst erkennen müssen.«

Der Staub war unglaublich, er stieg so hoch auf, daß er die Sonne verdüsterte und Männer und Tiere wie Statuen aussehen ließ, die sich im Zentrum eines Wirbelsturms bewegten.

»Ich will hinausgehen!« rief Abigail aufgeregt. »Ich will die Tiere sehen!«

Evangeline, die an scharfkantige Hufe dachte und Cowboys, die es nicht gewöhnt waren, kleine Mädchen um sich zu haben, schüttelte den Kopf. »Auf keinen Fall«, erwiderte sie streng.

Abigail schob trotzig ihre Unterlippe vor. »Scully ist dort irgendwo«, beschwerte sie sich in einem quengeligen Ton. »Bei Scully kann mir nichts geschehen.«

»Nein«, wiederholte Evangeline entschieden. »Du bleibst hier, und damit basta.« Falls es zu einem Wettbewerb in Starrsinn kommen sollte, war ihr der Sieg ganz sicher; selbst Abigail war keine Konkurrenz für sie.

»Da ist er!« rief June-bug ganz unvermittelt und begann, hastig ihre Schürze abzubinden. »Da haben wir ihn ja!«

Evangeline spähte in das Chaos, konnte aber June-bugs Blickrichtung nicht folgen. Es war offensichtlich, daß sie Big John meinte, da er ein Freund von ihr war, genauso, wie er Scullys oder Jacobs Freund war. Es war verständlich, daß sie froh war, ihn zu sehen.

Mit schmalen Augen konzentrierte Evangeline sich auf jeden einzelnen der Reiter, die sich zwischen den Rindern herumbewegten, und gab es schließlich seufzend wieder auf. Was machte es schon, wer Mr. Keating war oder wie er aussah? Er würde so oder so ihr Mann werden.

Das Spiel war aus. Big John war heimgekehrt.

14

John Keating war tatsächlich noch größer als Scully oder Jacob, die beide keine kleinen Männer waren. Sein Haar, das auf dem Bild, das er ihr geschickt hatte, braun und an den Schläfen schon ein wenig angegraut gewesen war, war jetzt schneeweiß und spärlich. Er trug die grobe Kleidung eines Viehtreibers und hielt seinen staubigen, verbeulten Hut in einer Hand. Während sie einander in der Tür der Postkutschenstation gegenüberstanden, kam es Evangeline so vor, als ob er ihr nicht in die Augen sehen wolle. *Vielleicht ist er enttäuscht von mir*, sagte sie sich entmutigt.

June-bug, die gute Seele, trat neben Evangeline und hakte sich bei ihr ein. Es wimmelte nur so von Cowboys, und natürlich auch von Pferden, aber ein großer, schlanker Treiber, der einen langen Mantel trug, stand mitten in dem Chaos sehr still und aufmerksam an Big Johns Seite und schien auf jedes Wort zu lauschen.

Big John begrüßte seine Braut mit einem Kopfnicken und richtete seinen Blick dann auf June-bug. »Hast du eine Ahnung, was mit Scully los ist?« fragte er mit heiserer Stimme. »Er gab mir diesen Brief hier und ging, um sein Pferd zu satteln, bevor ich auch nur ein Wort zu ihm sagen konnte.« Er schwenkte das Blatt Papier wie zur Bestätigung. »Er schreibt hier, er akzeptiere jeden fairen Preis für seinen Anteil an dem Land und Vieh, aber er müsse weiterziehen. Das ist alles, was er schreibt.«

»Scully ist fort?« fragte Abigail. Bis zu diesem Augenblick war Evangeline gar nicht bewußt gewesen, daß das Kind ihr hinausgefolgt war. Sie hätte aber im Moment auch gar nichts zu ihm sagen können.

Jacob kam und hob das kleine Mädchen auf die Arme, wo sie sicher war vor Rinderhufen und nervösen Pferden. »Mach dir wegen Scully keine Sorgen. Das ist Evangeline«, sagte der Stationsmeister zu Big John. »Deine Braut. Die du aus Philadelphia hierhergeholt hast.« Irrte Evangeline sich, oder haftete Jacobs Worten tatsächlich eine gewisse Schärfe an? Seine ernsten dunklen Augen schienen seinen alten Freund und Nachbarn zu durchbohren. »Du erinnerst dich doch hoffentlich daran, John? Daß du diese Frau hast kommen lassen, nachdem dein Cousin gestorben war?«

Big John schaute sich über eine seiner breiten Schultern nach dem hochgewachsenen Treiber um, der ihm darauf einen kleinen, für einen Viehtreiber höchst untypischen Schubs versetzte. Das sonnengebräunte, wettergegerbte Gesicht des Rinderzüchters war eine Studie des Bedauerns, als er sich wieder zu ihnen zurückwandte. »Ich kann keine Frau nehmen«, sagte er zu Evangeline und vermied es, Jacob anzusehen. »Ich habe schon eine, seit ich in Denver war. Tessie und ich, wir wollen dort unten im Süden ihre Ranch bewirtschaften. Ich bin nur gekommen, um die Angelegenheit zu regeln und Scully seinen Teil der Herde herzubringen.«

Der große Treiber trat jetzt vor, nahm seinen Hut ab und gab sich als eine *Sie* zu erkennen. Sie hatte langes, schweres braunes Haar und wunderschöne, mandelförmige Augen in der gleichen Farbe. Sie war von oben bis unten mit Staub bedeckt, nicht anders als ihr Mann, und ihr Lächeln war aufrichtig, wenn auch ein bißchen zögernd, als sie Evangeline die Hand reichte. »Ich bin Tessa«, stellte sie sich vor.

Evangeline fand die schöne Frau sofort sympathisch, obwohl sie sich vorstellen konnte, daß andere Leute an ihrer Stelle anders reagiert hätten. Aber was sie betraf, so starrte sie Big John nur mit einem etwas törichten Lächeln an. »Sie sind *verheiratet*?« schrie sie entzückt.

Er zuckte zusammen und trat einen Schritt zurück – der arme Mann, er konnte ja nicht ahnen, welche Freude er ihr mit diesen Neuigkeiten machte –, bevor er zögernd nickte. Tessa trat noch näher an ihn heran, und er schlang einen Arm um sie, als versuchte er, moralische Unterstützung von ihr zu beziehen. »Einige Leute werden sicher sagen, ich hätte mein Wort gebrochen«, sagte der Rancher und warf Jacob einen halb trotzigen, halb entschuldigenden Blick zu, bevor er wieder Evangeline ansah. »Aber Liebe läßt sich nicht erklären. Manchmal passiert sie einfach. Aber ich werde alles wieder gutmachen, Ma'am – das verspreche ich.«

»Aber das haben Sie doch schon!« rief Evangeline, die ihre freudige Erregung kaum noch beherrschen konnte. »Sie haben alles wieder gutgemacht – alles!« Sie schlang Big John die Arme um den Hals und küßte ihn schallend auf die rauhe Wange. »Danke!« Und damit eilte sie davon und stürzte sich mitten in das Chaos aus Cowboys, Pferden, Rindern und Staubwolken, die sie alle miteinander zu ersticken drohten. Sobald sie diese Hindernisse überwunden hatte, raffte sie ihre Röcke und begann zu rennen.

Scully auf seinem Pferd war inzwischen schon als einzelne Figur in der Ferne auszumachen, die sehr schnell kleiner wurde.

Evangeline rannte noch schneller, schrie gellend seinen Namen und gab auch noch den letzten Rest von Zurückhaltung und Würde auf, während sie über den unebenen

Boden hastete und ab und zu einem erstaunten Cowboy oder verirrten Stier auswich.

Scully hielt nicht inne und schaute sich auch nicht um. Sie wußte nicht, ob er ihre Schreie nicht gehört hatte oder sie nur ignorierte. Aber ganz gleich, wie dem auch war, sie würde ihn nicht gehen lassen, wenn sie es irgendwie verhindern konnte. Sie würde nie wieder einen anderen Mann so lieben, wie sie Scully Wainwright liebte, das stand fest; wenn sie also einen Ehemann bekommen sollte, mußte er es sein.

Keuchend und stolpernd rannte sie weiter und schrie noch einmal: »*Scully!* Verdammt, Scully, bleib *stehen*!«

Endlich hielt er an, wendete sein Pferd und blieb im Sattel sitzen, um ihr zuzusehen, während sie, die Röcke mit der geballten Faust gerafft und Steinen und Kaninchenbauten ausweichend, in seine Richtung rannte. Der Hut, den er tief in die Stirn gezogen hatte, so daß er seinen Blick beschattete, verbarg seinen Gesichtsausdruck.

Sie war so außer Atem, daß sie kein Wort sagen konnte, und so erschöpft, daß sie beinahe vor den Füßen seines Pferds zusammenbrach. Mit letzter Kraft hielt sie sich aufrecht und rang nach Atem, und Scully sprach die ganze Zeit kein Wort mit ihr und stieg auch nicht von dem verflixten Pferd herunter. Ihr kam der Gedanke – der unvorstellbare Gedanke –, daß er sie vielleicht gar nicht wollte, nicht einmal dann, wenn er erfuhr, daß Big John sie freigegeben hatte, indem er sich in Denver eine Frau genommen hatte. Vielleicht wußte er schon von Tessa und war deshalb so überstürzt aufgebrochen, in der Hoffnung zu entkommen, bevor Evangeline ihn mit den Neuigkeiten konfrontieren konnte.

Tränen stiegen ihr in die Augen. Wenn sie sich lächerlich gemacht hatte, dann war das eben nicht zu ändern.

»Komm endlich von diesem verdammten Pferd herunter!« schrie sie. »Ich rede mit dir!«

Er zögerte zunächst und stieg dann aus dem Sattel, machte aber auch jetzt noch keine Anstalten, sich ihr zu nähern, sondern blieb nur schweigend neben seinem Hengst stehen.

Evangeline beschloß, den Sturz ins kalte Wasser zu riskieren. Immerhin hing fast ihr gesamtes zukünftiges Schicksal von dieser einen Konfrontation ab. Und deshalb brachte sie es am besten hinter sich, egal, mit welchem Ausgang. »Big John – er hat eine Braut mit heimgebracht.«

Scully ließ die Zügel fallen. »*Was?*«

Ein Seufzer der Erleichterung entrang sich ihr. Er hatte es *nicht* gewußt. Er hatte nicht verschwinden wollen, bevor sie mit Big John sprach und die Wahrheit hörte. Sie lief zu ihm und schlang ihm beide Arme um den Nacken. »Scully, John *ist* schon verheiratet! Seine Frau heißt Tessa und ist sehr, sehr schön. Er hat sie in Denver kennengelernt. Sie wollen dorthin zurückkehren, um ihre Ranch zu bewirtschaften. Diese Herde, die er mitgebracht hat, gehört dir!«

Scully stieß einen Jubelruf aus und wirbelte Evangeline einmal im Kreis herum, mit einer solchen Begeisterung, daß ihr fast schwindlig wurde. Dann ließ er sie wieder herab, senkte den Kopf und küßte sie mit der gleichen Leidenschaft und dem gleichen Verlangen, wie sie es auch für ihn empfand.

»Evangeline Keating«, sagte er, als er diesen wundervollen Kuß beendete, »willst du mich heiraten?« Sein Grinsen war so hoffnungsvoll, so optimistisch, daß sie lachen mußte.

Lachend breitete sie die Arme aus und drehte sich einmal im Kreis. »Ja!« schrie sie. »Ja, ja, ja!«

Die Trauung fand noch am selben Nachmittag statt, vor dem Kamin der Springwater-Station, und Jacob McCaffrey nahm ihnen die Gelübde ab. Eine tränenreiche June-bug diente ihnen als Trauzeugin, wie Big John und auch die schöne Tessa, die ihre staubigen Reisesachen inzwischen gegen ein zerknittertes Kattunkleid aus einer ihrer Satteltaschen ausgetauscht hatte. Abigail stand während der kurzen Zeremonie auf einem Stuhl links neben Evangeline und verfolgte die Vorgänge so enthusiastisch, als ob sie selbst die Braut wäre.

Dies alles war wie ein Traum für Evangeline, schließlich hatte sie damit gerechnet, einen völlig anderen Mann zu heiraten. Gott und das Schicksal hatten jedoch eingegriffen, und als Jacob die Zeremonie beendete, war sie Scullys Frau. Der Kuß ihres Bräutigams war ein ziemlich sittsamer, da sie schließlich nicht allein waren, aber das Versprechen, das Evangeline darin erkannte, löste ein wohliges Erschauern in ihr aus.

Errötend wandte sie sich zu den applaudierenden Hochzeitsgästen um, während Scully nach Abigail griff und sie auf seine Hüfte hob. Evangeline küßte ihre Tochter auf die Stirn.

»Ist Scully jetzt mein Papa?« fragte die Kleine und schaute mit großen Augen ihre Mutter an.

Scully umarmte Abigail, setzte sie wieder ab und hockte sich vor sie hin, um in ihr ernstes kleines Gesicht zu schauen. »Du bist mein kleines Mädchen«, sagte er. »Du hattest vorher einen anderen Daddy, und den darfst du nie vergessen, weil das nicht richtig wäre. Er wird immer ein Teil von dir sein. Aber wenn du mir erlaubst, ihn als dein Papa zu vertreten, wäre ich sehr stolz.«

Abigail strahlte, während Evangeline ihre Tränen mit dem nach Lavendel duftenden Taschentuch abtupfte, das June-bug ihr in die Hand gedrückt hatte. Abigail küßte

Scullys frischrasierte Wange. »Einverstanden«, stimmte sie mit ernster Miene zu. »Aber du darfst mir nicht den Po versohlen. Nicht einmal, wenn ich sehr, sehr böse war.«

Scully lachte und hob die Hand, als wolle er einen feierlichen Eid ablegen. »Niemals, das schwöre ich.« Daraufhin reichte Abigail ihm ihre Hand und sie besiegelten die Abmachung.

Danach wurde ihnen von allen Seiten herzlich gratuliert – Evangeline nahm all die vielen fremden Leute gar nicht richtig wahr –, und wieder war es für sie, als ob sie sich in einem Traum bewegte. Big Johns laute Stimme dröhnte durch die ganze Postkutschenstation; er klopfte Scully auf die Schulter und gab Evangeline einen Kuß auf ihre Wange. Obwohl sie seine Ankunft so gefürchtet hatte, stellte sie fest, daß Charles' Cousin ihr sehr sympathisch war, und sie hoffte, daß er und Tessa noch viele glückliche Jahre miteinander verbringen würden.

Die Nachricht von der Heirat verbreitete sich wie ein Buschfeuer in der näheren Umgebung, und von überallher trafen Leute ein, um an der Feier teilzunehmen, die jetzt beiden Paaren galt. Alle trugen ihre beste Sonntagskleidung, und eine der vielen Siedlerfamilien, Tom und Sue Bellweather, kam mit ihrer kleinen Tochter, Kathleen, die ein knappes Jahr nur älter war als Abigail. Trey Hargreaves kam vorbei, um Scully zu gratulieren, und auch er brachte seine Tochter Emma mit. Das Kind hatte wunderschöne braune Augen, ein schmales Gesicht mit hohen Wangenknochen und Haar, das so schwarz war, daß es fast bläulich schimmerte.

Abigail war entzückt; nun hatte sie nicht nur Scully als Vater, sondern in Emma Hargreaves und Kathleen Bellweather auch noch Freundinnen gefunden. Sie war nur leicht enttäuscht, daß Emmas Name nicht Elisabeth war, wie sie sie bei sich genannt hatte. Aber immerhin begann der Name auch mit einem »E«, bemerkte sie zu ihrer Mutter.

Jemand brachte eine Fiedel, und dann begann der Tanz. Evangeline wirbelte mit Scully durch den Raum, mit Jacob, mit Big John, und dann wieder mit Scully, und ihr Puls schien die ganze Zeit über im Rhythmus der Musik zu pochen. Danach gab es Kuchen, dank June-bug, die ihn rechtzeitig gebacken hatte, aber Evangeline brachte keinen Bissen herunter. Sie glaubte ohnehin bereits zu platzen – vor Liebe, Glück und jener seltsamen inneren Erregung, die von der Gewißheit kam, daß sie jetzt zu Scully gehörte, und er zu ihr, für immer und ewig, bis an das Ende ihrer Tage.

Für immer. Was für ein schönes Wort das war.

Vor Sonnenuntergang machten die Gäste sich bereit zum Aufbruch, sattelten ihre Pferde und schirrten ihre Zugtiere und Wagen an. Für sie war das Fest vorbei, aber für Scully und Evangeline sollte es gerade erst beginnen.

Sie winkten den letzten Besuchern von der Veranda nach – Versprechen wurden ausgetauscht, einander zu besuchen –, und als Jacob und June-bug wieder in die Station hineingingen, Jacob mit der schon sehr schläfrigen Abigail auf seinem Arm, verweilten Evangeline und Scully noch ein bißchen draußen.

»Ich liebe dich«, sagte er. »Und das werde ich dir beweisen, Eve, heute nacht und den Rest meines Lebens.« Die Rinder waren jetzt nur noch in der Ferne zu hören, da Big Johns Männer sie zu einer nahen Quelle getrieben hatten, wo es saftiges grünes Gras für sie zu fressen gab.

Evangeline verspürte ein wohliges Erschauern, und ihre Kehle wurde eng. »Und ich liebe dich, Scully.«

Er küßte ihre Lippen, auf eine langsame und ungemein

verführerische Art, während die Sonne am Horizont noch einmal rot aufglühte und ihren ingrimmigen, aber sinnlosen Kampf gegen die herannahende Nacht austrug. »Wir fahren morgen auf die Ranch, nur du und ich. Abigail kann ein paar Tage bei den McCaffreys bleiben, falls du nichts dagegen hast. Big John und Tessa bringen sie dann zu uns, wenn sie die Herde hinübertreiben.«

Der Gedanke an ein paar Tage allein mit Scully war ungemein verführerisch, obwohl sie wußte, daß sie ihre Tochter sehr vermissen würde. Immerhin waren sie noch nie zuvor getrennt gewesen. Sie schlang ihrem Mann die Arme um den Nacken und küßte die kleine Kerbe in seinem Kinn. Dann nickte sie zustimmend und schaute lächelnd zu ihm auf.

»Du solltest schon sehr bald die geplanten Zimmer anbauen, falls wir jemals ungestört sein wollen.«

»Keine Sorge, Mrs. Wainwright. Wir werden das Haus so verändern, daß es bequem und praktisch für uns ist. Aber nachdem ich mich bereit erklärt habe, Big Johns Anteil an dem Land zu kaufen, wird kein Geld mehr da sein, um ein neues Haus auf der Weide am Berg zu bauen. Zumindest nicht sofort. Wirst du sehr enttäuscht darüber sein?«

»Ich würde in einem Hühnerstall leben, wenn ich dafür bei dir sein könnte«, antwortete Evangeline und meinte es auch so, wie sie es sagte. Das Haus war nicht groß, und eine Zeitlang würde es ziemlich eng werden zu dritt, aber sie war sicher, daß sie und Scully eine Möglichkeit finden würden, auch einmal allein zu sein. Dafür würde sie schon sorgen.

Er lachte. »Du wirst das schönste Haus zwischen hier und Denver haben, wenn unser erstes Baby kommt, falls ich irgend etwas in dieser Angelegenheit zu sagen habe. Vielleicht sogar eins dieser Fertighäuser, von denen June-bug immer redet, mit eingebauten Rohren und Heißwassertank.«

Sie liebte ihn so sehr in diesem Augenblick, daß sie fast zu sterben glaubte an der Intensität ihrer Gefühle, und das beste überhaupt war, daß sie und Scully bisher noch nicht einmal die Oberfläche dessen angekratzt hatten, was sie einmal zusammen haben und über die Jahre hinweg zusammen aufbauen konnten, wenn sie Seite an Seite arbeiteten.

Irgendwie überstanden sie das Abendessen und auch das Ritual, Abigail zu Bett zu bringen, gemeinsam mit dem Holzpferd und Hortense natürlich, auf einem Klappbett in Jacobs und June-bugs eigenem Schlafzimmer. Die Hochzeitssuite war ein großer, rustikaler Raum am fernen Ende der Station, der nur selten benutzt wurde, und wohl wegen seiner Abgeschiedenheit – Evangeline errötete bei dem Gedanken – ausgewählt worden war.

Eine einzige Lampe brannte auf dem Nachttisch, als sie eintraten, und June-bug hatte das Bett mit gestärkten Leinentüchern bezogen und die Bettdecke zurückgeschlagen. Ein Strauß bunter Frühlingsblumen stand neben der Lampe, und das Fenster war geöffnet, um frische Luft hereinzulassen. Selbst heißes Wasser stand in einem Eimer neben dem Waschtisch bereit, und June-bug hatte auch Seife und frische Handtücher zurechtgelegt.

Es war nur ein schlichtes Zimmer, aber für Evangeline war es mindestens genausogut wie irgendein teures Zimmer in einem großen Philadelphiaer Hotel. Denn hier würde sie sich Scully endlich hingeben, für diese Nacht und für ihr ganzes Leben.

Sie hatte vor der Trauung ein Bad genommen, genau wie Scully, aber trotzdem ging sie jetzt zum Waschtisch und wusch sich unter viel Geplansche ihr Gesicht. Jetzt, wo sie kurz vor der Erfahrung stand, die sie sich so sehr gewünscht hatte, war sie plötzlich seltsam scheu und unentschlossen.

Scully legte sanft seine Hände auf ihre Schultern und drehte sie zu sich herum, um sie zu küssen – zuerst ihren Mund, dann ihre Augenlider, ihre Wangenknochen und schließlich auch ihr Kinn und ihren Nacken. Sie zitterte, als er die Nadeln aus ihrem aufgesteckten Haar zog.

»Hab keine Angst«, sagte er schließlich leise.

»Könnten wir die Lampe löschen?« fragte sie.

Er lächelte. »Nein«, antwortete er. Und dann begann er, sie zu entkleiden, nach und nach, bis sie nackt vor ihm stand und eine Gänsehaut bekam vor Kälte und innerer Erregung. »Scully ...«, flüsterte sie bittend.

Er zog sich aus, streifte zuerst seine Stiefel ab, dann das saubere Hemd und die Hosen, die June-bug ihm aus Jacobs Schrank geliehen hatte, da Scullys eigene Sachen zu verschmutzt gewesen waren, um sich darin trauen zu lassen. Im schwachen Schein der Lampe sah er aus wie irgendein berühmter Krieger, wie ein Eroberer, der sich bereitmachte, seine Beute einzufordern. »Es wird eine Weile dauern«, warnte er und zog sie fest an seinen harten, nackten Körper.

Sie wußte nicht genau, was sie zu erwarten hatte, oder doch zumindest nicht, was ihre eigene Reaktion betraf, aber was immer auch geschehen mochte, sie wollte es. Und bald. Wieder schaute sie ihn bittend an. Da war keine Eile zu spüren, keine Scham und keine Prüderie. Scully hatte offensichtlich vor, sich sehr viel Zeit zu nehmen, für ihn, für sie und für sie beide.

Er lachte und ließ seine Lippen über ihre Schultern gleiten, während er gleichzeitig mit einer Hand ihre Brust umfaßte. Als er sich vorbeugte, ihre zarte Knospe küßte und sie dann zwischen seine Lippen nahm, entrang sich ihr ein Seufzer des Entzückens, und sie richtete sich ganz unwillkürlich auf die Zehenspitzen auf, um ihm noch besseren Zugang zu ihren Brüsten zu verschaffen. Das Gefühl, das dabei in ihr erwachte, war ihr vollkommen neu und unbekannt, aber so intensiv, daß sie erschauerte.

Er hob sie auf die Arme, ohne seine intime Liebkosung ihrer Brüste zu unterbrechen, und trug sie zum Bett hinüber. Evangeline fühlte das Blut durch ihren Körper rasen, und trotz des offenen Fensters und der nächtlichen Kälte durchzuckte es sie heiß, so heiß, daß ihr Innerstes in Flammen zu stehen schien, als ihr Mann sie auf das Bett legte.

Dann streckte er sich neben ihr aus und küßte sie, so gründlich, als ob er alle Zeit der Welt besäße, bevor er sich wieder ihren Brüsten zuwandte, während seine rechte Hand zwischen ihre Schenkel glitt. Er war unendlich liebevoll und zärtlich, aber auch ungestüm und leidenschaftlich, und als seine Lippen über ihre Rippen zu ihrem Bauch hinunterglitten, glaubte Evangeline den Verstand zu verlieren vor Verlangen.

»Psst«, sagte er und beschrieb mit seiner Zungenspitze einen Kreis um ihren Nabel. »Noch nicht, Liebling.«

»O Gott, Scully, bitte ...«, flehte sie, obwohl sie selbst nicht richtig wußte, worum sie eigentlich bat. Was waren das für wilde, begehrliche Gefühle, die er in ihr weckte? Und wieso legte er sich nicht auf sie, wie Charles es getan hatte, und drang in sie ein?

Und dann war er plötzlich *da,* strich mit den Lippen über ihre intimste Körperstelle, die jetzt sogar noch heftiger nach ihm verlangte, falls das überhaupt möglich war, während Evangeline sich unruhig von einer Seite auf die andere wälzte, wild und hemmungslos wie eine Wölfin bei der Paarung in den nahen Wäldern, unter diesem vollen, kalten Mond, der durch das Fenster schien. Scully hob eine Hand und umfaßte sanft eine ihrer vollen Brüste, was das Feuer zwischen ihren Schenkeln nur noch heftiger schürte. Als er sie behutsam spreizte und die empfindsame kleine Knospe zwischen seine Lippen nahm, schrie sie in Verwunderung und Entzücken auf.

Er war rücksichtslos, trieb sie immer tiefer und tiefer in die Flammen, die sie zu verzehren drohten, bis sie sich auf dem Höhepunkt der Lust jäh aufbäumte und einen verblüfften kleinen Schrei ausstieß. Scully, der seine Hände unter ihren Po geschoben hatte, zog sie sanft aufs Bett zurück, als der Sturm ein wenig abebbte, und streckte sich über ihr aus, wobei er darauf achtete, sich nicht mit seinem ganzen Gewicht auf ihr niederzulassen.

Sie spürte den Beweis seiner männlichen Erregung an ihrem Schenkel, hart und zielstrebig und unfaßbar groß, und sie begehrte ihn. Begehrte dieses … Ding, das sie weder von Charles noch von irgendeinem anderen Mann jemals gewollt hatte.

Scully küßte sie, und sie spreizte einladend die Beine für ihn. »Ich liebe dich, Eve«, sagte er mit heiserer Stimme.

»Komm zu mir«, flüsterte sie rauh. »Bitte, Scully … jetzt.«

Er hob sie mit einer Hand an und drang mit einem kräftigen Stoß in sie ein. Obwohl sie gerade eben einen unvorstellbar schönen Höhepunkt erreicht hatte, stand sie augenblicklich wieder von neuem in Flammen, bäumte sich unter ihm auf und drängte sich ihm entgegen, ließ sich von ihm führen und führte selbst.

Sie erreichte ihren Höhepunkt zuerst, eine Explosion ekstatischer Gefühle, die ihren Körper mit einem feinen Schweißfilm überzogen und ihr den Eindruck vermittelten, ihre Seele habe sich gelöst von ihrem Körper und schwebte irgendwo über ihnen im leeren Raum.

Dennoch, weil Scully sich jetzt in ihr bewegte und weil sie ihm die gleiche überwältigende Lust verschaffen wollte, die sie erfahren hatte, paßte sie sich seinem Rhythmus an und bog sich ihm bei jedem seiner Stöße mit einer Glut entgegen, die seiner um nichts nachstand. Als er endlich den Gipfel der Ekstase erreichte und mit weit zurückgeworfenem Kopf und sichtlich angespannten Hals- und Schultermuskeln seine Leidenschaft in ihr verströmte, hätte ihr das als Belohnung schon genügt. Aber zu ihrer unendlichen Verblüffung verspürte Evangeline ein wundervolles, gänzlich unerwartetes Ziehen tief in ihrem Innersten, das ihr die Tränen in die Augen trieb.

Sie gehörte jetzt wirklich und wahrhaftig Scully, und er gehörte ihr.

»Ich möchte viele Babys haben«, sagte sie sehr viel später, als sie noch immer in inniger Umarmung dalagen. Obwohl sie sich bei ihrem Liebesspiel vollkommen verausgabt hatten, regten sich ihre Sinne schon wieder, und Verlangen brach in ihnen auf wie Samenkörner unter einem warmen Regen.

Er küßte sie, ganz leicht nur, strich aber mit der Zunge die Konturen ihres Mundes nach, was wie ein Versprechen anderer, noch sehr viel sinnlicherer Intimitäten war. »Ich werde mein Bestes tun, um sie Ihnen zu verschaffen, Mrs. Wainwright«, sagte er.

Sie schlang die Arme um ihn und sonnte sich in seiner Wärme und Geborgenheit. Dies war kein eingebildeter Scully, keine Erinnerung und auch kein Traum. Dies war der richtige, lebendige Mann aus Fleisch und Blut, und er gehörte ihr, heute und ihr ganzes Leben lang. »Wolltest du wirklich fortgehen?« fragte sie ihn. »Einfach wegreiten, ohne dich auch nur zu verabschieden von Abigail und mir?«

»Du weißt, daß ich das wollte«, antwortete er aufrichtig. »Es schien mir das beste zu sein. Nicht ganz so schmerzlich für uns alle.«

»Ich hätte dich nie wiedergesehen«, sagte sie versonnen. Und dann hätte der Schmerz niemals geendet, höchstens ein bißchen nachgelassen mit der Zeit. Aber nie wirklich geendet.

»Wahrscheinlich nicht«, stimmte er zu und grinste plötzlich im schwachen Mondlicht, das hereindrang. »Ich bin jetzt aber hier, Eve. Ich bin dein Mann, und du bist meine Frau.« Er stöhnte leise, als er an ihr hinunterglitt, um ihre Brust zu küssen. »Hmm«, sagte er. »Das klingt gut, Mrs. Wainwright. Das höre ich gern.«

Evangeline rang nach Atem vor Entzücken. »Ich auch«, sagte sie und stieß mit einer Hand gegen seine Schulter. »Aber ich will, daß du mich um Verzeihung bittest, Scully.«

Er hob den Kopf. »Warum?«

»Weil du dich wenigstens hättest verabschieden können, ganz gleich, wie schwer es uns gefallen wäre. Das warst du uns schuldig. Das warst du dir selber schuldig.«

Scully legte seine Stirn an ihre und seufzte schwer. »Du hast recht, wie immer. Ich war ein Feigling. Kannst du mir verzeihen, Eve?«

Sie tat, als dächte sie über die Frage nach. »Nun ja, ich denke schon«, erwiderte sie mit spröder Stimme. »Wenn du versprichst, einen Brunnen vor dem Haus zu graben, bevor du irgend etwas anderes tust.«

Er lachte. *Irgend* etwas anderes?« scherzte er.

Sie schlang die Arme um seine Hüfte. »Nun ja«, erwiderte sie lächelnd, »es gibt Dinge, für die ich bereit wäre, eine Ausnahme zu machen …«

Am darauffolgenden Morgen standen Braut und Bräutigam schon sehr früh auf, um sich zeitig auf den Weg zur Ranch zu machen. Abigail schlief noch; Evangeline hatte vor, sie zu wecken, um sich von ihr zu verabschieden, obwohl sie dem Kind bereits erklärt hatte, daß sie und Scully zur Ranch voranfuhren, während sie und Hortense in ein paar Tagen mit Big John und Tessa nachkommen würden.

Die Keatings saßen gerade am Tisch, Seite an Seite auf der langen Bank, und frühstückten, während Jacob ihnen gegenübersaß und die Hände vor sich gefaltet hatte, als ob er betete.

»Es kommen ständig neue Siedlerfamilien an«, sagte er gerade. »Ich glaube, diese Postkutschenstation wird sich in eine Stadt verwandelt haben, bevor wir wissen, wie es dazu gekommen ist.«

Evangeline und Tessa wechselten ein freundliches Lächeln.

»Setzt euch«, sagte June-bug und schob sie auf den Tisch zu. »Ihr braucht eine anständige warme Mahlzeit vor dieser langen Fahrt«, sagte sie und beteiligte sich dann sofort an der momentanen Unterhaltung. »Es ist eine Schande, sage ich. Ein Saloon! Wir haben hier nicht einmal eine Schule oder Kirche, und dieser Hargreaves hat vor, einen *Saloon* zu bauen!«

»Aber June-bug«, rief Jacob sie sanft zur Ordnung. »Dieses Land gehört der Postkutschengesellschaft. Wenn sie Parzellen davon für einen legalen Zweck verkaufen wollen, ist das ihr gutes Recht.«

June-bug winkte ab. »Unsinn. Jemand sollte ein offenes Wort mit diesem Mann reden. Jetzt hat er diese nette Tochter, die dringender eine christliche Erziehung braucht als jedes andere Kind, das arme mutterlose kleine Ding, und was tut er? Baut er eine Kirche, oder beschafft er uns eine Lehrerin? Nein, nicht Trey Hargreaves! Er will einen *Saloon* statt dessen. Wenn das nicht typisch ist!«

Scully bedachte Jacob mit einem mitfühlenden Lächeln. Als Evangeline Platz genommen hatte, kam er zu ihr und setzte sich neben sie. »Du solltest deine Frau nicht aus den Augen lassen, alter Mann«, sagte er schmunzelnd zu dem Stationsmeister. »Denn sonst wird sie eines Tages die Angelegenheit in ihre eigenen Hände nehmen und die Stadt so aufbauen, wie sie es für richtig hält.«

Evangeline stieß ihren Mann unauffällig in die Rippen.

Jacob lächelte, was nur selten vorkam. »Es hat wenig Sinn, das Tor zu schließen«, bemerkte er, »wenn das Pferd schon auf den Wald zugaloppiert.«

Big John lachte und handelte sich damit einen Rippenstoß von Tessa ein. Evangeline bedauerte, keine Gelegenheit zu haben, sie besser kennenzulernen. Tessa mußte eine intelligente und interessante Frau sein, wenn sie eine eigene Rinderranch besaß. Es gab Tausende von Fragen, die Evangeline ihr gern dazu gestellt hätte.

Sie unterhielten sich leise über alltägliche Dinge, während die Männer sich darüber stritten, wer die schlimmste Erfahrung in einem Saloon gemacht hatte. Big John gewann haushoch mit einer Messerstecherei in Juarez, bei der er eine tiefe Bauchwunde davongetragen hatte, die ihm gleich auf dem Billardtisch des Saloons genäht worden war.

»Ein schönes Thema für den Frühstückstisch«, rügte June-bug, aber ihre lebhaften blauen Augen lächelten.

»John hatte richtig Angst, Ihnen gegenüberzutreten«, gestand Tessa Evangeline. »Er war auf dem Weg hierher, um Sie zu heiraten, ganz ehrlich. Aber als wir uns begegneten … nun ja, da ging alles sehr schnell.«

»Es war für alle das beste«, versicherte Evangeline ihr.

Sie vermutete, daß ihre Wangen glühten, weil sie so unendlich glücklich war, aber auch Tessa war schließlich eine Braut und schien es deshalb zu verstehen. »Ich wußte schon seit langer Zeit, daß Scully der richtige Mann für mich ist.«

June-bug stellte einen Teller mit Rührei vor Evangeline, was das Gespräch der beiden Frauen unterbrach. »Ist das nicht die Höhe?« murmelte sie, noch immer sehr verstimmt über die Ankunft des Lasters hier in Springwater. »Einen Saloon will der Kerl aufmachen!«

Evangeline stimmte ihr zu, daß eine Schule eine bessere Investition gewesen wäre, und erinnerte sich deshalb an Rachel, die in Pennsylvania ihr Leben fristete und sich nach Abenteuern sehnte. Sie war kühn, ihre Freundin Rachel, und sehr viel mutiger als Evangeline; vielleicht würde sie für ein solch nobles Vorhaben Interesse aufbringen? Der Anzahl der Familien nach zu urteilen, die am Tag zuvor zum Hochzeitsfest erschienen waren, würde es von Anfang an genügend Schüler für sie geben. Evangeline beschloß, ihrer Freundin einen Brief zu schreiben, sobald sie konnte.

Rachel liebte Herausforderungen über alles. Da sie sich geschworen hatte, nie zu heiraten, würde sie sicherlich die Zeit und auch die Energie aufbringen, sich einem derartigen Projekt zu widmen.

»Was denkst du?« fragte Scully und schaute seine Frau aus schmalen Augen an. »Du hast einen Blick an dir, Mrs. Wainwright, der mir fast unheimlich ist.«

Sie lächelte ihn an. »Frauen sind geheimnisvolle Geschöpfe«, erwiderte sie. »Ich bin keine Ausnahme.«

»Nein, das glaube ich auch nicht«, stimmte Scully zu, und einen Moment lang war es fast so, als ob alle anderen um sie herum verblassen und in eine andere Welt entschwinden würden. »Iß dein Frühstück, Ma'am. Wir werden uns auf den Heimweg machen, sobald die Sonne aufgegangen ist.«

Eine leise Erregung erfaßte sie bei dem Gedanken, mit ihrem Mann auf der geliebten Ranch allein zu sein. Sie nickte zustimmend und zwang sich, aufzuessen. Es würde eine lange, anstrengende Reise werden, die ihre ganze Energie erfordern würde.

Abigail richtete sich kurz auf, um ihre Mutter zu umarmen und ihrer Hoffnung Ausdruck zu verleihen, daß Big John sie auf dem Weg zur Ranch auf einem seiner Rinder reiten lassen würde, und schlief dann augenblicklich wieder ein. Lächelnd küßte Evangeline die Kleine auf die Stirn, deckte sie gut zu und ging leise aus dem dunklen Raum.

Der Sonnenaufgang war ein wundervolles Schauspiel an jenem Tag, als Scully Evangeline auf sein Pferd hob und sich dann hinter ihr auf seinen Rücken schwang. Seine starken Arme umfingen sie, als er nach den Zügeln griff, und sein Atem drang warm durch ihr Haar.

Evangeline lehnte sich mit einem zufriedenen Seufzen an ihn, froh, daß sie endlich auf dem Weg nach Hause waren.

28. Januar 1874

Meine liebe Rachel! Ich war begeistert, als ich Deinen Brief erhielt, in dem Du versprachst, nach Springwater zu kommen und die Aufgabe der Lehrerin in unserem brandneuen Schulhaus zu übernehmen. Klar, ich weiß, daß es dem Brimstone Saloon direkt gegenüberliegt, aber es kommt tagsüber fast nie zu Schießereien, so daß Du Dir in dieser Hinsicht also keine Sorgen machen mußt.

Obwohl Abigail vielleicht nicht dort zur Schule gehen wird, weil die Entfernung zu beträchtlich ist, macht es mich glücklich zu wissen, daß Du nun nahe genug sein wirst, um regelmäßig zu Besuch zu kommen! Ich kann es kaum erwarten, geliebte Freundin, Deine Stimme zu hören und Dein liebes, vertrautes Gesicht wiederzusehen. Es gibt so viel, was ich Dir erzählen muß, und natürlich möchte ich auch alles über unsere Freunde und Nachbarn daheim in Pennsylvania hören. Denk bitte bloß nicht, Du müßtest mir einen Skandal ersparen – ich will alles wissen!

Wir leben jetzt in unserem neuen Haus auf der Weide oben am Hang, und sowohl Abigail wie auch der kleine John Jacob (wir nennen ihn JJ, wie Du Dich bestimmt erinnern wirst), wachsen schneller als das Sommerunkraut. JJ ist jetzt zwei und weicht Abigail nicht von der Seite, solange sie es zuläßt. Sie reitet sehr viel, und da auch JJ reiten möchte, bringt Scully es ihm schon bei. Beide Kinder begleiten häufig ihn und seine Rancharbeiter, wenn sie nach verlaufenen Rindern Ausschau halten. Ich muß die Gunst des Herrn genießen, denn ich bete viel! Ich hoffe, daß das neue Baby, das wir etwa zum Zeitpunkt Deiner Ankunft hier erwarten, ein Mädchen sein wird, und vor allem eins, das zu etwas weiblicheren Beschäftigungen neigt. Abigail bringt wenig Interesse für Nähen, Kochen und so weiter auf.

Inzwischen wirst Du den Bankscheck für Deine Reisekosten und die Lesebücher, die Du mitzubringen versprochen hast, bereits erhalten haben. Würdest Du mir einen großen Gefallen tun, falls es in Deiner Macht steht? Ich würde es natürlich verstehen, falls es Dir nicht möglich sein sollte, aber weißt Du, ich habe in diesen langen trüben Wintertagen oft an den großen alten Hibiskusstrauch gedacht, der am Ende von Claras Garten steht – Du weißt schon, der mit den feuerroten Blüten. Ist er noch da? Könntest Du mir – bitte, bitte – einen Steckling davon mitbringen? Ich würde mich sehr darüber freuen und wäre Dir ewig dankbar.

Aber ich wollte Dir ja von unserem Haus erzählen. Scully hat es mit seinen eigenen Händen gebaut, zum größten Teil zumindest, da einige seiner Cowboys mitgeholfen haben. Es ist ein Blockhaus, aber ziemlich groß, mit zwei Etagen. Es hat drei Kamine und vier Schlafzimmer. Aber das Beste von allem ist, daß wir Wassertanks haben, einen in der Küche und einen im Badezimmer. Was für ein Luxus, Rachel! Ich kann ein heißes Bad nehmen, wann immer ich den Wunsch verspüre, was praktisch jeden Abend ist. Ich muß zugeben, daß ich mir richtig dekadent vorkomme. Aber wir alle arbeiten natürlich auch sehr hart, weil das Land es nun einmal erfordert.

Liebste Freundin, ich weiß, daß Du geschworen hast, niemals zu heiraten, aber ich bitte Dich, Deine Entscheidung noch einmal zu überdenken. Ich hätte es nicht für möglich gehalten, daß ich je so glücklich werden könnte wie mit Scully; wir haben natürlich auch unsere Probleme, die haben wir schließlich alle, aber wenn er mich in den Armen hält, wird mir noch immer schwindlig, und wenn er mir sagt, daß er mich liebt, weiß ich, daß es die Wahrheit ist, weil er es mir mit allem, was er sagt und tut, beweist. Du bist mir sehr ans Herz gewachsen, Rachel, und deshalb wünsche ich mir das gleiche Glück für Dich, die gleiche Freude und den gleichen Reichtum an Gefühlen.

Beeil Dich, Rachel! Springwater erwartet Dich schon ungeduldig, und ich noch sehr viel mehr als alle anderen. Ich hab' Dich so vermißt!

Mit lieben Grüßen,
Deine Evangeline.

ENDE

Sieben Jahre ist es jetzt her, seit Travis Braggette Suzanne vor dem Altar hat stehenlassen. Doch als Suzanne ihn nun in Virginia City wiedersieht, erkennt sie, daß ihr Herz ihn nicht vergessen hat. Und auch Travis spürt, wie die alte Leidenschaft wieder in ihm erwacht.
Genau wie früher fühlen beide sich unwiderstehlich zueinander hingezogen, doch Suzanne hat Travis noch nicht verziehen – und Travis will sich noch immer nicht ein Leben lang an eine Frau binden ...

ISBN 3-304-18234-0

BASTEI LÜBBE

Lady Clara Karkham ist keine ausgesprochen schöne Frau, doch die Männer reißen sich um sie. Und obwohl sie gern flirtet und die Bewunderung genießt, gehört ihr Herz nur einem: Viscount Lucien Bryland, dem sie schon als Kind zur Frau versprochen wurde.
Als Lucien nach Jahren aus dem Ausland zurückkehrt, ist er völlig verändert. Er ist ein harter, zynischer Mann geworden, und nun will er Clara endlich zur Frau nehmen. Aber sie weigert sich, diesen Fremden zu heiraten, der nichts mehr mit dem Lucien von früher gemein hat ...

ISBN 3-304-18235-9

BASTEI LÜBBE

Ian Stewart, Herr von Stewart Castle, hat sein Herz an die schöne Serena verloren – und ahnt nicht, welches herzlose, berechnende Spiel sie mit ihm treibt. Blind für alles andere sieht er nicht, was Ciel Valoir für ihn empfindet.
Es ist ein langer, schmerzhafter Prozeß, bis Ian erkennt, was für eine Betrügerin Serena ist, doch stets ist Ciel für ihn da, tröstet ihn, bestärkt ihn. Ian hält ihre Gegenwart für selbstverständlich – bis Ciel ihn verläßt, weil sie es nicht mehr erträgt, daß ihre Liebe nicht erwidert wird ...

ISBN 3-304-18236-7

BASTEI LÜBBE

Sie stehen auf verschiedenen Seiten des Gesetzes und sind so unterschiedlich, wie zwei Männer nur sein können: Marshall Shay McQuillan und Tristan Saint-Laurent, der berüchtigte Revolverheld. Aber als sie sich zum ersten Mal begegnen, ist der Schock groß – es ist, als sähe jeder sein Spiegelbild. Eine so große Ähnlichkeit kann kein Zufall sein, und während sie versuchen, die Rätsel der Vergangenheit zu lösen, begegnen sie zwei Frauen, deren leidenschaftliche Liebe ihnen den Weg in die Zukunft weist ...

ISBN 3-304-18237-5

BASTEI LÜBBE